守边日记 ——

—— 边地风情

时光之痕

梁 言 —— 著

光明日报出版社

**图书在版编目（CIP）数据**

时光之痕 / 梁言著 . -- 北京 : 光明日报出版社，
2024. 10. -- ISBN 978-7-5194-8316-6

Ⅰ. I267

中国国家版本馆 CIP 数据核字第 20245AU748 号

时光之痕

**SHIGUANG ZHIHEN**

著　　者：梁　言

责任编辑：王　娟　　　　　　责任校对：许　怡　温美静
封面设计：中联华文　　　　　责任印制：曹　净

出版发行：光明日报出版社

地　　址：北京市西城区永安路 106 号，100050

电　　话：010-63169890（咨询），010-63131930（邮购）

传　　真：010-63131930

网　　址：http://book.gmw.cn

E - mail：gmrbcbs@gmw.cn

法律顾问：北京市兰台律师事务所龚柳方律师

印　　刷：三河市华东印刷有限公司

装　　订：三河市华东印刷有限公司

本书如有破损、缺页、装订错误，请与本社联系调换，电话：010-63131930

开　　本：170mm×240mm

字　　数：237 千字　　　　　印　　张：14.5

版　　次：2025 年 1 月第 1 版　　印　　次：2025 年 1 月第 1 次印刷

书　　号：ISBN 978-7-5194-8316-6

定　　价：89.00 元

# 序

## 黄 微

    梁必政先生的文学著作《时光之痕》一书付梓在即，他托付我校对文稿，并嘱我在语言文字上多推敲润色，语气极为郑重。看得出来，这是他对我的汉语言文字把握能力的充分了解、信任和肯定。

    这两年来，尽管我已经卸下身上所有的重担和束缚，白天仍然会有零星事务纠缠干扰，夜晚我才完全可以发呆、说笑、无端怀念一段往事，可以爱上千里之外某个缥缈的景点，可以自由支配时间做许多自己喜欢的事情。当我在夏夜里雪白的灯光下拿起这本书，舒缓地打开、安静地翻阅，我就像一个行走在丰饶富庶的丛林里的猎手，捕获到珍馐美馔并不困难。我常常在无边的夜色里突然眼前一亮，也常常掩卷惊叹于众多篇章的宽阔辽远、浩浩荡荡。一书在手，握住的是春种秋收，收获的是时光永恒。梁必政先生纵到穿越历史隧道，探幽访古；横至行遍边关大地，文脉寻根。几十年热爱如初、几十年矢志不移，专注于调研采撷提炼，最终著书立说，修成正果。每次我捧起书稿品读，与其说是校稿，不如说是学习，我深知他的文字功力。

    那就先说题外话。

    我和梁必政先生有许多相似之处。年少时我们一同考入百色地区民族师范学校，分在同一个班级。缘于共同的阅读和写作爱好，图书馆与阅览室是我们常去的地方。四年攻读，我们打下了比较坚实的汉语言文学基础，我们两人曾一起在报刊发表文章，一起摘获全国中师生作文大赛二、三等奖。梁必政先生还加入了校园通讯社当上学生记者，继而担任总编辑。师范毕业那年，我们两人同时被破格分配到初中学校当了语文教师，成为那一届全县中师毕业生径直"跳级"分配的美谈。毕业后两三年，我们几乎又一同改行，他进入那坡县德隆乡政府任文书，我到那坡县文化馆任文学创作员。这样的转身或际遇，除了在汉语言文学领域的较好造诣，没有别的缘由。

基于此，大学专科阶段我们仍然选择进修汉语言文学专业。因为工作关系，本科阶段，我继续研修汉语言文学专业，他则转修行政管理学专业。

后来，梁必政先生以他出众的工作能力和过人的思想睿智，曾在县直部门和多个乡镇担任重要职务。经他提携，我得以再度改行，此间成为他麾下一介职员。

有一件事，我现在重提。梁必政先生因对我赏识，在那坡县广播电影电视局任局长期间提携我任那坡县广播电视台总编室副主任。某个星期一的早上召开新闻稿件点评会，他直接点名要我点评上一周的新闻稿件，可惜事前没有准备，那天我只是敷衍点评几句，根本就没有说出稿件的核心问题。这个教训时常警醒我。后来的几年，我精心备至，每周一的稿件点评会上，我常有出彩讲评指导，全台记者的新闻稿件写作水平由此得到整体提高。那几年，他完全放心让我主持把关新闻稿件，没有再参加过稿件点评会。

梁必政先生钟爱文化事业，担任文化部门主要领导职务期间，精于管理、调研，策划大局工作。处理繁忙的政务之余，他用心研究文化，找寻事业发展规律并笔耕不辍，在文化界取得了显著的专业成果，造就了那坡文化界的传奇。

现在回到正题。《时光之痕》全书内容分"守边日记"和"边地风情"两个部分。"守边日记"一共32篇，是梁必政先生在全国抗击新冠肺炎疫情的危急时刻，投身到中越边境前线巡守32天写出来的32篇日记。这些日记，记录了惊心动魄的难忘守边历程。既叙述了团结紧张的工作作风，又展现了严肃活泼的生活情调。"下午带上干警们巡逻，发现沿途几个地方有密密匝匝的芭芒杆压过铁丝网，有枯枝倒下横跨围网，这种地方人货往来毫不费劲，隐患不小。卡点已设立两年，平时巡逻的队伍不仅有志愿者，还有护边员，难道他们都没发现吗？问题出现总讲究责任归属，还涉及业主单位施工专业性问题。返回驻地,作为存在问题上报。""深夜23时许,有队员观察到565界碑对面,越方一部大卡车开路,大约36辆摩托车随后,车灯闪耀、车声轰鸣,正沿着巡逻路朝562界碑方向驶来……我急忙叫上5名队员一起赶往559界碑……界碑外传来锣鼓声、诵经声,视力好的人说,已经看清楚了,是越方群众举行殡葬活动。"敏锐洞察、严谨处事、敢于担当的工作作风一览无遗;"半夜仍有雨点飘到脸上,睡眠受了影响,天快亮睡正沉时,又被鹅叫声惊醒……"条件之艰苦,态度之乐观,守边生活细节和场景展现得淋漓尽致。此外,多数篇什描绘的边境风景壮丽恢宏、美轮美奂,读者诸君想必一定能从中深深感受到作者对工作的热爱以及火一样的爱国恋乡情怀。

如果说"守边日记"忠于守边时光的原貌记录,是历史特定事件回放中的一股清流,"边地风情"则是一个文化学者长期研修民族文化终结硕果和长久行旅积攒的贵重成品。"千年古事收眼底,一派山水寄情思。"《老虎跳大峡谷》并不满足于山水描摹,而是从历史的秘密地带层层开挖,其中还融入了少数民族的利益纠缠,最终在交相辉映中抵达这一道峡谷的丰满内核。"一个史料记载清楚的文化遗产尚且如此扑朔迷离,还有多少蒙上历史尘烟的史实有待我们去探索发现呢?"这是作者对古炮台溯源之后发出的由衷感慨,其实也是一个边境地区文化研究型领导干部守边有责、守边尽责的情怀和担当。不难看出,《那坡沿边古炮台》一文的分量,正是作者考古探求中的无数次执着及坚韧垒砌形成的。其余如《又见"滇粤关津"》《弄怀红军洞》《遥望妖皇》《者赖"官坟"》《上隆的回响》等篇目,所讲述的那坡历史文化理据充分,内容翔实,为读者打开了一道厚重的时光之门。如何把那坡壮族的干栏建筑说清讲透?在这个问题上,梁必政先生是出色的演说家,他以异常灵动的叙事智性,在绵密而不动声色的讲述中,干栏房渐渐横空出世,一代人的心力交瘁已然凸现。《干栏,干栏》看似闲庭信步,实则手艺老辣。这本书中另一个浓彩重墨的篇幅,也非常夺人眼球,那就是对那坡县民族文化的抒写,尽管《青山不老歌不断》写的是壮族山歌的起伏与盛大,《竹祭歌起彝寨欢》却是彝族跳弓节的起源与流程,但两者皆是两个民族文化的深度呈现,在那坡民俗文化的旷野里无论它们碰不碰撞,都会产生熊熊燃烧的民族火花。《做媒积善》从尚德和春秀一家为12岁的大儿子阿朗订"娃娃亲"的故事说起,慢条斯理却一唱三叹，步步为营，疑似山穷水尽，突然柳暗花明！于细微处将嬢金星说媒经过刻画得入木三分、活灵活现。尚德和春秀一家贫穷但善良，他们是幸运的。生活的阵痛因为一个胸怀更大善心的媒人嬢金星牵线，最终以幸福圆满收场。从这个意义上说，《儿女满床》或可看作《做媒积善》最让人放下心来的延续。壮族人家婚嫁繁衍，有江河一样滔滔不绝的习俗，最后所奔向的，即是祈求幸福和美好的大海。《遁入空寂》《那坡山歌趣闻逸事》等文章，将那坡县各民族风土人情的多姿多彩老练拿捏，值得拍案叫好。《白马公园小记》《睦边双塔》《那布神泉》《七郎神》《布莫暖》则写出那坡县民间地域文化的情趣和秘境，一样摄人心魄。而《歌神公国》《感念一个好人》《一片丹心印边关》《支边无悔写忠诚》《一卷志书留青史》等文章，道尽投身那坡建设事业的诸多名人的感人故事与壮丽人生，必是教育后人的绝佳教材。诸如此类，不胜枚举，在这里就不一一赘述了。总而言之，捧读这些撞击灵魂的文字，自有浸润入心之酣畅，再细细玩味，瞬间便觉得难以松手放下。

《时光之痕》一书10多万字，梁必政先生以文学的形式呈现了他研究那坡县历史文化经络、深耕民族民俗的独家集成，行文构思缜密，表达朴实亲民，格调鲜明阳光，全书深度延伸、气势磅礴、浑然天成。这是一部记载这场新冠病毒战役中守边这一特定工作场景的史书，更是那坡县民俗文化研究的重要文献。身为那坡县本土民族民间文化专家，梁必政先生深入潜修，冷静思考，最终为广大读者奉献了一桌丰盛味美的文化大餐，无疑是可喜可贺的。

是为序。

（作者系广西作家协会会员、那坡县作家协会主席）

# 前　言

　　2022年12月7日，随着国务院重磅发布"新10条"防疫政策，当晚10时，那坡县疫情防控指挥部一声令下，全县所有在国、省、县、乡道各个路口连同高速公路进出口设立的疫情检查卡点同时撤除。历时3年的疫情管控宣告成为历史。那一刻，我突然意识到，我在中越边境参与疫情防控巡守期间采写的图文声像，作为一段历史记录，或许对今后人们回顾这场惊心动魄的疫情阻击战具有一定的史料价值，于是有了将其整理出版的想法。

　　那坡县素有"南疆国门"之称，它所承担的卫国戍边的神圣使命，从县名的变迁便可见一斑。那坡县唐、五代时称为来安州，属邕州羁縻地，北宋皇祐年间始有建置，称镇安峒，后称镇安州，元朝时升格为路、府，明、清时又降格为土巡检司、散厅，一直沿用镇安之名，直至1886年以镇边之名建县。1953年，为彰显与邻国的友好关系，改为睦边县。每一次命名，无不体现历朝历代中央政权对这个边疆县份的良苦用心。1965年，因为毛泽东主席的一句话"还是那坡好"，最终命名那坡。那坡县拥有令人自豪的207公里边境线，管辖172块界碑（从499号界碑到670号界碑），与越南高平、河江两省的河广、保乐、保林、苗旺四县接壤，两国间共有32条通车便道，山间小路不计其数。作为边关要塞，那坡自古以来战乱频仍。19世纪末以来的一百多年里，黑旗军援越抗法、全面抗战、解放战争、援越抗美战争、对越自卫反击战等等，那坡或是主通道，或是主战场。一场场战事，令这里弹痕遍地，也让这方土地上的人们个个练就熊心虎胆，铜头铁骨。那坡，是不折不扣的前沿阵地，祖国前哨。在这方水土生生不息的人民，更深切地感受到保家卫国绝不仅仅是响亮的口号，而是严酷的斗争，甚至需要付出生命的代价。就算是和平时期，这里的人们也比内地县份多出了一份维护边疆和平稳定的沉甸甸的责任。

近年来，随着中国与东盟经济贸易的交融发展，边境贸易快速兴盛起来。口岸、合法开放的边民互市点的商贸日趋繁荣，逐渐成为那坡新的经济增长点。但是，伴随着边境贸易的兴盛，受高额利润的诱使，走私违法行为也夹杂在其中。因东兴、凭祥对走私活动的严打，走私团伙逐渐转向那坡边境，而且威逼利诱文化低、谋生手段少的边民帮助他们望风、搬运、运输，参与走私活动。仅2019年，全县查获的走私案件就多达211起，案值约3015万元，查扣车辆170辆。其中查获无合法手续冻品106.2吨、生牛641头、生猪679头、大米33吨、洋酒849件、成品烟680件、洋垃圾22吨等。

新冠肺炎疫情暴发，从越南偷渡进入我国边境地区的"三非"人员及走私物品，给疫情防控带来极大的压力。"外防输入"成为那坡抗疫工作的重中之重。从建设边境拦阻设施的"物防"，到沿边境线设立检查卡点的"人防"，乃至对边境通信查控的"技防"，等等，那坡各级政府穷尽各种手段，竭尽全力履行"为国守边"的神圣职责。

边境巡守的领导架构，是在县疫情防控指挥部增设"巡守办公室"，边境全线由县四家班子领导挂点分段包保，4名处级领导分别担任4个边境乡镇突击总队长，抽调各乡（镇）、县直单位、公安干警等干部以及抵边村村干、村民组成57支突击队，下沉到抵边村屯一线，形成了边境207公里、纵深50公里的管控阵地。即所谓"横向到边，纵向到底"。

抗疫"突击队"是在境外疫情汹涌而来，全县大敌当前的紧要时刻成立的。其工作内容就是巡一线、巡村屯、查风险，通过隐蔽蹲点、定点值守、流动巡查、多点联巡、明哨与暗线结合等方式，对57段边境线78个执勤点实行"三班倒"24小时不定时不间断巡查值守，重点防范境外疫情输入，防范边民与境外人员、物品接触。实行巡守突击队结对抵边屯，突击队员"一人结对多户"，对越籍、有"偷引带"前科等重点人员实行"人盯人"，与不法分子斗智斗勇，坚决斩断群众与犯罪分子之间、跨境亲朋好友之间内外勾结包庇掩护的利益链条。对抵边村屯群众执行"十户联保"机制，与边境补助挂钩。抵边村屯以户为单位，十户以上为一个小组，567个联保组每个组有一名保长，确保做到不漏一户。

守边工作是艰苦的，我们又是开天辟地的第一批，初来乍到，守什么，怎么守，没有经验可循。面对各种可能突发的情况，大家心中没底，只能按规定执行24小时不间断值守巡逻。当时，上级对"社会面清零"抓得很紧，一旦出现阳性病例，就会对其采取隔离封控措施。境外疫情又没有平息的迹象，压力可想而知。工作条件也比较差，睡10人大通铺，睡眠容易受干扰。荒山野岭，蚊叮虫咬是常态。严寒酷暑，风里来雨里去，值夜班、夜间巡逻导致作息习惯混乱，让人极度疲倦。"三非"人员有随时引爆的风险，密林间四通八达的小道带来的隐忧，个别村街时不时冒出的阳性病例，自己所负责的村屯，时不时有村民参与走私被警方抓获，等等，这些有形的无形的压力，让守边的人每一天都高度紧张，只怕一不留神出现责任事件，连累集体，影响全县抗疫大局。

我参加工作二十多年，曾参与处置"非典""禽流感"等一些严峻复杂的疫情，比年轻人多了一份从容，对不久的将来走出疫情阴霾有乐观的预判。我跟他们打比方，秋冬季节在山区开车，时不时会经过浓雾路段，看不清路面，这时候，没经验的司机很害怕，多半会靠边停车等待雾散，而老司机大多会选择打开雾灯，继续前行。看不见路面就让同车的人下车喊话引路，缓慢行驶，绝不会轻易停车。因为雾区往往就是一小段，你坚持一阵子就能走出来，而原地停留，都不知道要待到何时才会云开雾散。我这是想说明遇到困难的时候，应该勇敢前行的道理。

有了这样的心态，我才能够在紧张的工作之余，挤出时间记录守边的工作常态、突发情况以及所见所闻，所思所感。本书分两个部分，第一部分"守边日记"，是4月份执行第一轮守边任务时记下的，每天一篇，共32篇。第二部分"边地风情"，是我当年8月参加第二轮守边时写的散文，也是每天一篇，共30篇。按理说，这些文章内容应该都是与疫情防控工作相关，但实际上，每天巡逻、值守，进村入户开展警示教育，看到边境秀美的自然风光，听当地村民、志愿者讲述边境地区的民间传说、战争故事、人物命运、家长里短等等，总喜欢将其中有趣有益的内容付诸笔端。因此，文章内容是包罗万象的，这多少与我作为民俗研究爱好者的习惯有关。8月份第二次守边，因为日常工作与首轮巡守大同小异，就不再写日记。自己在边境地区工作生活几十年，耳闻目睹的很多事情，早就想写成文章，只是一直以来，总缺少一个触发点。这次守边所在的百省乡，自然风光和人文风情都很独特。有雄伟的妖皇山、奔腾的百都河。曾经战火洗礼，有过苦难往昔。世代生活在这片土地上的壮、汉、瑶、苗、彝各族群众创造的绚丽多姿的民族文化。这些鲜活的创作素材，在我巡守边境的日日夜夜里，闯入我脑海，触动我心弦，让我创作冲动陡然增长，不由然奋笔疾书，为这片土地，以及这片土地上可亲可敬的人民讴歌。

　　我无限热爱生我养我的这片热土，内心炽热的情感，都融入了眼前这本《时光之痕》。我多么希望全国人民都了解边境县干部群众为了祖国安宁、坚守边疆、默默奉献的家国情怀，多么希望这本小册子能够成为国人深度了解那坡县的一面镜子。自愧个人水平有限，书中肯定有很多不足之处，恳请广大读者指正，以便改进，也帮助我进步。

# 目　录
## CONTENTS

# 守边日记

# 4月4日：集结出征

上午9点，所有队员都准时集中到人民广场等候上车。每个人脸色凝重，流露出内心的不安。单位租用两辆面包车供我们乘坐。

昨天下午5点，县政府召开紧急动员会议，全县组建57支抗疫突击队，分派到中越207公里的边境线巡守。事发突然，大伙甚至来不及采买个人用品，县巡守办规定由队长所在单位负责队员的生活用品。为此，宣传部另外租用了一辆皮卡车拉队员们的铺盖等物件，由田琳常务副部长押车随后。我请司机帮我们拍了张集体照，然后点名上车，车辆急速驰向边境。一路上不断有队员家属打来电话，都是各种安全防范的叮咛，车上弥漫着不安的气氛。边境告急，作别妻小慷慨赴险。我脑海里闪过1979年自卫反击战期间村头呼啸而过的运兵车，内心五味杂陈。

昨天动员会上，当听到领导宣布我担任一个突击队的队长，率队驻守百省乡坡江岭时，心里一惊，真是太巧了，20多年前，在坡江岭荒山野岭之上，我曾经作为扶贫安置场的驻点干部，带领群众砍草炼山，开荒种地，为搬迁群众建设新家园。如今半百之年，竟然再次进驻，是再立新功？还是功败垂成？！

10点半抵达那孟村部，距离边境不足5公里。村部小广场人头攒动，大部分穿着迷彩服，像极了一支正在演练的部队。那孟村境内共派驻5个突击队，人数相当于部队两个排的兵力。有工作人员宣布队员就地休息，5个突击队长随先行赶来的一名县领导到值守线段寻找宿营地。一路上，每行驶两三公里就经过一个检查卡点。经了解才知道，2020年疫情暴发后，为预防境外疫病输入，地方政府在沿边巡逻路上设置了检查卡点。每个卡点安排6名志愿者24小时值守。

其他队很快落实租用沿线村屯的民房入住，只有我一直找不到合适的地方。坡江岭上没有村寨，住到附近村子不利于开展工作，责任线段内两个卡点的活动板房均已住满。反复寻找，最后在562界碑旁找到一间砖瓦房，房子用水泥砖砌筑，尚未批灰，顶上盖着石棉瓦。几年前走私猖獗时，老板建此房用于囤货和交易，近几年遭严打后成为空房。别无选择，这间旧仓库就作为本队驻地。

返回村部，午饭后召开那孟村片区5个突击队全体队员会议，县领导再三强调了巡守纪律。

会后我率队进驻562卡点。大家收拾旧屋，清理出的垃圾堆成小山。汽油、农药、化肥异味很重，看来这些货物都曾经是走私的大宗产品。在屋旁搭起两个救灾帐篷，本想用作厨房餐厅，又接到通知，次日将有3名干警、一名打私队员入住。决定将帐篷留着他们居住，厨房另外在屋外搭建。

下午5时，有县领导检查工作时路过，停车查看562卡点旁的拦阻设施，当看到界碑前铁丝网有压扁痕迹，指出此处近来仍有人货出入，特别强调值守人员须盯死看牢，有关部门每天24小时派专人查看视频监控。

我队巡守线段是558-561界碑。晚饭后集体巡逻，也顺便送今晚首次值班的陆振屿和巴荣盛到卡点去。从562卡点沿车行巡逻路经560卡点又走到558卡点，从步行巡逻道绕回，用了两个半小时。

经过558、560两个责任卡点时，与值守人员座谈，他们几乎异口同声地说：防人是很难的，我明他暗，防不胜防。我感到纳闷，从现有防控手段看，人防、物防、技防各项措施齐备，网络越织越密，从越南飞过一只鸟儿都会有几双眼睛看见。也不会有哪个走私分子能收买沿途所有卡点而畅通无阻。走私的唯一可能，就是通过里应外合，从某个点越过拦阻设施入境，接应成功后即走密林小道，以蚂蚁搬家的办法走私。

回到驻地讨论，大家都感觉，如果还出现"三非"人员越界，不排除我方群众或个别值守人员成为内应的嫌疑。应对之术，就是每一个卡点值守人员需由不同部门人员担任。同时，用技术手段盯紧跨境通信。这样，相信隐藏再深都无处遁形。

据了解，这一地区有3个越南村寨。一个叫各昔，在564界碑对面；一个叫那隆，在554界碑对面；另一个叫那勇，在560界碑下面。3个屯总人口在600人左右。

前些年，边境走私活跃。562界碑两侧，两国巡逻路相距不足20米，中间小斜坡可通行车辆，有不少不法分子选择在此接驳货物。据说每到晚上，562山头灯火通明，热闹非凡，严打后人迹罕至。但据我们观察，此处拦阻设施上方明显被重物压扁过，说明走私并未完全绝迹。

晚上10时，县融媒体中心推出一条短视频，题为《那坡：57支突击队巡守边境，筑牢国门安全防线》，选用本队照片作为封面。到岗第一天就荣登媒体封面，队员高兴起来，都转发亲友们观看，有队员的亲友打来电话，表达担忧和鼓励。

临睡打开床架，才发现单位配送的是80厘米宽的布制应急床，像沙滩椅。棉被大概陈放仓库多年，霉味极重，夜深了，也来不及晾晒透风，将就睡下，不一会就鼾声四起。

守边动员会

我们的住房

# 4月5日：兵强器利

上午沿步巡道巡逻，白天视线清楚，看到不少问题。进入558界碑的拦阻设施大门顶上有个三角形缺口，一个大人都能随便进出，559往560方向约100米处，有5米左右未安装拦阻设施，为什么独独此处未建？令人疑惑。沿线多处有大树枝杈伸到网外，存在攀爬通行隐患。

上午乡政府派车配送肉菜米油等生活用品和防疫物品，解除了后勤保障担心。防疫物品种类繁多，有口罩、隔离服、喷雾器、消毒药水、警棍、防暴钢叉、中药饮品、夜视仪等。有一些队在工作群里表示不接受伙食配送，打算自行解决饮食问题。有消息说有的队员是本地人，他们直接跟当地群众买了大肥猪，宰杀了借存在群众家的冰箱里。这是住在村子里的益处，我们没法比。有的队自己上街采买，不知他们是否计算了交通成本，更不用说浪费时间、影响工作、安全隐患等诸多弊端，不知其详。更有个别队员阴阳怪气责难乡政府在伙食采买上盈利，乡长直接抛出"大写的服！"四个大字，足见其无奈与愤懑。

今天增加了3名乐业县籍援边干警，组长舒礼远是缉毒警，所在部门竟然是我在党校中青班学习时的同学文星贤分管的，世界真小！中午11：50，13名越南军警带着一条黑狗（着两种制服）到562界碑巡碑。我隔着铁丝网，用壮话与其翻译对话。了解到他们每个月到界碑巡逻一次。越军在界碑前列队训话，只讲了几句就解散返回了。

我队突击队员至今共11人。韦青斌、向恩军和我是50岁以上大叔。其他都是二三十岁的青年，有4人同属1993年出生（杨峻葳、隆家科、黄平波、巴荣盛），舒礼远是1989年的，有2人是1992年的（王得力、陈允穆），陆振屿是"95后"。闲聊得知，这些年轻人平时都洗热水澡，没有洗冷水澡的概念。昨晚我们几个老人很自然地洗冷水澡，他们犹犹豫豫想洗不洗的，今晚看来是实在熬不住了，但冲水时大喊大叫，鬼哭狼嚎一般。昨天在群里看到有的队要求配"热得快"，我还觉得他们娇气，现在才知道，成长年代不一样，养成的习惯还真不一样。另外一件小事，也反映了这个现象，今早洗漱时发现水龙头来水杂质多，心想能否向上级要求送桶装水，就是担心提要求有点过分。想不到配菜时包含了桶装水，看来时代发展，社会进步，我这一代认为轻奢的生活，年青一代已经习以为常了。

队员巡逻途中列队合影

# 4月6日：边寨蝶变

百省乡破防了。昨天深夜，传来那布村水头屯检出2例阳性的消息。今早起来，队员显得紧张不少。早餐时，我要求大家做好个人防护，昨天嫌中药饮品难喝的，今天也自觉饮用了。做核酸检测时发现群众也都戴了口罩，排队的人群中也没了相互调侃的嬉笑声。

我想起昨晚夜巡遇上的摩托车队伍，他们自称百都金三角的人，来这边建铁丝网的，那孟方向封路不能走，遂改走坡同村方向。虽然当时拍照登记其身份证，但现在想想应该再核实他们是在何地施工，为什么说那孟方向不给走呢，漏洞还是有点大。

下午带上恩军、青斌前往坡江屯入户。有两个目的，一是做政策宣传，二是寻访故旧。

二十多年前，我二十多岁，在县府办公室担任文字秘书。单位派干部到坡江岭安置场劳动，帮助从定业乡石山地区易地搬迁至此的群众种经济林木，每批干部7~8个人，劳动一个星期才回城。当时公路只开通到那莫屯，单位派车把人、行李、树苗送到那莫就掉头回去了。我们自己挑着行李沿羊肠小道上山，手脚并用地攀爬一个多小时才到达场部。放下行李又返回那莫搬运树苗，每一趟挑200株杉木苗或100株八角苗、玉桂苗。这些树苗要分配到各安置户，组织他们种到事先划定的区域，谁种谁有。

坡江岭上有个独居的农户叫农振英，本来是山对面规架屯人。1968年，农振英作为"黑五类"家庭，被政府"内迁"至德隆公社德旺大队居住，在那里生活几年后，经人做媒，农振英娶了生产队里老实巴交的一位老姑娘为妻。也许正应了"烂木生木耳"的老话，夫妻俩生下的孩子却个个聪明伶俐。1979年，甩掉"黑五类"帽子的农振英一家返回原籍。他没有住进老屋，而是在坡江岭上搭建一间茅草屋住进去，单家独户，极度贫困。1997年政府建设坡江岭安置场，他家位于安置场范围内。为搞好团结，领导同意农振英享受安置户待遇，免费分发树苗给他。农振英儿子小名叫大胜，二十出头，小我们几岁。到了晚上，大胜喜欢到我们的工棚来玩。我们有肉菜，大胜一般会随手拎来两瓶"漏泵"（农家自酿酒）。酒后的男人喜欢说荤话，大胜一副羞羞的表情，只是赔笑。单位带队领导隆忠东是个热心人，白天帮安置户家种树时，留意到王家女孩王莉，二十出头，正待字闺中，就有意撮合王农两家联姻，也好让王家在此地扎根。一来二去，王莉和大胜还真对上眼了。2000年他俩结婚时，县府办不少干部都随了礼。

二十多年过去，他们现在生活如何？走进村头就见到王老汉。王老82岁了，单独住在老木房里。攀谈之下，了解到他老伴已过世，8个女孩，除王莉嫁大胜而留在本屯，其他都远嫁，极少回来。老九是唯一的儿子，已在那坡县城建房定居，平时在建筑工地做活，收入稳定。当年我们帮助种下的玉桂已几次割皮出售，杉木、八角也给他们带来丰厚收入，生活发生翻天覆地的变化。可惜当初搬来的人，由于乡土观念等因素影响，大部分又返回原籍，60多户只留下9户。留在坡江岭的拓荒者借助广袤肥沃的土地，都过上了小康生活。走到大胜家，两层半的小楼房内外均贴瓷砖，装修气派，屋边另有猪栏牛舍，有好几头大肥猪和"西门塔尔"良种黄牛。这种牛市场价每头要两三万元呢。成群的鸡鸭正"呱呱""咕咕"地抢着回笼。门口停着两辆摩托，一辆面包车，一辆皮卡车。一派富裕人家气象，遗憾的是，我们等了好久，天快要黑了，还等不到大胜回家。想必成为老板了，生意繁忙吧。一行人怅然而归。

晚饭的时候，县派驻百省乡抗疫总队长许忠环、村支书王颖杏一行前来巡察，通报了水头屯出现阳性病例的情况，检查我队装备及防范应对措施，顺便留下来吃饭。王颖杏从县城所在地城厢镇党委宣传委员任上报考村干，回到老家当村支书，轰动一时，是那坡名人。今日一见，果然是个敢想敢干的泼辣妹子。她带着丈夫，拎来两瓶土酒，一袋田螺，席间谈笑风生，看得出她很享受这份工作带来的荣誉感。丈夫周俊亮是河南人，来到那坡"嫁"给王颖杏后，在那坡汽车总站开公交车，有一天出车遇到飞车贼抢夺妇女背包，周俊亮挺身而出，徒手擒凶，因此获得"全国见义勇为先进个人"荣誉称号。现在县打私队那孟检查站工作。周俊亮瘦高个，话也不多，轻言细语的，和王颖杏的性格正好相反。

林木葱茏的坡江岭

# 4月7日：守边"鹅军"

清晨，大门外早起的"鹅军""嘎嘎嘎"地叫早，一看手表，6点40分。这里海拔900多米，高山之上，太阳升得早，万丈阳光倾泻在两国交界的万水千山之上。562界碑前台阶上的便道口是平坦的，适合在此地练八段锦，练完两遍，向恩军已煮好了早餐。

从562界碑往越南方向看，正前方视野辽阔，可以看到越方几百平方公里的山山水水、田园村落。据说天际线已超出接壤的保乐县，到达保林县地界了。越方一个县约等于我方较大的乡镇，一个省也就是我国的地级市大小。往西边看是高耸入云的中越界山龙门山，龙门山口形成断崖，崖下石山与丘陵交汇的豁口就是洞洒边贸互市点。那布河由此流入异国。疫情发生前，那里每天热闹非凡，边民贸易让很多家庭过上富足生活。一座圆形土山的顶上，矗立着类似铁塔的建筑物，据说是越南一处重要的军事设施，山体内部挖空，驻守着规模不小的越军。

本队只有隆家科开着私家车来，汽油贵，大家也不好意思老是借用，每天步行两公里左右到百岩屯做核酸检测，来回就耗去两个多小时。每日工作汇报都要求上级安排一辆摩托作为通勤车，始终没有回应。从驻地到560卡点是30分钟，到558卡点是50分钟，值完班还得拖着疲倦的身子走回来，几天下来，队员疲惫不堪，开始流露不满的情绪。

昨天下午5时，在558卡点值勤的杨峻葳急电汇报，铁丝网外传来异响，疑是越方人员发出的动静，急忙派出3名干警、2名队员前往处置，经仔细观察，是越方群众砍伐杉木，把木头装车运走，属正常生产活动。

今天下午，我带了4名队员沿途巡察，看见一辆越方货车满载杉木，跑在其巡逻路上。越方道路尚未硬化，群众抓紧在雨季前加工运输，到了雨季，这种路面是很难通行的。

巡逻便道沿着铁丝网蜿蜒，路旁的林子里有多条被牛群踩出的小径，牛屎还是新鲜的。听说是附近有个养牛户常在此放牛，我们分析养牛其实是幌子，是为从越方走私活牛入境故意实施的障眼法。因为山上全是速生桉，桉树林下青草很少，怎么会到此地放牛呢？

从559卡点往560卡点方向200米处，铁丝网竟然有6米左右的缺口，位于便道下方5米处。据护边员说是因为此处有一块巨石，无法施工。我到实地查看，感觉这个理由太牵强，只要在巨石上打钉，便可固定铁丝网。走私活牛猖獗时，从越方赶着牛经过这个缺口，只需推一下牛屁股助力，牛便能爬上巨石旁的土坎，顺利走到我方便道，随即越过坡江岭山顶，从560卡点处下来，迅速进入通往坡江屯的旧路，消失在密林之中。为什么一直不把这个缺口连接上？真是令人纳闷。

深山里的执勤卡点

提起"鹅军"，这是广西守边人的创举。在广西与越南的千里边境线上，2021年6月，龙州县率先在部分边境疫情防控卡点试验"鹅防"创新举措。经过试验，鹅对陌生人和声音的警觉甚至比狗还要敏感。之后，"鹅防"在广西边境防疫一线全面推广，一只狗、两只鹅、两个当地志愿者，成为沿边防疫卡点的标配。防疫卡点里的鹅不再是普通家禽，它们肩负防疫重任，被守边警民戏称为"有编制的鹅"。562卡点地处三岔路口，周边山高林密，小道众多，常有"三非"（非法入境，非法居留，非法就业）人员试图从此处偷渡，也常有野猪、毒蛇、蜈蚣等出没侵扰，狗、鹅的警示不仅吓跑了"三非"人员，也保护了值守人员的生命安全。4日我们刚到的当天，在搭建帐篷时，已在此值勤两年的志愿者黄永祥说，沿帐篷四周撒一些鹅粪，防蛇防虫的效果比雄黄还好。这种说法还真是第一次听说。

# 4月8日：山肴野蕨

今天的焦虑全在伙食上。上午从百岩做完核酸检测回来，向恩军要准备午饭时才发现，冰箱里只有一条一斤多的罗非鱼，还是本地志愿者从家带来的。两名当班人员扛起锄头去挖来几根竹笋，加上从核酸采样点回来顺路采的一把艾草，除此之外别无余物。等到11点多，也不见配送车到。

当即向乡政府汇报，接收信息的乡政府办公室小黄说要了解情况后回复，但一直到中午都没有回复。

午餐的饭桌，13个人分成两桌，一斤多的罗非鱼也分成两小截摆上桌来，竹笋，一碟蕨菜是采竹笋时顺便拣到的，艾草打入鸡蛋做成汤水。

直到下午3点，乡政府终于有回复，说我昨天没在群里下订单。之前我汇报过这个队每天都要配送的，昨天的每日汇报也写上了，后勤服务堪忧。

话说野菜，这坡江岭野菜真是丰富。今早摘艾草时留意观察，光是我熟悉的就有好几种，除了艾草，还有车前草、蒲公英、鱼腥草、竹笋、蕨菜，还有俗称"共产菜"的。我曾问过老人为什么能叫这名，回答说这菜是有了共产党后才出现的，这个回答带着玩笑意味，不知真假。这菜无论做汤或清炒，入口油嫩爽滑，今早只看到几株，没有采摘。

下午带干警们巡逻，发现沿途几个地方有密密匝匝的芭芒杆压过铁丝网，有枯枝倒下横跨围网，这种地方人货往来毫不费劲，隐患不小。卡点已设立两年，平时巡逻的队伍不仅有志愿者，还有护边员，难道他们都没发现吗？问题出现总讲究责任归属，还涉及业主单位施工专业性问题。返回驻地，将此作为存在问题上报。

步巡道途中的拦阻设施

# 4月9日：表面文章

昨晚深夜，几个工作群先后转发了一段口气严厉的话语："形式主义害死人，害人害己，害乡害县，请乡镇主要领导亲自过问，亲自下去做工作，体会一下工作到位没有？我们那坡还能伤几次，还能折腾几次？！不要满足于下面统计上报，背个数据好汇报！"听说是县领导发出来的。

经了解，领导之所以发这么大的脾气，源于个别基层单位在落实疫情防控政策过程中走过场，做表面文章。县疫情防控指挥部要求对越籍媳妇"见面见心"：见面谈心，签保证书，远离"三非"。但个别乡村工作人员为追求进度，只打电话，隔空谈话，甚至由村社干、邻居代签保证书。

这就让人想起拦阻设施的漏洞。比如562界碑的门框上没有铁丝网，只要搭上木梯，甚至随手捡一截木头架上，两边即可轻松翻越。别的界碑门上都有铁丝网，唯独这个没有。稍加留意，还会发现这个门框已变形，多大的重力压迫才导致那么粗的角钢变形？

有外地朋友知道我参与守边，提出建议："给铁丝通上电，触碰铁丝网即触电，事先通知群众，谁再去碰后果自负。"哈哈，如果能够这样简单粗暴解决，边境还有那么多事吗，将电网暴露于荒野，对人畜和野生动物的生命安全将带来极大威胁，料定不能实行。

5日突击搭建的厨房铁棚，有两处明显缺陷，一是围板只有1.5米高，上半部留空，做饭时总有风吹散火焰，难烧饭菜。如果下雨，看来都用不了厨房，经反映今天来补工了。这个驻地与值守卡点距离较远，巡守不便，为长远计，待板房做成，还是住到卡点为宜。为此，在558卡点下方的河沟抽水势在必行，今天的每日工作汇报上报了这个项目。

一整天艳阳高照，翻翻手机日历，才知道今天是农历三月初九，甲辰月壬辰日，正是与我们驻地一山之隔的面良村坡伍屯举行"祈雨节"的日子。坡伍屯是广西唯一一个红彝聚居地，只有两百多人口，他们每年都会在农历三月第一个"龙日"举行一个奇特的民俗活动——祈雨。我曾经连续数年到实地观摩，其祭祀活动充满神秘色彩。为祈求风调雨顺，这一天，红彝群众会宰杀一头大牯牛，用新鲜牛血祭天，之后由精壮汉子戴上面具，扮成不同身份的"神仙"到各家各户"驱邪"，"神仙"们手持大刀长矛，嘴里大声吆喝，捶胸顿足，场面热烈。特别是寓意通过12道"天门"，进入"天庭"向玉帝求雨的12段女子群舞，煞是好看。村里所有成年女子身着本民族独有的民族服装，围成一圈跳舞，有时是手拉着手，有时是分开跳，时而柔和，时而激烈，脚步轻盈，动作一律。每到祈雨节，四面八方的游客都争先恐后前来观看，村子热闹非凡。今年有疫情管控政策，所有人不能私自前往边境地区，坡伍屯今天一定是沉寂的，但作为传承千年的民俗，相信群众还是会小范围举行祭祀活动的吧。

越境人员遗留的梯子

红彝少女

红彝祈雨

# 4月10日：大胜的家

　　那孟村的地形地貌，恰似一位默然端坐、双臂环抱于膝前的巨人。左臂是长长的规架山，右臂是高高的阴阳山，而中间隆起的健硕胸脯就是坡江岭和百岩坡，高耸的头部就是坡江岭的主峰。从左肩到右肩罗列着中越555至568界碑，全长20公里。边境线上高高低低的山岭溪谷，分布着各该、百岩、坡江、芭蕉、规架5个贴边村屯。千百年来，中越两国边民来往密切，他们语言相同，习俗相近，很多村民还是亲戚朋友关系。那孟村现有越籍媳妇10多人，生育了20多个子女。

　　若是在以前，用"朝来夕往，相亲相爱"来形容中越边民的关系，一点也不觉得夸张。但这几年，由于越南执行较低的关税，东南亚甚至欧美各国的特定商品得以进入越南，利用中越千里边境线密密麻麻的小路，将这些商品走私进入中国市场。走私商品是重罪，但巨大的利益驱使边民铤而走险，疯狂追逐财富。随着新冠疫情暴发，越南又执行"躺平"政策，民众感染率极高，参与走私人员成为流动的病毒，连同污染的商品给中国防疫工作带来极大压力。2017年起，我方开始在千里边境线上建拦阻设施，架起铁丝网，誓将风险阻挡在国境线外。2020年后，又选派边境村屯觉悟高、政治可靠的精壮汉子作为志愿者到卡点值守，日夜紧盯死守，但时间长了，卡点值守有松懈苗头。进入2022年，那坡县大年初五破防，初六起县城和口岸所在地的平孟镇实行全域封控。

　　我们就是在这紧要的关头，被抽调组建全县疫情防控突击队来到边境的。突击队巡守的其中一项任务，是进村入户宣传防疫政策，对"三非"人员进行摸底调查，对越籍媳妇当面进行警示教育。

　　本组责任村屯是那莫、坡江两屯。今天要去的是坡江屯。我和向恩军、韦青斌9点出门，没有交通工具，靠的是"11路车"。沿着步巡道走到558卡点已是10点，从卡点拐上小路往屯里走，走20分钟土路到王老汉的旧房子。王老汉正坐在二楼窗边，见到我们，热情邀请进家休息。走了一个多小时的路，还真累了，进屋刚落座，王老汉即提来一桶蜂蜜，我取了几勺兑水，连喝了两大碗。王老汉家完全是依靠政府扶贫政策才富起来的。当年我们帮助种下的数百亩经济林，给他带来源源不断的经济收入：八角每年都可以砍伐枝叶蒸制茴油换钱；玉桂每隔几年割一次桂皮出售；杉木十几年可以售卖一次。另有木薯、香蕉、桃李等当年收入的项目。满山的野花，成为养蜂的可靠保障，山林深处，随处可见绑在大树根部的蜂箱，养蜂成为本地一项新兴产业，每年售卖蜂蜜也能带来不少收入。前些年，王老汉投资一百多万元，在县城购买一处宅基地，建起一幢4层楼房。儿子在县城娶了媳妇，生养了3个小孩。农忙时节，儿子才会偶尔回到坡江岭帮忙。

又走了10多分钟到达大胜家，大胜听到狗叫跑出门来迎接。20多年过去，大胜除了明显变老，样貌基本没多大变化。倒是妻子王莉腰身变得老粗，正在家门口乐呵呵地拔着鸡毛。夫妻俩养育了两个孩子，女孩已出嫁，男孩还在那坡中学读高三。单家独户居住在高山上，周围的山间林地随意开垦，面积不小，得益于国家对边民的优惠政策，水、电、路均通达到户，每月还固定享受边民补贴。疫情发生之前，每年都请来越南廉价劳动力抚育林木，加工茴油。疫情发生后边境实行管控，越南民工来不了了。我看到后院高高垒起的几十个塑料桶，这些塑料桶显然用于装茴油售卖，遂对大胜说，你每年单是售卖茴油，收入远超一个公务员的工资。他笑而不答。

多年不见分外高兴，谈论了很多当年的趣事，然后重点说今天下村开展的工作。大胜介绍，这一带以前走私严重，不少人多次受到公安机关处理，这几年管得严，走私在这一带完全禁绝了。

大胜讲述了很多稀奇古怪甚至是骇人听闻的走私方式。大家总以为走私活牛赚钱，实际上越南与中国牛肉差价不大。走私活牛实际上是为了携带毒品。残忍的毒贩把毒品放到牛肚子、肛门、母牛生殖器官里，更不可思议的是把牛大腿的肉剔除，填充入毒品再缝合。还有将毒品塞进榴莲里的、放在进口布匹里的，形形色色，不一而足。2019年，本队现在巡守的坡江岭线段，曾有一车榴莲倒到山沟里，据说是成功入境后，不法分子转移藏于榴莲内的毒品，就把榴莲丢弃了。这些疯狂的行径，之前闻所未闻，听得我们目瞪口呆。

# 4月11日：几点建议

从百岩屯做完核酸检测回来，几个上了年纪的队员要休息一会。陆振屿和巴荣盛身强力壮，主动提出去巡逻。午饭时他俩才回来，汇报说，他们走到敏感路段，钻进草丛蹲守观察了两个多小时。还是年轻人想法多。

百省乡抗疫总队长许忠环来电，他要去县里参加疫情防控分析会，问我一线工作体会。我说，这次县里召集那么多干部组成强大阵容，疫情防控效果明显，但也有不足。其一，突击队对村情社情、地理环境一无所知，要想了解情况须走访群众，但短时间内不可能取得群众信任，入户走访恐难以了解到实情和有用线索。其二，防守线段内三步一岗，五步一哨。走私分子再有手段都不可能畅行无阻，必然以更隐秘的手法进行，人在暗处，我在明处，希望上级多通过技术手段想办法。其三，巡逻、值守有点虚张声势，"点连成线，线联成片"的设计太过理想化，几乎不可能实现。山高林密，点多面广，走私人员可随处藏身，守在卡点就起个泥菩萨的作用。其四，大批人员进驻，在生活上难免顾此失彼，力不从心，在高山上住帐篷，喝死水，满足了基本生活，但长期驻守对身体健康来说是极大挑战。中央领导强调，努力用最小的代价实现最大的防控效果！那什么是最小代价呢？一是发挥本地干部作用，充分相信和依靠土生土长的村社干，建立激励机制，也要有必要的追责措施；二是发挥隐蔽战线作用，发展内线，依靠情报；三是发挥群众的监督作用，打人民战争，让走私分子和心存侥幸者无处藏身，成为过街老鼠，才能形成拒病毒于国门之外的牢固防线；四是发挥技侦优势，及早打击内应，无论人员或货物进出，都要依靠通信手段，要紧盯跨境通信，掌控内外勾结人员，精准狠打七寸，这才是行之有效的办法。

下午，乡政府主官在工作群转发一条工作指示：转联防联控组通知：根据前几天市委政法委督察组提出的要求，现在的每日一报写的仅是巡守队边境一线开展巡控工作而已，内容还要增加打击案件、打击走私、打击"三非"战果和群众举报线索核实等边境管控情况。

那坡警方18：47发出消息，抓获11名涉嫌走私、妨害传染病防治罪的嫌疑人。网络时代，这种爆炸性新闻短时间内就会家喻户晓，对心怀侥幸者的震慑效果，是我们突击队员踏破门槛宣讲都难以企及的。

昨天晚上洗澡，水龙头流出的水是黄色的，还有小树叶、杂质，说明水池已见低。连夜将情况汇报乡长，今早乡里送来发电机，胶管又没送来，还是抽不了水。明天再不抽水，水池就彻底干了。又听值班志愿者说，平时抽水用的柴油是他们自己筹钱买的。那看来明天得再要求供应柴油，费用从我们工作补助中扣，若工作补助不够用，也只能由队员AA制筹款了。

抵边屯群众排队做核酸检测

# 4月12日：半夜蹲守

近几天，无论白天晚上，每次巡逻像赶鸭子，几个人热热闹闹地走。这显然只能起震慑作用，要发现狡猾的越境走私人员，显然不可能。今天决定采取另一种方式。

凌晨2点，由韦青斌带队，队员舒礼远、王得力、黄平波、隆家科等5人组成小分队，带上夜视仪，不开照明设备，悄悄潜入559界碑附近拦阻设施缺口处蹲守，历时两个多小时，暗中观察铁丝网外的动静。我的想法，通过这种无预设、不定期、非常规的手段，对周边潜在的不安分人员形成心理震慑。果然，上午巡逻经过卡点时，值勤人员表情讶异，询问有无异常，今后是否要经常潜伏蹲守？我并不正面回答。如果内部确实有勾连者，我觉得这次行动达到了想要的效果。

下午赶到乡政府参加全乡疫情分析例会。乡书记传达昨天召开的全县疫情分析会精神。县里对疫情在局部地区反复出现的原因概括为：内外勾连，监守自盗。果然县领导和我的判断是一样的。县里指示，接下来突击队不能只满足于日常巡守，还要进村入户开展重点人群（指过去搞过走私的、越籍媳妇及涉越人员）的排查、登记和警示。又强调要加强队员作风建设，严明工作纪律，特别强调不能饮酒，据说有个别突击队出现队员酒后脱岗现象。

轮到各突击队发言，大家普遍反映山上生活条件需要改善，特别是工作补助一直没到位，各项开支基本由队长垫付，实在难以为继。年轻的女乡长就各突击队反映的困难和问题做回应：1.解决几个卡点抽水的问题。从南宁采购物资耗费时间，水管明天运到立即发到各卡点。2.关于大树靠近铁丝网存在人员攀爬越境隐患问题。因地处自然保护区内，砍伐树木胸径超过5厘米均需报林业局批准，擅自砍伐违法。3.工作经费补助，每人每天50元，外县援那干警执行同一标准。

# 4月13日：十个"一律"

在走去百岩屯做核酸检测的路上接到通知，突击队长要前往乡政府参加全县疫情防控工作视频会。昨天就不能提前通知，让我们留在乡里吗？来回两个小时，车子是加水能跑的吗？

也好，趁着上城好好洗个澡。开车直达龙门客栈，开了个钟点房。山上的卡点水管装得矮，十天来洗澡只能蹲着，水量又小，半天不能淋透，冷得哆嗦。今天终于能站着痛痛快快洗一回了，花洒喷出的温水如此细腻柔和，这才是人间啊！几天没照镜子，鼻毛都长出来了，胡子拉碴，走到街上找理发店收拾一番。

会上，平孟、百省两个出现疫情的乡镇党委书记做检讨。他们深刻分析、痛心疾首、积极表态、豪迈宣誓，料定下一步乡镇会出台更严更实的工作措施。

一名县领导通报近期查获的3起涉及走私和人员非法出入境的案件。平孟街某超市老板和快递点老板疫情防控期间为越南人带货，换取越方土特产。百省水头屯社长和一名村民引领违法人员从小路出境，途中被抓。这些人现已被刑事拘留。即将被从严处以"十个一律"的惩戒。

一名县领导在分析疫情出现反复的原因时，用了三个分量很重的词：利令智昏、愚昧无知、贪婪无度。又发出严厉警示：谁还执迷不悟，以身试法，必将家破人亡！

会议开到午后一点还不散。在即将收尾时，领导又强调突击队的五项任务：入户排查，值班值守，巡逻巡查，政策宣传，警示教育。

　　回到驻地，晚饭后即刻组织入户，本组的责任村屯是坡江屯，步行需2个小时左右，回来又是上坡路，显然体力吃不消，还得开隆家科的私家车绕道那莫前往，车程40分钟。我把会议名称定为：坡江屯疫情防控警示教育会。全屯10户人，9户是定业外洞搬迁而来，加上大胜家是10户，他也从独居的半山腰骑摩托15分钟赶来开会。我安排韦青斌宣读县里下发的几个案例与宣传品，他不愧是当过多年政法干部，语气铿锵有力，掷地有声，效果很好。

　　我讲话前，村干简要介绍我的情况，这时，听见人群中有村民自言自语说："梁必政这个名字熟悉，懂得很多历史，写的文章我看过。"大家都戴着口罩，也不知道其姓甚名谁。散会回到驻地已是深夜十一点半了。

入户排查"三非"人员

# 4月14日：一场虚惊

几个人一起徒步前往百岩屯做核酸检测，路过一片八角林，有人惊叫："哇！那么多竹笋！"大家停下脚步一瞧，只见八角地里长出一大片黄绿的竹笋，有的刚冒出地面，有的已经蹿至二三米高，高低错落，直指苍穹，像极了战场上的高射炮阵地。我们天天路过，昨天都没看见啊，竹笋一夜之间竟能长这么高，太神奇了！粗壮的竹笋显现出蓬勃旺盛的生命力。相比之下，枝叶已被主人砍掉蒸炼茴油的八角树，只剩下一人多高的秃枝，显得了无生机。大家都惊叹野性的力量实在是无可匹敌。这时有当地志愿者路过，见状停车告诉我们，这块地的户主因为参与走私，去年被判刑蹲监。家里只有妻子和年幼的孩子，劳动力不足导致林地荒废。

县委常委、宣传部长黄国剑是558至565线段包段责任领导，今天前来巡查，常务副部长田琳随同前来，带来不少慰问品：迷彩服、鸡、鸭、鱼肉及蔬菜，2件面条，10斤牛肉。把一些肉菜分给558、560卡点。部长带来报警器，声称有振动会报警，但现场试验，似乎并不灵敏。

百岩村民小组组长岑大荣是558卡点志愿者，这几天才相识，一早就打来电话邀请我们去他家吃晚饭。到了他家，三层楼房，内外都贴了瓷砖，家具家电齐备。了解他家每月收入情况，岑大荣在卡点值班有补助（6个人轮流，每人每月实际在岗10天左右），他还兼任护边员、村护林员、村民小组长，每个职务都有一定补助。作为抵边屯，村民每月固定享受边民补贴。其父80岁，在对越自卫反击战期间担任向导，现每月也享有生活补助，几项工资性收入总计达到6000多元。每年还熬茴油，产量800斤到1000斤不等，价格好的年份可以收入几万元，加上生态林、耕地补贴还有售卖其他农林产品，粗算年收入有十几万元，这样的家庭，在农村确实算小康之家了。

晚上，县融媒体中心记者前来跟拍本组夜间巡逻蹲守情况。深夜23时许，有队员观察到565界碑对面，越方一部大卡车开路，大约36辆摩托车随后，车灯闪耀、车声轰鸣，正沿着巡逻路朝562方向驶来，大家站到高处观察，发现车队一直朝着560方向开去。这时558卡点来电话，车队在559界碑下方100多米处停下了。我急忙叫上5名队员一起赶往559界碑。待我们赶到，现场有555~558线段突击队员也赶到了。界碑外传来锣鼓声、诵经声，视力好的人说，已经看清楚了，是越方群众举行殡葬活动。

记者们的拍摄活动一直进行到次日凌晨一点多，大家又累又饿，向恩军和陈允穆热了饭菜，大家一起吃夜宵，直到凌晨3点才散去。

八角地里长竹笋

# 4月15日：对话越民

上午巡逻，临近559往560界碑方向的拦阻设施缺口处，4头越方黄牛紧贴铁丝网排成一线吃草。两百米开外传来锄地声，但隔着树林看不到人影。我大声喊话，有个男子回应，我叫他把牛赶走，他回答说牛要吃草。我警告若牛从铁丝网缺口处进来，我们就牵走没收。他显得很平静，说不会的不会的。我怀疑是不是有人要接头走私。

我们试图扔石子驱赶，但石子都打在铁丝网上，牛不慌不忙，头都不抬。我要求越南男子走过来说话，他还真走过来，戴着越南人惯用的绿帽，站在离铁丝网外三米的地方和我对话。他说已经3年没有做贩牛生意了。问那边疫情，他说好久不赶街了，不知什么情况，如果有人发病，政府会拉走隔离。这个回答，与我在越南的亲戚告知的情况完全不同。我之前了解到，越南打疫苗是自费的，一针接近人民币100元，群众嫌贵都不愿意接种，在乡村染疫根本不能治疗，死后只有近亲参与处理后事，邻里唯恐避之不及。他这个说法实在是"聪明"：涉及敏感的话题，不做正面回应。从这点看，越南的爱国主义教育还是很到位。我又问昨晚安葬的死者是不是染疫人员，他说是一个70多岁的老人病亡，临去世也没有咳嗽症状，结合他前后的话语，我觉得不可信。一番交流，倒是真佩服这个越南人的语言能力，我讲"仲"支系壮话，志愿者讲"侬"支系壮话，向恩军讲西南官话，他均能用相对应的方言对答，毫无疑问就是常与我方人员往来的生意人。

午饭的时候，有本地的组干志愿者同桌，大伙又求证昨晚越方送葬之事。很显然，大家都感到后怕。组干的分析是：越方农村坟场都在村头，这次他们葬得这么远,是否意味着染疫后死亡,才远离村寨安葬?并且棺椁系由卡车运载,越方农村从来都是人力抬走,用卡车更像是官方所为,这就更印证了染疫的判断。我听后也感到担心,我方昨晚有20人左右聚集到559界碑,与越方人员相距不到100米,实在是处置失当。

晚8点,由隆家科开车,带上舒礼远、向恩军到那莫屯开疫情防控警示教育会。35个农户只缺2户,其余农户都有代表参会。会上宣读涉边违法案例,公布一批犯罪嫌疑人,还全文宣读了"十个一律"惩戒措施。会前,会场边有一位长得像镇关西模样的人,不停说怪语,怪政府这不行那不行,开会时,村支书悄悄告诉我,这人曾经是村里走私的大户,难怪!散会时我瞥他一眼,他已没有会前的神气,大概是被公布的案例吓着了。

# 4月16日：半夜淋雨

凌晨3点被狂风暴雨惊醒，屋外大风呼号，暴雨如注，传来大树被吹弯的"咔咔"异响，像怪力乱神的怒吼，听着瘆人。门口路坎下满坡挺直的桉树，该不会都被狂风吹断了吧。

眼睛睁不开，听到屋里的人先后醒来。睡在中间的小杨最先被屋顶漏下的雨水淋湿，他急忙找来塑料布把漏洞堵上。靠近东墙的韦青斌也说被淋到了，对着大门睡的向恩军看到大门进水，赶忙出门扫水引流。其实我也是被雨水淋醒的。我的床最靠近西墙，雨水从石棉瓦与墙体的缝隙间飘进来落在脸上，反而感到丝丝清凉。正享受这份快意，心想这时候要起身，就会完全醒过来，接下来会难于入睡。于是，继续半梦半醒地任由雨水落在脸上，过了一会还真又睡着了。

等到睡醒已近7点。推开门，夜雨把门口的公路冲洗得光洁如新，雨后的空气也特别清新，于是搬来小凳子，坐到公路外边，欣赏雨后满山绿树。对面山上有雾，弄红山、阴阳山仿佛披上一层薄纱，更外围的一层山是高耸入云的妖皇山，可现在从天到地白茫茫的什么也看不到。

走去做核酸的路上，一辆摩托车飞驰而过，后座上居然坐着坡江屯的王老汉。这才想起，王颖杏支书昨晚开会时告诉我，去年一次联合执法时，发现王老汉家的牛没有耳标，疑似越南走私牛。正当执法人员要查扣牛群时，王老汉突然做出骇人之举，他瞬间把柴刀架在脖子上，厉声地说："你们拉走牛我就自杀！"为避免出现恶性案件，大家急忙安抚，折腾半天才成功劝导他放下柴刀。他又捂脸坐到地上大哭，说他如何如何可怜，请求放过他。我听后跟颖杏说，王老汉家完全是依靠政府扶贫政策才富起来的，数百亩的经济林，每年给他带来源源不断的收入，为什么还走到政府的对立面上去呢，足见人的贪欲是无度的。

前天，县领导在全县疫情防控分析会上，提出一连串疑问，为什么养牛场总是分布在边境一线呢？这是不是为从越南走私牛制造的障眼法？畜牧局到底有预警没有？牛耳标的发放是否有漏洞？走私活牛这潭水究竟有多浑浊？

从百岩做完核酸回到驻地，组织队员拿铁线到558界碑，加固拦阻设施出入界碑门上的一处缺口，铁线是昨天托人从百省街买的，花了几十块钱。做完活原计划顺便前往王老汉家当面警告。这时得知县文旅局领导前来慰问队员隆家科，便走回562驻地与慰问组一行人会面。

下午气温骤降，寒气逼人，全部人都穿上冬装。晚饭后到560卡点参加值班，村里4名队员都到齐，跟他们谈起"十个一律"的其中一条：村里出现走私的，一律取消该村当年向上级申报任何建设项目。问他们有什么看法，他们反应很平淡。仔细想想，公共设施是大家的，他们当然可以不痛不痒。而走私赚到的是进自己的口袋，到手的实惠更具诱惑性。由此看来，运用法律手段抑制私利是必要的，欲望的驱使足以让一个人忘记道德和良知，更别说什么公共设施建设了，更不能指望通过一般的宣传教育就能打消走私分子追逐暴利的贪念。

半夜堵漏

# 4月17日：入户警示

　　半夜下起小雨，依稀听到屋内漏水的滴答声，有细细的雨点洒到我脸上。在心里安慰自己，少安毋躁，心静就好。心想就算起来也没用，难道要撑伞睡吗。屋里也没谁起来，大概想法都一样。

　　昨天在"每日汇报"里反映了漏水的情况，晚八时许接到乡政府办公室小何的电话，说可以调篷布来临时挡雨——费用当然还是从我们每天的工作补助扣。大伙听说后讨论如何利用篷布，干警住的帐篷倒是容易解决，篷布盖在帐篷上，四角拉线固定应该是可以的。就是我们7个队员住的砖瓦结构仓库，顶上的石棉瓦想必已老化易脆，这时候不动还好，如果把篷布盖到上面，半夜风大，篷布打在石棉瓦上，恐怕石棉瓦要碎掉，到时漏水不说，恐怕还要给老板赔石棉瓦。

　　商量的结果是，先下单订两张，用于帐篷的补漏，待天亮后找来卡点的志愿者请教补漏做法，劳动人民智慧多嘛。天亮了，请来志愿者卜单，卜单建议把篷布放在瓦下，像糊纸片一样固定在栓皮横木下，但需要撬杠把横梁撬起来，塞入篷布。这边境山野，撬杠自然是没有的，也就无法施工。就此作罢，只盼上级尽快建成活动板房让我们住进去。

　　让人意想不到的是，下单的两张篷布又卡壳了。前两天，连续有宣传部和文旅局两个后援单位前来慰问，带了一些菜来，本队因此不跟配送公司订菜。为这个原因，公司竟然就把篷布丢在553卡点，只差5公里了，也不给我们送过来。这才想起前天订的两桶水也没送来，原来是不买菜，别的东西就不肯送了。

　　上午到那莫屯入户，逐户对村委提供的涉边违法"重点户"进行警示谈话。那莫屯有5户"重点户"，其中一户主去年底已被逮捕法办。走了一个早上，找见3户。其中2户只有主妇在，她们倒是承认老公都曾做过走私生意，但声称近两年疫情发生后都不做了。另一户男主人在，但拒不承认参与走私。民警舒礼远拿过他手机查看，他顿时紧张，目光也飘忽了，说话也结巴了。我们把手机还给他，又重复了近期涉边案例的警示，就从他家出来。舒礼远说，从手机联系人看，他去年6月还和越南人有通话。我们此行也只是警示，能让他害怕已经达到目的了。

# 4月18日：走私通道

　　早上起来发现大雾散尽，天气晴朗，气温也回升，睡在帐篷里的两位干警舒礼远和王得力把门帘挑起，到了中午，帐篷里的水珠就基本被风吹干了。

　　做完核酸检测回来，青斌、礼远、峻崴出去巡逻，青斌顺道去558卡点值守。我和巴荣盛从大路走到560卡点值守。从十点到十二点两个小时，只有4辆车子经过，3辆摩托车，一辆小货车。3辆摩托车中，一辆是群众去百岩屯做完核酸检测返回，两辆是附近卡点值班人员巡逻路过。小货车是电力公司的检修车。

　　卡点旁有一条直达坡江屯的小路，几年前，边境走私猖獗一时，这条小道是走私的秘密通道之一，政府发现后及时增设此卡点，小道顿时变得荒芜。现在杂草丛生，难于通行。但路边的杉木林长势极好，每一棵都高达十几米，笔直匀称。这种长势木材出材率高，反之，若杉木长成下粗上细的"棒腿"木，出材率则低。志愿者农雄汉告诉我，这片杉木只种了12年，很多地方，这样大小的杉木要长15年左右，足见坡江岭的土地是多么肥沃。

　　二十多年前，我到此地参与创办坡江岭安置场。据说，全县为易地搬迁贫困户而创办的多个安置场，只有这个场办成功。土地与农民总是密不可分的，有地才能安民，地肥才能富民。

　　与农雄汉聊天得知，现在种植户碰到了烦心事。他们向上级申请砍伐证时被告知，杉木林已被划入生态公益林区，不能砍伐了，补偿政策尚不明确。经济林占农民收入的大头，这个政策出台，保护了生态环境不假，但农民的生计呢？这个问题政府是绕不过去的。

突击队进驻之前，560卡点用水困难，值班人员每天往返数次到562卡点取水。我们进驻后，经反映，乡政府在此安装了容量2吨的不锈钢水塔，从558卡点旁的河沟抽水，抽一次能用5天。

值班人员反映，562水池又没水了，柴油也用完了。我赶忙报告乡府办公室小何，过一会，小何来电说，汇报了几位乡领导，都说没有这笔钱，他自己垫资帮我们买了一桶柴油，叫送菜车帮忙送进来，以后这钱从工作补助扣。

晚十点，县融媒体中心在其抖音号上以《集结出征，卫国戍边》为题推出14日采访本组的短视频，朋友、亲戚纷纷发来短信表示问候，队员们也倍感振奋，在各自朋友圈转发，播放量不低。

# 4月19日：集中抓捕

　　半夜仍有雨点飘到脸上，睡眠受了影响，天快亮睡正沉时，又被鹅叫声惊醒。起床打开门，清风扑面，远处妖皇山的雄姿完全显现出来。天气变冷的这4天没换过衣服，也没洗澡，都闻到身上汗臭了。趁大家都没起来，先洗个冷水澡，在我举起水桶从头淋下的瞬间，家科从帐篷出来，抓拍下我露天洗澡的镜头。

　　青斌从558卡点发来照片，他和2名志愿者下半夜又到559卡点旁拦阻设施缺口处蹲点监视。天刚亮，越方5头牛一早就来到此处吃草，这里离越方最近的村寨各昔屯有3公里，牛来得这么早，实在太诡异。他们蹲守两个小时，又不见有其他人出现，只好把牛群驱离后返回。

　　接近中午的时候，黄国剑部长来了。他坚持每周到责任线段检查一次，也兼有慰问队员之意。今天给我们带来猪、鸡肉和几样蔬菜。听取汇报后，他对本队不定时蹲守监视的做法表示肯定，要求在监视好境外情况的同时，做好内查，特别注意养殖户牛群头数突然增加的情况。午饭后，部长率队巡逻，从562卡点沿步巡道边走边查看，在拦阻设施缺损处，他现场联系县边防管理部门负责人，要求马上派员修补，走到558卡点又座谈了解情况，直至傍晚时分才返城。

　　接近午夜时，那坡县公安局发布消息，4月19日凌晨，县公安局出动多组人马，分头行动，对14名涉疫违法犯罪嫌疑人进行统一收网并悉数抓捕归案。目前，正在对违法犯罪嫌疑人进行审讯和线索深挖。3月15日以来，通过那坡警方持续高压打击，活跃在边境的走私、"偷引带"等违法犯罪分子纷纷落网。截至目前，共捣毁涉疫违法犯罪团伙9个，抓获违法犯罪嫌疑人64人，有力打击了边境违法犯罪分子嚣张气焰，有效维护边境安全稳定。公安局的推文图文并茂，并附上抓捕、送入看守所、组织审讯的视频，这种短视频对不法分子的震慑作用是显而易见的。

黄国剑部长带队巡逻

夜间蹲守

# 4月20日：守法之乐

一大早，那孟村支书在工作群转发了一则通知：昨天全县疫情防控指挥部（扩大）会议，县领导强调9项工作：1.继续完善分段包保机制，巡守包保专班要收集问题，发送清单，乡镇要更压实责任；2.继续强化摸排走访宣传教育方式，只能强化，不能削弱；3.继续加快物防技防建设速度；4.加大案件的查处和曝光力度；5.继续加强社会面氛围的营造，一些地方戴口罩还不成习惯；6.继续鼓励联防联控措施的创新；7.加大疫苗的接种和核酸检测的动员工作；8.加大学校疫情防控力度；9.继续做好中药汤剂分配和饮用工作。请大家抓好贯彻落实。

早餐后，我带上青斌、恩军、礼远，由阿科开车到坡江屯入户摸排走访。只有10户人家的小屯显得异常静谧。当初办这个安置场，政府统一为安置户建设住房，在山坡上开挖出几个平台建成几排一层的砖混结构房子，每户分到2房一厅，40平方米左右。二十年过去，安置房里都不住人了，各家自建了两到三层的大楼，安置房成了杂物房。装修堂皇的几户，内外贴了瓷砖，其中一户还建了门楼。对照村委提供的涉嫌走私及运送"三非"的人员名单，坡江屯有5人，涉及两对父子和另一个三十出头的年轻人。对照房屋分布图，就属这几个人的房子最高大漂亮。一处旧房里堆着80多个50斤装的空塑料桶，房间茴油味很重。我们测算，这些桶装满茴油，一次可以卖到30多万元。联想到当地志愿者说过的话，前两年，有人从越方走私入境大量茴油，看来真有不少人发了走私财。

在屯内转了一圈，只看到一老妇人，对照地图，知道正是重点户，问其孩子去向，说是外出务工了。此时听到旁边牛栏里有牛铃声，走过去一看，是一头黑黄牛，没有耳标，几乎可以肯定是越南的牛。转身问妇人，她说是从龙临（邻县专业大牲畜交易市场）买来的。龙临牛市是终端市场，价格很贵，农民会去那里卖牛，而不会去买牛，说明这家人之前已统一了口径。

等了很久，见到从地里做工回来的老熟人黄真意，黄真意是老党员，建场之初，主导安置场建设的县府办就让他担任社长。黄真意家也建起了占地上百平方米的三层楼房，还没装修，屋内陈设较为简陋。我先是和他叙旧，谈论建场之初的土地分配政策。他反映，刚开始都是由政府分配土地，后来各自拓展，谁种谁有，劳动力充足的家庭把别家责任地旁的荒地都占去了，这就引发了矛盾，百省乡司法所没少到坡江岭办调解案。

谈到走私，黄真意说，前几年有段时间活动猖獗。有本钱的，直接参与买卖。没本钱的，晚上守在村口，等着走私车辆路过时收"过路费"，每辆500元。黄真意以老党员名节为重，坚决不参与。为此，从钦州沿海富裕人家嫁过来的儿媳妇怪家公太古板，离家出走，至今未归。坚持原则的结果，是家庭经济较困难，至今还欠着建房的8万多元债务。好处是儿子因为清清白白，当上村委副主任。这几天，公安局在全县收网，抓捕涉边犯罪嫌疑人60多人，屯里那些参与走私的都跑出去了（指我们刚走访的那户的儿子）。"只有我全家人睡得最踏实。"他颇为自得地说。

# 4月21日：十户联保

积累了一大桶换洗的衣服。为节约用水，邀上振屿、荣盛前往558卡点下的山沟里清洗。558卡点所在的山坡是自然林，溪水清澈，有山泉冰凉的感觉。洗完衣服，又冲了个澡，无比舒畅。平时在驻地洗澡，皮肤有一层油腻感，我怀疑水质有问题，因为取水点在数百亩速生桉林下方。和大伙说了，都有同感。有点担心用这水煮饭菜，会有健康问题。心里盼着558卡点的板房尽快建成，搬过去住，用上放心水。

大胜来电话请我们过去吃午饭。刚好，3位干警这两天要撤防，就权当送行，于是带上3名干警同去。原来今天是百省圩日，大胜赶早市买了牛肉、鱼肉，加上自养的土鸡，腊肉，整了一大桌好菜。3年的陈酒，酒色淡黄，入口清香绵柔。兴味盎然，宾主尽欢。

下午回到驻地刚要休息。手机叮咚响个不停，一看是村委请突击队协助他们入户工作，组织群众签订十户联保的承诺书。急忙带上得力、振屿，由家科开车前往。会场上，有群众发言，称只能管好自己，别人半夜三更干什么他管不着。有人起哄，说就算同居一屋，老婆偷汉尚不知情，谈何监管别人家？又有人说，哪怕签承诺书，也只对自己负责，而不能设保长，否则叫保长怎么睡得着觉？

主持人语塞，示意我发言。我只能解释，这是疫情防控特殊时期特殊政策，也是前面一系列管控政策的延伸，目的还是确保不再出现走私及"偷引带"现象。走私不同于别的行为，是买卖行为，不可能没有动静。实际上大家对村里有没有这种行为，谁做谁不做，心里都是清楚的。国家法律明文规定，制止和举报违法行为也是每个公民的义务，这个联保政策是和法律精神一致的。

这时，一位社长出面大声说，不用解释太多，这是上级政策，也不单是我们屯做，马上签就是了。于是大家一拥而上，商量如何分组，不一会就签完了。做完那莫，又到坡江，情况大同小异，群众有不同意见，但还是都签了。

# 4月22日：边地毒虫

清晨，全屋人被向恩军一声怪叫惊醒，急问原因，说是他醒来刚睁开眼睛，看见一只硕大的蟑螂在他头顶盘旋，正想看着蟑螂要飞向何处，不料这只恶虫径直扑下来，一头撞向他的右眼，然后飞出门去了，现在眼睛奇痒无比。大家连连称奇，走近看时，老向眼睛已开始红肿。我赶忙拿出杀虫剂，在各个床下，全屋犄角旮旯都喷了一遍。房间顿时弥漫起呛鼻的药剂味。

蟑螂袭击人，迷信说法就是"见怪"了。要在过去，恐怕得请道师打醮消灾。南方多瘴疬，自古以来，毒虫瘴疬危害人类的奇闻逸事层出不穷。

按说直至宋代初期，我们现在巡守的这片土地，与铁丝网外的山水都属于中原王朝的版图，称为广源州。

交趾历来觊觎这片土地。北宋熙宁四年（公元1071），交趾进犯广西并屠城邕州。1076年，北宋派大军讨伐交趾，在富良江重创交趾军队。

交趾李朝元气大伤，不得不向宋廷表示臣服。宋朝遂屯兵驻守，将广源州归属邕州直管。但北方来的将士因水土不服，仅仅一年时间，戍卒或者亡于疫病，或者怯而逃亡，损失殆尽。

交趾李朝趁机向宋廷请要广源州。宋神宗目光短浅，竟然说："岂可以总将戍兵强行投之瘴土！一人之死，朕且怜悯，何况十损五六？"令广源州二万户居民内迁，非常豪爽地将广源州土地赐给交趾。今越南高平"广渊"即广源旧称。只因毒虫瘴疬，放弃大好河山，也算是旷古奇闻。

想起昨晚在坡江屯，黄真意老社长给我们讲的一桩怪事。

前天日记提到，黄真意严令家人不得参与走私，儿媳妇生气出走，从此杳无音信。2年后的一天，儿媳突然打来视频电话，称要见见她的儿子。其夫将手机递给才3岁的儿子，岂料儿子一见是妈妈，看都不看，直接将手机踩在脚下，嘴上说："什么妈妈，两年都不回来看我。"

家人大为诧异，平时家人从不在孙儿面前说母亲的不是，怎料这幼童竟然有这般激烈的反应。

一天，村民正聚于门前闲聊，孙子突然说："山上失火了。"众人四望，没看到丁点星火，都笑小孩乱说。岂料一会工夫，村子对面山梁上冒起一股青烟，大火熊熊燃烧起来，众人讶异不已。

黄真意带孙子回宋平村老家省亲。刚返回到家中，孙儿说："爷爷要死了。"

黄真意怒道："我活得好好的，怎么说话？！"

"我是说老家那位爷爷！"孙儿很认真地说。

第二天一早，老家来电话，真的有个叔公过世了。

黄真意领孙儿去邻家做客回来，孙儿一脸凄然说，邻家要添新鬼了，真意斥其胡说。不料当晚，邻家在百省街上做屠户的儿子，白天还好端端的，突然暴病而亡。

我们听罢，面面相觑。家科分析道："这是孙儿从小失去母爱，性情敏感多疑导致的。祖孙隔代亲，特别疼爱，记住了日常生活中巧合的事情而已，并不奇怪。"我觉得分析中肯。大家不禁对爷孙俩的遭遇感到同情和惋惜，安慰了黄真意一番。

晚上夜巡，率青斌、振屿、荣盛沿车巡路走到558界碑，转上步行道前行，于23日零时20分到达560界碑后停下，关掉电筒，在通往界碑的岔道边蹲守。我们静默下来，才发现平时以为万籁俱寂的夜晚，原来这般热闹，耳边数种鸟声和着各种虫鸣声，高低起伏，长短不一，无休无止，铺天盖地。在心里默默数来，声音不下10种，简直是鸟虫界在演奏曼妙的协奏曲。听着听着觉得人类对于大自然，实在显得多余。你看这没有人类活动的夜里，大自然是多么和谐，多么美妙！退一步说，人类只不过是大自然万千生物的一种而已吧。

夜巡

# 4月23日：党日活动

3名乐业县援那干警一早接到上级电话，通知他们守边到期，明天返乡。几天来望眼欲穿，如今获知确切消息，3人明显愉快多了。

为使最后一次巡逻具有仪式感，午休起来，我们在门口钉上临时党支部铭牌，铭牌下展开党旗，全体队员列队，重温入党誓词，然后举着党旗巡逻，党旗猎猎，誓词锵锵，大家都倍感振奋、庄严。走到界碑合影留念，拍出的照片装容严整，威风凛凛。

晚饭前与在507卡点值守的老朋友李永锋通话。身为中国摄影家协会会员的他，守边不忘带上摄影器材，为记录疫情防控期间边境苗族群众的生活，他还参与生产劳动，和群众下地种玉米，与群众打成一片，从而取得苗胞的信任，拍到不少好照片。今晚一户苗民请他到家里吃饭，从他发来的照片看，苗族妇女穿着绚丽的民族服装，有的在奶孩子，有的在炒菜，生活气息浓厚，这就是住在群众家里的好处，接地气！

晚十点前往560卡点夜查，一路听家科讲述2017年在念井村打私的往事，一些细节令人震惊。因为当时边境没建拦阻设施，越南走私分子非常嚣张，往往整村出动，凭着人多势众，抢走我方打私队员的手机以防报警。半夜在山头上朝打私队驻地扔石头，把打私队员打伤打跑。曾有几次，走私分子故意陆陆续续把十几头猪赶到界碑旁，还假装放出口风，这两天将有大批货物从此地过境。我方闻讯集中人马在这个卡点守候，岂料两天后才知道，走私分子采用了声东击西的策略，他们的货物已从别处入境。拦阻设施建成后，这种现象才渐渐绝迹了。

　　晚上在工作群看到一个有趣的情况汇报。519界碑越南一侧，今天有8名越南人聚集喝酒，大约一个小时后离去。前些天已陆续有数对越南年轻的情侣到这地方饮酒取乐。是在试探我方驻守人员的反应？还是519这个数字或者界碑对于他们有什么特别意义？不得而知。

在驻地开展党日活动

# 4月24日：半日观光

8点不到，和青斌、家科、荣盛就出门巡逻。走到558卡点，时间尚早，决定继续往前走，看看别的线段的值守情况。一路漫步，走走停停，感叹于这一地区修通巡逻路后，无论戍边人还是边民，生产生活都因为便利的交通发生巨变。巡逻路旁时不时出现的参天大树告诉我们，这里曾经是遮天蔽日的林海，可是现在映入我们眼帘的全是速生桉、八角、杉木林。偶尔看到一棵大树，其根部又往往绑着一个蜂箱，难怪每到冬季，在县城看到售卖蜂蜜的广告，生产地都是坡同村一带。大自然对人类的馈赠是如此无私，而人类对大自然的索取从来都是挖空心思，无休无止。

553、555卡点的两支突击队都住在坡隘屯一民房里，这是一栋占地面积约200平方米的4层楼房，建有门楼，装潢考究。房子第一层建成楼中楼，两支突击队各住一层，每层住10人，都是打地铺。这种情况，除了水电比我们方便，房子比我们好之外，住宿的拥挤嘈杂，巡守的距离比我们好不到哪去。

554卡点在一处下坡拐角处，从这里可以俯瞰越南谷榜社那隆屯。"那隆"是壮语地名，即大田的意思。村庄周围确实有大块水田，缓坡上是连片梯田。高山上则是一片片经济林，几乎看不到天然林，这一点比中国一侧更甚。这和我方20世纪80年代初期是一样的，当时，刚实行责任制到户，农民放火烧山，开荒造地，山上几乎没有一片天然林。几年后，各村泥石流频发，水源枯竭，这才认识到过度开荒的危害，之后每个村屯都自觉蓄养水源林了。由此看来，越南这方面的意识还落后于中国。正在值勤的本地志愿者告诉我们，越南边民这些年才开始学着我们种植八角、玉桂、油茶等经济林木，由于他们地广人稀，人均山林面积大，很多人就靠向中国走私售卖桂皮、茴油等农林产品发财了。我们仔细看那隆屯，还真是，民房普遍是两三层独栋小别墅，顶上是彩色斜坡屋顶，显得很洋气，其富裕程度不亚于中国一侧的村庄。

下午回到驻地，发现集装箱式的活动板房运到了，每个卡点都装了一个。厢内有3个上下架的床架。据说另一个箱体是厨房和卫生间，没有运到。大家看了一阵，不禁对这箱体的设计产生了顾虑：密闭的铁皮箱，里边得有多热呀，没有屋檐，下雨还不直接飘进屋内？只在外立面一侧开两个小窗，空气不能对流，热天住在里面肯定很闷。传说中的空调没看到，就算是有，乡下时断时续的供电就让人不放心，更不用说现有输电线路根本就无法承受用电负荷，改造线路又不知要等到几时。本来满心的期待，现在看来还是难遂人愿。

# 4月25日：难题不少

昨晚夜巡到很晚，今早为赶着做核酸检测6点半就起床，午饭后哈欠连天。可一躺下，身下立即被汗水浸湿，短暂睡着又被热醒。一摸脸上一层油，到水龙头边洗脸，水是滚烫的。想想这种低档的黑色塑料管，又整日曝晒，这水难免会对身体有害，连洗脸也有了心理作用。

乡政府下发通知。要求每个突击队联系一个抵边屯，全覆盖开展各项疫情防控工作，突击队员包保到户。本队联系的坡江屯只有10户，10名队员刚好每人联系一户，杨峻崴负责制表上报。入户要等群众晚上收工回来才行。

进驻日久，各种实际困难开始凸显：饮水安全问题，住宿大通铺问题，酷暑天气消暑问题，食物配送问题，队员遭毒虫叮咬普遍皮肤溃烂问题，活动板房设计不科学问题，步行巡逻低效与疲惫问题，上技术手段跟踪重点人员问题，等等。这些问题都在每日工作汇报时上报了，目前还没有得到解决。中央提出以最小代价取得抗疫最大成效，毕竟，当今时代，靠人力解决问题，显得太原始了。

晚上入户归来，有队员发表意见说，要求队员"全覆盖"开展防疫工作，换种说法就是对联系村屯的防疫工作"负全责"。但是队员与联系户不认识，不了解其家庭情况，入户了解情况，群众也不一定说实话，就是起到震慑作用罢了。

# 4月26日：申请驰援

气温飙升，屋外阳光热辣如火，屋内闷热似蒸笼，辗转等到下午3点上班时间，给单位办公室秘书小李发信息：申请驰援！这两天骤然升温，白天屋内外气温30多度，急需电风扇。要立式的，住处3台，两个卡点各1台。今后搬入板房，预计每个板房需3台。则总需求8台，目前暂不搬入板房，故先要5台。另，今明天又要求队员到联系村入户摸排"全覆盖"，请解决50升汽油。来时请带些祛痱止痒的药水，例如六神花露水、皮炎平之类。

慰问物资

过不了一会，即收到常务副部长田琳的信息：8台立式电风扇；50升汽油；去痱止痒药水，如六神花露水、皮炎平等；牛肉10斤，青菜类、快餐面、矿泉水等若干，先这样安排可否？

队员身上都长了疹子，可能是沤烂的，也可能是蚊虫叮咬，我自己也长了多处，手一抠则溃烂，有些担心，但无可奈何。

这两天巡逻到560界碑一带，越南牛群常出没的地段，再没听到牛铃声，变安静了。前些天反复驱赶，牛和牛主人都不愿离去，真是奇怪。大家初步判定有2个原因。一是22日公安机关抓走规架屯一走私户，形成震慑，不安分人员终于害怕了，打消了接应走私念头。二是牛群常出没的路段，是559到

560卡点拦阻设施缺口处。21日修补完成后，此处已无偷渡通道，所以就不来了。由此可见，境内外相互勾连仍未停止，走私暗流依然涌动。

夜巡差点踩到蛇，这是巡守以来遇到的第7条了，幸好都是有惊无险。隆家科曾参与打私队工作，有密林蹲守经验，他事先备有高帮鞋，每次夜巡他做排头兵，手持长棍挑开路面落叶，这也是每次都能避险的关键。密林间巡逻还真不可大意。

# 4月27日：靖边亮剑

昨晚10时许，县公安局发出"亮剑·靖边"行动第3号通告，全县又抓获5名涉边涉疫犯罪嫌疑人。其中一人是从越南贩卖活狗宰杀出售，也被抓了。

趁热打铁，今早6点半，由向恩军率队到坡江屯入户通报案件。也宣传突击队与责任屯群众"一帮一"工作机制。群众出工早，要赶在他们集中做核酸检测前到达。从发回的图片看，活动很成功。他们以案说法，警示群众，只要是从越方取得东西，价值再小都是犯罪。

9点47分，乡党委书记在工作群发出紧急通知：收到线报，有几个蛇头已经到达那坡，计划从百省接出接入一批非法出入境人员（含中国、越南），请大家加强巡逻管控，可采取重点地段蹲守、夜间巡逻等。

我大吃一惊。昨天晚上，家科、荣盛、峻崴、振屿夜巡，9时许，从560界碑下方的越南巡逻路上传来动静，仔细看是两个人在走路，家科小声叫峻崴、振屿开着电筒佯装前行，自己和荣盛原地蹲守观察。可惜峻崴、振屿不解其意，走出几百米后，回头大声招呼他们跟上。行动暴露蹲守已无意义，他们只能开强光电筒朝越方照射警示，然后返回。

按理说农民不会晚上9点才收工，那两个人会不会是为偷渡做接应？因为昨晚没有接到通知，当时并没有思想准备，否则会一直蹲守观察。不过我方巡逻队电筒照射警示，若有心怀不轨者，应该不敢从此路段通过吧。

中午，单位送来慰问品，其中包括8台电扇，午休时终于可以安然入睡了。

午饭时，部长勉励大家说，巡守进入倒计时，过几天就收队了，请大家再坚守几天。大家听了都不禁产生一种眷恋感。晚饭后巡逻，大家提出往564界碑看看。564界碑所在山口比我们驻地开阔，风更大了，站在山顶，迎着越南方向吹来的山风，异域同天，此时此刻，一种自豪感油然而生。

# 4月28日：表达意见

上午9点多正走在巡逻路上，乡政府办公室小何来电，称接下来的第二轮巡守，上级有意减少突击队员人数，特征求我意见看是否可行。

我直截了当说可以减少，又进一步具体说，每个卡点的志愿者已有6人，值班和巡逻都常态化了。边境巡逻路来往人员很少，工作量不大。突击队的作用，应该是监督和强化，而不是取代，不需要那么多人。

放下电话，一旁的青斌补充说，突击队的重要职责还体现在进村入户开展政策宣传，这项工作由突击队去做，比村干部适合，所谓"本地姜不辣"。恩军说，还应该提一条，突击队队员应来自同一单位，把线段巡守责任明确到单位，这样责任才更明晰。

3人进一步商量，形成几条共识：一、突击队的主要职责，是对卡点巡守工作的监督和强化，而不是取代其工作。二、每个突击队有5名干部和一名干警即可。每个突击队驻地相距不过2至3公里，一旦有事，突击队之间完全可以相互支援。三、突击队负责对责任村屯进行政策宣传，摸底排查，警示教育，每周进村入户一次以上。四、突击队员由同一单位干部组成，有利于落实单位责任，激发队员巡守积极性主动性。

驻百岩屯的第十八突击队队长刘连，性格比较内向，前几天我们去百岩做核酸检测时，发现他牵着一只猎狗，一问才知道，为巡逻安全起见，他居然跑到百都乡花600元钱从瑶民那里买来猎狗，他为工作这么上心，让我心头一动。有天晚上，他带狗夜巡，半路上猎狗抓到一只竹鼠，因靠近我队驻地，他把竹鼠拿到我队厨房，嘱咐值班员宰杀时，留血给狗吃，以增加其野性。

今天下午4点，刘连打来电话，邀我过去吃晚饭。问吃饭缘由，他说过几天就收队了，回到县城没地方养狗，就把猎狗送给与他交好的一位村民。那村民今晚过来领狗，打算做几个菜招待，邀我去聊天。大概是我和他说过喜欢养狗的缘故吧。

刘连真是一个有心人。

# 4月29日：边关胜境

一大早接忠环来电，称收队在即，是否有兴趣来一次沿边半日游。他作为百省乡总队长，在沿百省乡边境线巡检时发现，519至509界碑一带都是高山深谷，因地形复杂，无法开通机动车巡逻路，沿途风景很美，值得游览。

我当然很乐意，交代好工作，即驱车前往519界碑与忠环会合。519界碑所在地弄苗山海拔1300多米，属苗族聚居区。界碑所在的山垭口有一处清朝末年留下的摩崖石刻，刻着"滇粤关津"4个大字。20世纪90年代，一个偶然的机会，我曾经实地观摩崖刻，那4个繁体楷书，法度森严，笔力遒劲，令我印象深刻。后来，两国正式划界，崖刻所在地归属越南，位于越南界内100米左右的位置。从那以后，再没有机会看到这块崖刻。

从519界碑开始徒步登山，走大约半小时到达518界碑上方的顶峰，在此处俯瞰，山北的整个百都河流域尽收眼底，绿色的林海无边无际。山南越南地界则是喀斯特地貌，高高低低的山头星罗棋布，形态多姿。最奇特之处，是此处山体有一个直径100米左右的南北贯通的巨大溶洞，洞这头是中国，那头是越南，两国以山洞中线为界。自古以来，商贾旅人就从这个天然隧道往返中越。不知道能否称为世界最大跨国溶洞。从远处看，这个山洞像是高悬于山巅的一轮明月，又像极了一座巍然耸立的云顶天生桥。

接下来是下坡路。走了一个多小时，都是林间小道，路旁不时出现连片的野芭蕉、桫椤树，或是高大的棕榈树、擎天树等热带树种。我们不时回望山顶上的天生桥奇观，驻足俯视峡谷云海风光，真是心旷神怡。

在接近谷底的516界碑的时候，突然，我们注意到路边一块巨石上，有人为凿削的痕迹，石头上面形成一米见方的平面，凑近看，石面仿佛有字迹，以手掌擦拭附着的青苔，字迹渐渐清晰起来，一番辨认之后，终于看清内容，那一瞬间，我兴奋得几乎要欢呼跳跃起来——这是又一幅"滇粤关津"崖刻啊！和519界碑附近那一块相比，这块略微小一些，但是字形、笔画几乎是一致的，可以肯定是同一人的字迹。

中午13时许走到514界碑，跟驻守此地的突击队蹭饭。这里距离水头苗寨一公里，4月5日水头屯出现两例阳性病人，突击队进驻屯里管控了两个星期，这期间各家各户人员不许出门，生活物资由干部配送，连群众的猪、牛、羊等牲畜都由干部喂养。突击队员讲述他们所受的苦，让我震惊不已，暗自庆幸疫情没出现在我防区。

云顶天生桥

峡谷风光

514到512界碑是缓坡路，过了512界碑又开始爬山，沿着蜿蜒曲折的巡逻便道向山顶进发。茂密的树林遮挡了太阳，但我们依然汗流浃背。路旁老树虬枝，藤蔓缠绕。远处林子里不时传来稀里哗啦的声响，那是猿猴在嬉戏，还伴着短促的尖叫声。一个拐弯处有一座兀立的怪石挡住去路，上面覆盖着厚厚的苔衣，乍一看像一尊山神，让人害怕。下午5点多走到509号界碑，界碑屹立在龙门山上，碑后长出一棵形状奇特的树，使得界碑像是立在一个巨型盆景里，越南地界有一片石林，煞是好看。阳光正烈，不敢久留，急忙下山。6点多走到弄苗屯，这里是百省乡第三突击队驻地，屯里的苗族群众与境外苗民常有来往，突击队管控任务艰巨。昨晚又不知哪个坏分子剪断了拦阻设施的门锁，把大门卸下扔到界外草丛里。第三突击队队长是市场监管局派出的干部，与我交好多年，我们事先已交代他们煮饭。吃过晚饭，夜色朦胧间返回坡江岭。

# 4月30日：又暴惊雷

弄苗屯农户藏匿越南人！一大早，爆炸性新闻仿佛一盆冷水，把守边倒计时的那点快乐浇没了。刚好我昨晚在弄苗屯吃饭，不会被列为"时空伴随者"拉去隔离吧。

乡长把她向县领导汇报的微信聊天截图发到工作群里。传达出两个信息，一是事件原委；二是县领导的震怒。

从汇报看，弄苗屯男孩与越南女孩之前同在中国沿海地区务工，两人相恋，前段时间返回各自老家。28日凌晨4时许，男孩相思情炽，从507界碑出境进入越南境内约100米处等候女孩，至下午5时接到越籍女孩，两人等到晚8点天黑以后，绕道509界碑旁的森林入境，住到屯里其姑妈家里，昨天全日居家，今天早上走回自家时，被村民发现并举报。

县领导以一连串反问句回复：乡里和突击队要自查这次事件的漏洞在何处，对边境村屯边民如何才能更好地加强警示教育？基层网格化如何才能发挥出早发现早报告早处置作用？

随即，县领导又发一条：要求各突击队、乡村干部组织社长、网格员以屯为单位（特别是抵边屯）入户开展人员排查和警示教育，以今天弄苗的事为例开展警示教育，同时入户敲门开展地毯式排查并逐户做好排查记录。

我第一反应是担心坡江屯的王老汉，这是在村委挂上号的危险人物。多次动员他卖掉家里的几头牛也不肯卖掉，又经常前往边境线放牧，有带入疫病风险。当即率在家的振屿、青斌、恩军步行一个小时到覃老家。王老汉一如既往，非常热情，舀来大勺的野蜂蜜要我们喝。要不是疫情防控，面对这慈眉善目的高龄老人，我们怎能一脸严肃说话呢，一场疫情，改变的不仅是生活方式，还有人性的温度。

下午3时，工作群里发出信息，县纪委调查组已进驻弄苗屯，对越南妇女越界留宿问题进行责任追究。可以想象，504和507两个有牵连的突击队肯定无比郁闷。巡守倒计时了，还碰上大单破事。

晚饭后前往坡江屯开展逐户警示工作。一路上狂风大作，暴雨如注。大家穿着雨衣，一身泥水进入村民家，很是失礼，但也很无奈。逐户盘查，签订承诺书。雨一直下，23点多回到住处，发现屋顶多处漏水，我的床靠近墙边，雨水从石棉瓦缺口倾泻而下，早已把棉被淋湿。其余几个床也被淋了，但程度较小，小伙伴拿来帐篷，七手八脚拉挂，一番折腾，已过午夜0点。

累了，把棉被拿来，湿的一面朝上，睡下，很快就睡着了。

# 5月1日：苦中作乐

昨夜的暴风雨把大家折腾得够呛，队员们直到早上8点多才陆续醒来。我打开工作群，发现夜里有多个突击队向乡府报告暴风雨引发的灾害。处在垭口的564卡点凌晨1点报告，狂风摇动板房，值班人员害怕房子被掀翻，跑到路旁私家车上过夜。519卡点上传照片，帐篷被大风吹走，只剩下铁架子和凌乱的物件，估计损失不小。525更是报告被雷击，所幸人员没事。

早餐后走步巡道巡逻，抵达558卡点后，向恩军说想看看前面几个界碑，便一直往前走。过了554界碑，左拐往洞洒方向。553至552界碑路段是规丰综合场林区，几千亩连片的杉木林像绿色的海洋，呈现出勃勃生机，杉树根部落满厚厚的针叶，像平铺着一张巨大松软的地毯，一根杂草都没有。

过了552界碑是几百米上坡路段，551卡点设在山顶，站在这里向西北看，视野开阔辽远，整个百省河谷尽收眼底。起伏不定的群山上，尽是连片的杉木林，速生桉林，苍翠欲滴。这片土地太肥沃了，这就是"插根筷子都能发芽"的地方了吧。难怪，那坡县南部历来少出干部，生活在这种地方，只要愿意劳动，即可丰衣足食，"头悬梁、锥刺股"式的苦读，大概是没几个人愿意选择的。

向西看去，远方一列高耸的山峰，大概是中越504界碑至530界碑的界山。山上生活环境恶劣，人民生活普遍艰苦。多年来，那坡县扶贫主战场就是那一带，水弄1、2社，白埃、水头等几个苗寨散布在贴边的山山弄弄里。山岭的尽头形成一个断崖，高度落差在1000米以上，看着这一地理奇观，不由得感叹造物主的神奇。

弄苗人员非法出入境事件继续发酵。板子好像最终打在507突击队身上。县疫情防控指挥部下发督办通知：

百省乡疫情防控指挥部：4月30日，县疫情处置指挥部监督检查组督查发现，你乡面良村弄苗屯507边境疫情防控点县乡突击队未严格按照《关于印发那坡县边境疫情防控巡守分段包保工作方案的通知》"实行'三班倒'24小时不定时不间断巡逻巡查"的规定进行巡守，导致未发现我方边民到边境接应越南籍人员非法入境并在边民家中居住近两天的问题，存在疫情传播隐患，给全县疫情防控工作造成了极大的影响。请你们进一步提高政治站位，进一步压实各边境疫情防控点县乡突击队巡守责任，举一反三，及时对督查发现问题开展自查自纠，采取有力措施，推动边境巡守密度，加大宣传、排查力度，坚决杜绝类似问题的发生。

百省乡疫情防控指挥部下发通知：

1.请507突击队就本队伍存在问题和管理漏洞做好整改并向乡指挥部报告。

2.请全乡其他突击队对照举一反三，加强队伍管理，确保将三班倒24小时不定时不间断巡逻巡查落到实处，并将各突击队执勤巡逻值班安排表以电子版或拍照的形式发到乡指挥部报备。

3.请20支突击队以及面良、那布、坡同、那盂4个抵边村于5月1日前务必完成抵边村屯每户"身份不明、来历不明"人员排查；请其他村于5月2日前完成全乡其他村屯排查。

我在工作群发出我入户做警示教育时的照片，并附上一句"上技术手段是关键！"我始终觉得，通过技术手段，加强抵边村屯人员与境外联系电话的管控，这才是最直接有效的管理办法。从弄苗事件看，还是境内男孩出境接人进来，没有内部接应，外来是不可能走通的。

今天是"五一"劳动节，乐业援边的3名警察明天要换防到573卡点去，双重意义，晚餐加菜。恰好获悉坡江屯有屠户宰了一匹马，志愿者卜立新自掏腰包买了十几斤肉，说是对援边警察表示谢意。精于厨艺的护边员吕文伟忙碌一个下午，做成了炸马排、马扣、爆炒马板肠和一个马骨汤，558卡点护边员梁忠兵又贡献了几斤蚕蛹。562卡点志愿者黄永祥拿来家里封存了10年的陈酒——原本预备给姑娘结婚时用的，高兴之下就拿一部分来让我们享用了，又是一顿热闹而尽兴的晚餐。

被暴风雨掀翻的帐篷

# 5月2日：干警换防

坡江岭上的气候，虽不至于"早穿棉袄午穿纱"，但早晚温差确实明显。怕冷的队员早上要穿冬装，接近中午要脱掉外套。

昨晚大家睡得晚，天大亮了，年轻人都没睡醒。向恩军在煮面条，我收拾了满满一桶碗碟到水池边清洗。这时候，百省派出所来接乐业县干警的车辆到了。要挽留他们吃面条，但司机催得急，说还要接前面几个卡点的人，不能等了，他们仨脸都没洗就匆忙上车走了。

这一组干警4月24日进驻，只待了6天就换防了。和之前舒礼远小组的老成持重不同，他们更带着"新生代"的特点，睡得迟，起得晚。今天是换防的日子，他们本应早起整装待发，看来是昨晚睡迟了，早上醒不了。昨晚已过午夜12点，我靠在床头写东西，耳边仍不时传来他们的说话声，我睡着前仍不停止。早上出门，听卡点值夜班人员说，半夜3点还听见他们帐篷内有声音。记得他们刚到的第一个晚上，我们半夜两点被说话声吵醒。这几天早上我们队员早餐后出门巡逻，走过他们帐篷边，有时还能听到里边的鼾声。今天不得吃早餐，对他们来说也并不奇怪。

柳州派来的3名警察随后就到了。小组长刘忠生瘦高个，长着一副喜剧演员的脸，语速慢而自带喜感。一放下行李，立即询问有没有防蛇药，我说卡点养着鹅，一般不会有蛇。他说："听人讲在山上住，第一是要防蛇，我是好怕蛇的。"语速慢，语调高，加上柳州方言的特有衬词，再配上沟壑纵横的脸，我几乎要笑出来。我找出原先配发但一直没使用的雄黄递过去，他小跑着沿帐篷边撒了一圈。晚饭后，我要带他们去认值守卡点，他又包了一小包雄黄塞到裤兜里，笑嘻嘻说："我最怕蛇了，身上带了雄黄，蛇就不靠近了。"这位42岁的警察，给我们带来了非常多的欢乐。

还是按之前的分组方式，3名警察派出一人配合向恩军煮饭菜，以便照顾外来警察的口味。这位叫罗吉脑的辅警来自来宾市，一副憨厚老实的模样，晚饭时就详细了解我们就餐时间，交流两地不同的口味，又很认真地问："明天7点做核酸前我要不要提前煮好面条，大家吃了才去？"大家连连说太早了，他便显现一脸放心的表情，真是个朴实的青年。

另一位叫陈崇毅的辅警只有19岁，一听介绍，我不禁惊叹："才19岁？！人类细胞的生长繁殖真是太奇妙了，怎么2003年出生的人，现在以一副大人的样子参加工作了？"大家都笑了起来。

# 5月3日：旧闻逸事

564界碑旁有一片翠绿的草坪，占地2亩大小，特别惹人喜爱，每次路过总是想，若不是疫情影响，选一个阳光明媚的日子，在这片草地上组织一次野炊，该有多好。

今早从百岩做完核酸回来又路过，带着临别的不舍，忍不住走到草地上。这是周边地区最高的垭口，向南望去，越南的山水田园尽收眼底。前方的山岭都是东西走向，墨绿色山脉层层叠叠，向远处铺陈，颜色渐远渐淡，在几近淡化成灰白色的天际线上，有一座山峰拔地而起，天柱一般直抵苍穹，当地壮语称为"岜亚"。据说地处越南保林县之南，位于越南河江省境内。我曾问过一些人，都没人到过那里。在我德隆乡的老家，与"岜亚"山的直线距离当在100公里以上了，但天气好的时候依然能看见，可见这座山有多么高大巍峨。陆振屿是网络高手，我让他想办法查找这座奇山的信息，因为不知此山名为何，无从下手。又借助网络查找周边地区最高山峰，查到一处等高线标注为1912米的，我们判断应该是这座山。

正在564卡点值班的护边员农金忠看到我们兴致勃勃地讨论，就领着我们走到山顶，看一处自卫反击战的军事工事遗迹。山顶茂密的草木之下，果然有一条环形的壕沟，深度2米左右，全长约200米，下半部抹了水泥。外沿密集分布着射击孔，还有藏身的猫耳洞。

农金忠介绍，1979年战争爆发后，那孟大队成立民兵营，每个生产队成立民兵排，村里身体素质好的青年男女都被编为民兵。沿边的高地均开挖战壕，派出民兵巡逻防守。每个民兵都经过两个月的军事培训。巡逻时每人配发30颗子弹，并随身携带手榴弹。百岩屯还设有民兵哨所。当时，沿边一线山地都埋设了地雷，因为山高林密，尽管民兵多为本地人，但巡逻时还常有迷路的情况发生，一旦迷路，就可能误入雷区。截至1986年撤销民兵巡逻，那孟村有4名民兵触雷，其中3人当场牺牲，1人被炸伤。所有参与巡逻守卡的民兵，现在每月都享受320元的民政优抚待遇。

1979年3月，有一天，接到上级通知，紧急动员村里的男女老少参与搬运炮弹，小学二年级以上的学生都动员上阵，肩挑人扛把炮弹从那孟屯运送到百岩屯，一个来回要三四个小时，搬了两天。炮兵阵地设在百岩屯旁的山坡上。第3天就向越方开炮，只打了半个小时就打光了所有炮弹。部队后来也不在那孟驻防，全部撤离。

那孟这一带埋的多为绊雷，战后，群众烧山开荒，烧着引线自动爆炸。还有一些胆大的群众，挖出地雷用于炸鱼。所以，地雷被清除得很彻底。几十年来，因为从未出现地雷伤人事件，所以上级从没有安排工兵到这里正式排过雷。

分布于沿边各高地的旧哨所、防炮洞、碉堡等军事设施，由于无人看管，基本都已坍塌损毁。

弄苗屯人员非法出入境事件最终处理结果出来了，百省乡疫情防控指挥部、506~508突击队和509~511突击队被全县通报批评。守边一个月，没受表扬反而背了处分，沮丧心情可想而知。李永锋就偏偏是506~508突击队队员，晚上9点多发来信息："守边30天，上边界25天，问心无愧了。县里下的通报说是防守不力，感觉很憋屈。因为这一事件，料定今年绩效考评将受影响。今后再也不迈入这个屯了。实在不行就退休。"想不到一个偶发事件，给突击队员带来这么大的打击。我安慰他："青年男女谈情说爱是人之常情，都怪疫情。现在事情已发生，想也没用，该吃吃该喝喝吧，别有太多思想负担。"他回信息："今晚总结会喝了点酒，但愿一醉解千愁吧。"

放下手机，想起李永锋说过的一件与苗族群众有关的往事。有一年，他前往水弄苗寨采风，在村头小山坡上遇见一对中年男女在吹芦笙，两人正吹得起劲，旁若无人，翩翩起舞。后来经了解，他俩是夫妻，女方是本地人，男方是越南人。按理说，因为生活水平有差异，这一带没有中国妇女愿意嫁到越南农村的。李永锋怀着好奇心，问妇女为什么愿意嫁给越南男子，妇女回答："生活只要开心，在哪里还不是一样！"李永锋讲完故事，我们在场的人都感叹不已，苗族人生性浪漫，从来对物质生活要求不高，却对精神生活有相当高的追求，这一点是我们自愧不如的。现在疫情防控政策这么严，都阻断不了这对异国苗族青年的约会，不是更证明了我们之前的判断了吗，想到这里，我不禁哑然一笑。

# 5月4日：传带新兵

一大早，工作群就不时有队员秀出"站好最后一班岗"的照片。巴荣盛、杨峻崴、陆振屿三个年轻人急不可耐，驱车绝尘而去。我和青斌、恩军依旧穿上迷彩服，套上巡守马甲巡逻。刘警官手持钢叉走在我们前面，威风凛凛。

走到558界碑，我们也郑重其事拍照上传。原路回到驻地，运送第二批突击队生活物资的车辆已经抵达，田琳常务随车。而突击队队员尚未露面。吉脑已煮好饭菜。又等了许久，5名队员才一齐到达，继任队长是单位副职梁飞龙，他们都各自开着小车。

午饭后青斌和恩军跟着送货的车回去，家科主动提出留下等我。按规定，我还要留下来"传帮带"新队员2天。下午带新队员熟悉巡逻路线，沿途介绍敏感部位及高风险路段。又分别到两个卡点，介绍人员情况及值守任务。移交责任村屯重点人物花名册，"一帮一"联系表，十户包保承诺底单。

下午4点，公安局局长突然光临。虽然看不到她口罩下的俏丽面庞，但爽朗直率的个性还是让人强烈感受到女局长的飒爽英姿。我汇报了干警住帐篷的困难和问题，她细细了解，一条条记录，特别是如何解决住房问题，她提出增建活动板房和租用黄老板的另一间库房两个方案。说罢她跳上车，刚关门又摇下车窗，问我要老板的名字和电话。看来她对解决这些难题很上心。

561~565突击队原来租住在百岩屯一户人家的两层楼房里。该户全家人外出，户主有时回来小住，有多余住房。但租金太贵，十几平方米大小，没有装修，没有厕所的房间要价500元，比县城还贵。乡政府觉得太贵划不来，就不再给第二批队员租用。新来的突击队员无处可去，聚在562卡点前吵吵嚷嚷——因为我们抢先住在这里，把唯一的住房占了，他们无计可施。傍晚，他们到564卡点，和卡点值班人员一起煮饭，在巡逻路上摆桌吃饭。

乡政府派来工人，接通562、564卡点集装箱板房的照明电，但电压低带不动空调，箱体内闷热无比。入夜，箱内温度才渐渐降低，半夜12点多，听闻卡点上传来一阵喧哗声，想必是新突击队员终于等到箱内变凉，住进去休息了。明天，太阳升起，集装箱板房又将变成火炉，他们又何去何从呢？

# 5月5日：初战告捷

早上在百岩做核酸检测时，刘连一脸苦相对我说："下午该走了吧？"

我说："在乎多这一晚吗？"

我看着他瘦削的背影走进空空的民房。瞬间觉得不是滋味。真是的，乡里不租用房子了，房东必然心生嫌隙。队员全搬走了，就他一个人还住着，还得和房东面对面，是挺尴尬的。

走回路上，很想在564界碑旁的草坪上再看会风景。这时，清华村帮扶干部交流群弹出信息，催着帮扶干部收集联系户去年第四季度以来的收入，截止时间是5月7日零点，到时候市里将导出数据排名。

没心思看风景，但怎么也下载不了广西防贫App，联系清华村扶贫信息员帮忙也不行，梁飞龙说他驻村时弄过，操作比之前的广西扶贫App更麻烦。再联系单位网络高手小梁，才知道每个人都有个初始密码，这才得以登录系统。

原计划今天带飞龙去那莫、坡江联系村熟悉情况。飞龙接到通知，说县领导今早要到卡点来，还要全程参与巡逻。那进村时间是不够了。

在等待领导的时间里，抓紧与6个帮扶联系户要家庭收入数据。其他户都好，就是黄华志意见较大。黄身怀绝技，春节前有老板联系他去做工，12000元的月薪。但大年初五那坡出现疫情而封控，等到开封，老板称人已招满，这分明是老板害怕他携带病毒而找的借口。打工出不去，只能在家养蚕，收入自然比去年低很多。疫情原因导致收入受影响不是个别现象，安慰他一番。心想如果系统识别出来收入大幅降低，又怪我这帮扶干部该怎么办。

县领导是先到别的线段检查去了，直到下午两点过一刻才来到坡江岭，一行人忙着搬慰问品、合影，然后是交代工作，一直忙乎到下午4点。送走领导，看着进村时间也不够，我跟飞龙说你需要时联系组干带路吧。恰在此时，今早的核酸检测结果出来了，回程无障碍，和家科甩个眼神，走人！

途经德隆边境检查站，出示健康码，执勤的两位干警了解到我们是守边队员，不仅免了盘查，还立正敬礼，瞬间暖到心底。晚上8点回到家，女儿听到开门声即刻跑到一楼迎接，妻子炖了我最爱吃的腊猪脚。

一个月的差事，就这样结束了。

# 边地风情

# 走近569号界碑

听说569号界碑是广西中越边境线上海拔最高的界碑之一，登山巡逻便道的崎岖险峻宛如天梯，而登临界碑则风光旖旎。听着让人心驰神往，早就跃跃欲试。2022年仲夏，我被派往边境，参与疫情防控巡守，负责线段是那坡县坡江岭上的558至561界碑，驻地距离569界碑不远。我下决心利用这次机会登上569界碑，了却这桩多年的心愿。

7月的一天，约了近邻几个卡点的守边员同行，我们于早上8点半开始登山。几年前，国家沿着边境线修建了4.5米宽的巡逻路，每一块界碑之间又铺设1.2米宽的巡逻便道。从567卡点旁的岔路口走上巡逻便道，沿着一道土坡梁子攀登。便道一边是边民种下的杉木、油茶等经济林，另一边是高高的铁丝网。正是大暑节气，气温在30摄氏度以上，因防疫需要，我们又都穿了胶鞋，戴着一次性口罩和手套，呼吸不畅，走一小段路就大汗淋漓，气喘吁吁。走了30分钟，到达石山脚下，抬头看，登山台阶都修在几乎垂直的悬崖上，利用山体间的缝隙拓宽而成。往上爬，脚踩台阶，头脸几乎与台阶贴在一起。大家手脚并用，艰难向上攀爬。大概20分钟后，到达一个小平台，向导告诉我们，这是第一段险路。回头下望，只登了约100米高。看此情形，当即有两人宣布放弃。又爬了十来分钟，总算爬完第二段几乎垂直的台阶。这时，队伍已拉开较大距离。

我和向导保持在第一梯队，匀速向上攀爬。走到山腰往下看，视野豁然开朗，广袤的土地像一张巨大的毯子，从我们身下向远处延展。高低起伏的群山连绵不绝，大小村落星罗棋布。片片薄雾似轻烟、似细纱漂浮在千山万壑之上，大地清新辽阔。我们赶紧掏出手机，把眼前的美景收入镜头。后半段路依旧七折八拐，在高耸的山体上连续拐弯，以"之"字形线路向上攀爬。令人惊叹的是，筑路人并不是通过炸开山体取得路基，而是巧妙利用地形，或是在凸出的岩石上搭桥，或是利用浮石填平石缝铺就路面。沿途的山体覆盖着厚厚的青苔，路旁古藤老树，盘根错节，奇石林立，怪树横生，表明这里的原始样貌没有因为修路遭受破坏。

边走边看边议，大家在钦佩筑路人高超技艺的同时，也对当今工程施工中注重生态保护的做法无比赞许。特别让我们津津乐道的是，在西南边陲的崇山峻岭深处，我们国家已经把巡逻路修到每一块界碑。不必说全国边境线上成千上万的界碑，单是569这一处，从悬崖绝壁上架起一道"天梯"，简直可以用"巧夺天工""艰苦卓绝"来形容。当初，工程建设者是借助什么工具到达绝壁之上的？克服了多少困难，经历了多少危险，才完成勘察、运料、施工的呢？接到任务的他们，也曾经迷惘困惑，不知所措吧。他们想必是抱定"每一块界碑必达"的坚定信念，才会勇于战胜艰难险阻，最终创造了工程建设的奇迹！

此时此刻，一种自豪感在我内心油然而生。这段时间，全县数百名干部组成疫情防控突击队，进驻全县207公里边境线上的78个执勤卡点，每天在边境线上值守巡逻，忍受高温酷暑，蚊叮虫咬。睡帐篷，吃干粮，伤病和疲倦袭击着每一名队员，难免会出现一些委屈和抱怨。但是，看到国外疫情肆虐，国内一片大好，又深切体会到，没有强大、安宁的国家，哪有个人的幸福生活？！今天，走在通往569号界碑的"天梯"巡逻便道上，我的心灵又再一次受到震撼：强大的祖国，需要千千万万个建设者，也需要万万千千个守护者。作为一名突击队员，为国家守好边、把疫情挡在国门之外，为疫情防控贡献出自己的一份力量，展现公民的责任和担当，这是多么神圣的使命！这样想着，身上的疲惫瞬间一扫而空，觉得浑身充满了力量，步子迈得更轻松了。

上午10点30分，我和向导与一名队员率先登顶。只见569号界碑傲然耸立在巅峰之上。"中国"两个红色大字，在阳光下格外耀眼。按照立碑规则，单数碑为我方所立，碑身比越方立的要大，平顶。越方立的碑则为尖顶。界碑旁的树木都长不高，老干虬枝，宛如盆景，这都拜山顶上从不停歇的大风所赐。碑后越南地界依然是茫茫苍苍的群山，他们的巡逻路是一条杂草丛生的羊肠小道，没有水泥路通达，与我方相比，国力强弱显而易见。向山下望，收入眼帘的是无边无际的绿色树海，方圆几百公里的山河尽收眼底。此时，接近中午，云雾散尽，越南保乐、保林、苗旺等多个县份的地界都清晰可见。站在山顶，迎着山风，真是心旷神怡，喜气洋洋！

打开手机海拔仪，我惊喜地发现，界碑海拔高度正好是1314米。这个被年轻人用来指代忠贞爱情的吉祥数字，仿佛是上天给予我们这群守边人的某种诠释和慰藉。一次登山，升华了一生一世的爱国情怀；一次守边，注定了一生一世难以释怀。

我为祖国守边防

陡峭的登山便道

# 老虎跳大峡谷

北方人常常用"插根筷子都会发芽"来形容南方的气候与水土之美。而南方人，特别是住在水边的人家，更是用"架了锅头才下河打鱼"来描绘南方水乡的物阜民丰。老虎跳大峡谷就是兼得这些好处的一个地方。

发源于云贵高原苍茫群山中的百都河，自西向东奔腾而来，到了那坡县百省乡地界，遇大山阻隔，咆哮的河水以势不可当的冲击力，劈山裂谷，冲开一条长二十多公里的地缝，形成了远近闻名的地理奇观——老虎跳大峡谷。峡谷左岸是高耸入云的妖皇山，右岸是连绵不绝的中越两国界山阴阳山。峡谷幽深，两岸危岩峭立，最窄处老虎可以一跃而过，故名老虎跳。

河水冲出峡谷，两岸豁然开朗。从上游夹带而来的泥沙，经过千百年堆积，形成了一方肥沃的山间谷地。从峡谷口到越南界的十几公里河谷，田畴连绵，人烟稠密，一幢幢白墙青瓦的小楼掩映于竹林之间。一年四季各有不同的瓜果，李子、西瓜、荔枝、龙眼、杧果、香蕉应季成熟，更有大片绿油油的桑园，让蚕农增加一份种桑养蚕的收入。丰富的物产给当地百姓带来了极好的收益。这里稻米一年两熟，是那坡县有名的"粮仓"。

如今的大峡谷，以奇特的地貌、珍贵的动植物资源闻名于世，已列为省级自然保护区。而在漫长的历史长河中，峡谷却因为地势险要而成为兵家必争之地。北宋初年，壮族英雄侬智高建立南天国，定都安德州，距离安德仅百里之遥的老虎跳峡谷与交趾国接壤，侬智高在此地建寨筑关，派亲弟侬智会领兵驻守。侬智高兵败后，侬智会归附宋廷，被朝廷任命为右千牛卫将军。侬智会利用老虎跳两山夹峙的天然险阻，阻塞交趾西进大理国买战马之路，极大削弱了交趾的兵力。关于这段历史，名相王安石与宋神宗有一段精彩的对话："（王安石）初，彝（桂州知州刘彝）奏曰：'智会能断绝交趾买夷马路，为邕州藩障，刘纪患其隔绝买马路，故与之战。'又曰：'智会亦不可保，使其两相对，互有胜负，皆朝廷之利。'上（宋神宗）曰：'彝既言智会能绝交趾买马之路，为我藩障，而又以为胜负皆朝廷之利，何也？且人既归顺，为贼所攻，而两任其胜败，则附我者不为用，叛我者得志，可谓措置乖方矣。'王安石曰：'诚如圣谕，纵智会向化未纯，尤宜因此结纳，以坚其内附。且乾德（交趾王）幼弱，若刘纪既破智会，乘胜并交趾，必为中国之患，宜于此时助智会，以牵制刘纪，使不暇谋交趾，乃中国之利。'上以为然。"王安石主动为侬智会向神宗皇帝请功，提升侬智会为供备库副使、供苑副使、归化州知州。

峡谷左岸的"妖皇山"，本名应为"娅王山"（"妖皇"为民间以讹传讹导致），"娅王"在壮语里是"皇后"的意思，是侬智高为纪念母亲阿侬而命名。一处山岭上，耸立着几个巨大的坟包，当地人称"皇帝坟"。峡谷口有个村庄名叫"峒皇"，壮语意思就是"皇家田峒"。这些地名都是南天国历史的珍贵文化印记。

妖皇山上的居民以苗族为主，苗民有反抗反动统治的传统，历代都建立民兵保境自守。官方不能对苗民实施有效统治，便将苗民诬称为"妖民"，把苗兵称为"妖兵"，山名蔑称"妖皇山"。20世纪三四十年代，代表穷苦人利益的共产党人来到这里，迅速取得了苗民的信任。共产党人遂在此建立游击根据地，团结苗民反抗国民党反动统治。1930年3月，红八军部分官兵远道而来，顺利通过老虎跳大峡谷，绕道云南北上寻找红军主力。1948年，时年23岁的中共靖镇边区工委宣传部部长吕剑在妖皇山苗寨成立农会，建立民兵中队，设立哨卡。敌伪专署保安副司令韦高振率一个营兵力进攻妖皇山。苗族民兵配合武工队沿途设防，安装自击猎枪，滚石檑木阻击敌人。韦高振不堪袭扰失败退兵，当他骑马从小道下山，经过老虎跳峡谷时，一声巨响，苗民事先埋下的地雷大发神威，坐骑受惊腾身飞跑，把韦高振抛落草地，屁股擦伤，被士兵抬起逃离，捡得一命。至今传唱于妖皇山一带的苗语革命歌曲《妖皇山之歌》最能体现共产党人与苗民并肩战斗的革命情谊。随着革命不断取得胜利，1949年5月，吕剑代表中共靖镇区工委在距妖皇山不远的上隆村果地岩山洞宣布成立中共镇边县委。1949年12月27日，那坡全境获得解放。1950年1月，国民党刘嘉树残部自云南而下，沿着中越边境向平孟方向逃窜，意图出越南前往海南岛。吕剑主动请缨率队阻击残敌。1月22日清晨，在平孟"天池"坳附近，战斗打响了，解放军密集的炮火、子弹、手榴弹在敌军的阵地中炸开花，硝烟弥漫，碎石飞溅。敌负隅顽抗，战斗异常激烈。吕剑站在高点指挥战斗，突然一梭机枪子弹打来，吕剑负伤倒下，不幸牺牲，年仅26岁。上隆村现已建成了中共镇边县委旧址陈列室，每年都有很多游客慕名前来接受爱国主义和革命传统教育。

大峡谷作为军事要地，从古至今一直是祖国前哨。沿百都河上溯，距妖皇山30公里的弄合村，至今仍驻守着一个连队，日夜守卫祖国的安宁。对越自卫反击战期间，1984年12月20日夜，越军以约一个排的兵力潜入弄合连部偷袭，向连队营房发射火箭弹。我方哨兵反应迅速，处置果断，一个哨兵交换在不同地方开枪还击，越兵误以为中了埋伏，胡乱发射几发火箭弹后仓皇逃离。其中一发火箭弹打在营房前的一排竹子上，高大密实的竹丛卡住炮弹，爆炸装置未能触发，没有造成任何损失，该竹丛被连队称为"功臣竹"，密密匝匝的竹林还成为护边的屏障，为御敌守边立了奇功。

百都河名称的由来，是因为河流从云南流入广西地界的第一个村庄叫百都村，"百都"在壮语里包含"富足"之意（壮语音译，百：嘴；都：足够）。当地人把百都和另一个叫者赖的村庄一起编成一句谚语："百都者赖，好吃又好在。"可见百都河流域是多么美丽富饶，这里的人民多么热爱自己的家乡。

百都河上游有一个"一脚踏两国三省"的地方——百都乡弄陇村。"两国三省"指的是中国广西壮族自治区、云南省和越南的河江省，当地人戏称为"金三角"。进入21世纪，为加强边民贸易往来，政府在此地建起"百都金三角边贸点"，供滇桂越边民开展贸易。每逢圩日，有很多"两国三省"的边民聚集在这里，最多一天有几千人，非常热闹。壮、苗、瑶、彝等不同民族的赶圩人汇聚，身着不同民族服装在街市穿梭，集市仿佛成了服装秀场。越南边民的到来，不但促进了货物流通，也增进了两国边民的友谊。

坐落于百都河右岸的面良村坡伍屯，是广西唯一的红彝村寨。每年的农历三月第一个龙日，全村男女老少聚集在村头大榕树下，踏着铿锵的鼓点，和着柔和的竹箫声，跳起一套包含十二种舞步的舞蹈，意在跨过十二道天门进入天宫求雨，祈求上天保佑村子人畜兴旺，风调雨顺，五谷丰登，这就是有名的"红彝祈雨节"。"红彝祈雨节"已入选自治区级非物质文化遗产保护名录。

美丽的河山孕育了勤劳善良的人民，但有时也难免会出现龌龊无耻之徒。

1999年，中越两国陆地边境勘界谈判正在进行，而参与谈判工作的那坡县勘界工作人员农某却被越方收买，出卖祖国利益。因为他的无耻行径，在大峡谷右岸阴阳山上570号界碑一带，我方利益严重受损，农某也因背叛祖国受到严厉惩处，成为边境地区爱国主义教育的反面教材。

与之形成强烈对比的是588号界碑，这里彰显的是虽远必达、寸土不让的爱国戍边情怀。588号界碑位于海拔1310米的红石山之巅，临近山顶处，一面垂直高度达120多米的悬崖成了天然屏障，多年来，军地巡逻人员都无法直达界碑。为了开通直达界碑的巡逻路，能工巧匠专门学习在悬崖绝壁上修建立柱、钻山拉梁、建设栈道的技术，历经两年艰苦施工，终于在2017年7月，开通一条全长2.28公里、共32道阶梯栈道和1356步台阶的巡逻道，在90度垂直的悬崖上"挂"起一道"梯子"。588号界碑因而被喻为"天梯界碑"，迅速成为网红打卡点，爱国主义教育基地。

百都河流到峡谷入口，河道变窄，聪明的人民早瞄准了这一地理特征。1978年，从全县各乡村征调而来的数千民工集中到这里，他们要干一件惊天动地的大事，那就是拦截河道，筑坝蓄水，引流发电，建设上盖水电站。摆在人们面前的困难是巨大的，"文革"灾难刚刚过去，技术人才奇缺，工程机械不足，但工程指挥者并没被这些困难吓倒。为彰显决心，那坡县委派出县委副书记担任工程建设指挥长，并入住工地，靠前指挥。寂寥千年的大峡谷热闹起来了，工地上人山人海，人们干得热火朝天。炸石、挖山、运料，十分繁忙而又井然有序。这是一个基本依靠肩挑人抬"手工制造"的工程，整整奋战8年之久。1985年，上盖水电站正式并网发电，刚开始年发电量在1200千瓦时，能满足全县一半的用电需求。后来历经几次扩容，时至今日，年发电量在2000万千瓦时上下，占全县用电量的八分之一左右。上盖水电站建成，有力支持了那坡县工农业生产，极大促进了城乡经济发展。

河流奔出峡谷，流进平缓的百南河谷。河谷两岸富饶的土地为人们追求美好生活提供了一切可能。

新中国成立之初，随着抗美援朝战争爆发，以美国为首的帝国主义对我国实行全面的经济封锁、禁运。橡胶是国防、经济建设的重要战略物资，当然处于帝国主义封锁禁运之列。为了打破帝国主义的封锁禁运，党中央迅速确立建立华南橡胶基地的战略决策。先是在海南、广东一带种植橡胶，积累了一定经验后逐渐向北扩大种植。1958年，一大批复退军人来到荆棘丛生的百南河谷，创办以种植橡胶为主的军垦农场。最高峰时期，橡胶种植面积达4892亩，年产橡胶200多吨。1970年，广西军区组建生产师，接管自治区直属的各个国营橡胶农场，其中直属第一营八个连约1500人驻那坡县百南、平孟军垦农场，五连、七连、八连生产基地就在百南河谷边上。1973年4月部队全体就地转业，归属自治区农垦局。1976年橡胶遭受寒潮灾害大量枯死，农场改为以种植茶叶为主。1980年后，全场有职工一千多人，茶园规模稳定在2900多亩，每年干茶产量接近400吨。

新时代农垦人为纪念先辈创业艰辛，在原八连的驻地建起农场历史陈列室，展出20世纪五六十年代的老物件，诸如夜间割胶常见的胶刀、磨刀石、胶刮、胶线箩、收胶桶、胶舌、胶杯、胶杯架、胶灯和氨水瓶等。特别是展出的数百张老照片，再现了第一代创业者带着"屯垦戍边"使命艰苦劳作的场景，一手拿着锄头铲子，一手紧握钢枪，平时是工人，战时是士兵，那样的场面十分震撼人心。一张张旧照片展示了解放初期献身边疆的农垦人那种一不怕苦二不怕死、连续作战的解放军战斗作风，令到此游览的游客无比感动。

大峡谷两岸茂林翠竹、奇花异草遍布，云雾绕峰谷、绝壁悬古藤，独特的跨国山水画廊早就蜚声中外。为吸引更多人前来体验"奇、险、秀、幽"于一体的大峡谷，2009年，"老虎跳"跨国大峡谷生态旅游区应运而生。景区以"从毛泽东的故乡漂到胡志明的故乡"作为招牌，主打峡谷漂流。漂流河段从百南大桥头起，顺水南下至中越边境589号界碑止，全程13.9公里，其中境外漂流段1公里。沿途可

588天梯界碑

以饱览大峡谷峰岭丛排、古木参天的奇景，感受古朴浓郁的民俗风情和神秘独特的边境异域情调。不同的视觉景观让你觉得出国如此轻松而又充满乐趣，跨国漂流旅游独特的自豪感油然而生。

千年古事收眼底，一派山水寄情思。大峡谷故事说不完，情意诉不尽。唯愿国家繁荣昌盛，人民幸福安康，大峡谷再无战乱，永远造福黎民苍生。

峡谷风光

峡谷十八拐

# 又见"滇粤关津"

　　生命中的某些遇见，仿佛是上天注定。大千世界里，茫茫人海中，不早不晚，不是别人，偏偏让我遇上，而且是在错过第一次之后，以为永远不能再见的时候，又让我们再次相遇。这样的奇遇，我宁愿相信是冥冥之中的安排——与"滇粤关津"摩崖石刻时隔20年的再次相遇，就是这种神奇的机缘。

　　2000年，广西边境基础设施建设大会战正如火如荼进行。生活在百省乡龙门山上的水弄苗族群众还异常贫困，住着四处透风漏水的茅草屋，生活条件一如新中国成立前。县政府指派县直一些部门帮助水弄屯群众建设砖瓦结构住房。大概是中秋节前后，我随同事到水弄了解工程建设进度，顺便走进垭口旁的部队营房看看。这是一个高山哨所，有一个班的战士驻守，每半个月轮休一次。士兵问清我们身份，招呼我们在院子石桌前坐下。我们一行当中有位长者，亲身经历过对越自卫反击战，他触景生情，讲了一些边境战斗故事，战士们听得津津有味。过一会我们要起身离开时，战士们怎么也不答应，说他们在高山哨所值勤，平时难得见到一个能说上话的人，太孤单了，请我们再陪着说会话。一个战士说要到树上摘些果子给我们吃。带班的副连长说趁摘果子的时间，带我们去看一处古迹，随即把我们带到几十米开外的山垭口。副连长介绍，此地为两国争议地区，平时双方士兵巡逻都错开时间，尽量不打照面，以免引起纷争。顺着副连长手指的方向，我们看到小路旁一块磐石上，有明显的字迹，仔细一看，是"滇粤关津"4个字，没有落款。整幅石刻长是53cm，宽是50cm，汉字繁体楷书，阴刻，文字笔力苍劲，看得出来，书写者具有较深厚的书法功底。副连长一脸遗憾地说："这幅石刻，是古人留下的明证，说明此地历来是我方土地，现在越方竟然越过这幅石刻提出领土主张，听说两国也已勘定划界，以后这里就是越南的领土。"

很多年过去，副连长愤愤不平的表情让我怎么也忘不掉。2014年，我到县文化局工作，从单位留存的档案里，惊讶地看到"滇粤关津"摩崖石刻还曾列为县级重点保护文物，想到这处文物可能已身处异国，殊感不安。带着侥幸心理，某一天，我带上县博物馆的同志，驱车两个半小时来到水弄垭口，专程了解石刻的现状，想再睹石刻芳容。果不其然，走到垭口上的519界碑，远远看见石刻的位置在界外100多米处——石刻已处在越南界内了。常在此地放牛的苗族老人告诉我们，越方很重视保护这处古迹，前些年他们从石刻上方修公路，为防止落石砸坏石刻，还专门将石刻盖住围好，保护得很细致。作为公职人员，我们不能擅自越界，一行人悻悻而归。

我想今生就与"滇粤关津"石刻无缘再见了，殊不知，生命中一些安排仿佛是命中注定，几年后，我却因为一次偶然机会，又一次遇上另一处"滇粤关津"石刻。

2022年开春后，新冠疫情似乎一天天加重，而越南又实行"躺平"政策，为有效防止境外疫情传入，4月初，县政府派出由县乡干部组成的56支疫情防控突击队，进驻204公里边境线值守巡逻，我有幸成为其中一员，负责巡守线段位于坡江岭上的558~561界碑。在防控工作群里，驻守519至507一线的队员常常在巡逻时发出他们随手拍的照片：高山峡谷、原始森林、险崖奇洞、云山雾海，每一幅照片都美得炫目，令人向往。有一天，按捺不住好奇心，我叫上一位队员，两人从驻地驱车一个小时，赶到519界碑附近。从519到507界碑没有公路，只有一米见宽的巡逻便道，徒步走完全程需要6至7小时。我们带上干粮，开始游览沿途美景。

那天，走了两个多小时，在饱览山顶上的天生桥奇观，俯视峡谷云海风光，穿越植被茂密的原始森林，在接近516界碑的时候，突然，我们注意到路边一块巨石上，有人为凿削的痕迹，使石头形成一米见方的平面，俯身看时，石面仿佛有字迹，连忙以手掌擦拭附着的青苔，字迹渐渐清晰起来，一番辨认之后，终于看清内容，那一瞬间，我兴奋得简直要跳跃起来——这是又一幅"滇粤关津"石刻啊！和519界碑附近那一块相比，这块略微小一些，但是字形、笔画几乎是一致的，可以肯定为同一人镌刻。我们在石刻前驻足，细细抹擦，慢慢端详。1885年中法战争之后，中国与越南宗主国法国就两国边界谈判，随后，两国开始沿边境线埋桩立碑，立碑工程前后历经一二十年之久。"滇粤关津"石刻大概是在两国正式勘界立碑之前，清政府边境管理部门抢在法方之前，派员镌刻文字以宣示领土主权的吧，那么，镌刻时间就该在1885年前后。一百多年前，在这崇山峻岭之上，人迹罕至之地，先辈们硬是靠着双脚，攀爬到这里，这得要多么顽强的斗志和充沛的体力才能完成。为了彰显国家主权，决策者的远见卓识，执行者的坚强勇敢，可歌可泣。

如今，中越两国已完成陆地边界勘界立碑，我们也不再纠结于历史的一些异见纷争，但是，龙门山上的"滇粤关津"石刻应该被铭记，因为，无论哪个时代，爱国永远是最可贵的情怀。

"滇粤关津"摩崖石刻

"滇粤关津"摩崖石刻

"滇粤关津"摩崖石刻

# 寻踪那坡古炮台

弄平炮台傲然矗立于广西那坡县平孟镇弄平村附近一座孤峰之巅，当地群众把这座山称作"炮台山"。山脚下，一块刻有"国家级重点文物保护单位"字样的石碑竖立在登山台阶左侧，右侧还有一块，上书"军事管理单位"。从山脚出发，向南走数百米就是中越边境659号界碑。界碑1千米开外，一座崖壁灰白的石山叫"长排山"，1979年自卫反击战开战次日，一场激烈的拔点攻坚战便发生在这里，这场战役后来被拍成电影《长排山之战》。

从弄平炮台眺望，越方一二十公里纵深地带一览无余。据说，当年越方为炸毁弄平炮台，曾密集发射一千多枚炮弹，皆因弄平山位置奇特而无一命中。由此看来，清朝末年，广西提督苏元春选择此山建炮台确实独具慧眼，用心良苦。

弄平山炮台作为全国重点文物保护单位，并不是中越边境线上的唯一一座炮台。它只是建成于19世纪90年代的广西千里边境线上165座炮台之一。

1885年，中法战争后，清政府为加强陆海边防建设，自西向东从北海市至那坡县的边境线上共建设了大小炮台165座，因炮台间多有城墙相连，因而有"南疆小长城"之誉。

2006年，广西所有沿边炮台以"连城要塞遗址和友谊关"之名列入"全国重点文物保护单位"。

那坡县（清朝时称镇边县）境内的炮台，据《督办广西边防广西提督苏元春奏修筑炮台工竣摺》记载："镇边一大炮台于镇边平孟隘下惠山，前控越南牧马省由朔江入镇边界属村庄道路，左与平雀界碉台、右与天箐山镇边三炮台为犄角，后顾镇边县属乡村。派由镇南正左营防守，按原定计画（注：原文如此）拟于此台安置克虏伯十二生大开花炮一尊，因炮身太重，道路崎岖，难于挽运，乃予以移置下冻土州属莲花山镇冻一台大炮台。改布后膛开花炮一尊。镇边二中炮台，于镇边县平孟隘陇平村，外控越南朔江入隘道路，内顾平孟隘各村庄。分截小开花炮一尊。镇边三中炮台，于镇边县属天答山，外控越南界上法屯，内顾魁劳村庄。分截小开花炮一尊。镇边四中炮台，镇边县属剥稔陇檬山，外控越南边界岩骨法屯，内顾剥埝陇檬隘各村庄。分截小开花炮一尊。镇边五中炮台，镇边县属剥堪隘陇济山，外控越南保乐州属边界岩阜法屯，内顾剥堪村庄。前膛小开花炮一尊。镇边六中炮台，镇边县属面良墟右山，外控越南保乐州属边界村庄入界内谷松小路，内卫面良墟各村庄，前膛小开花炮一尊。"

由此可见，那坡县境共有炮台6座，下惠山为大炮台，陇平、天答山、陇檬山、陇济山、马平山5座为中炮台。"陇平"如今习惯写为弄平，故称弄平炮台。

然而，仅过去一百多年，那坡境内的6座古炮台，除了弄平炮台具有军事战略意义，得以修葺而完整保留，其余5座均属无人管理状态。

2009年，广西文化主管部门组织制订"连城要塞遗址和友谊关"保护发展规划，那坡县文化部门上报6座炮台遗址的普查情况，结果下惠山炮台没有列入，而是冒出"龙山炮台"这一新名称。2016年，县文广局开展新博物馆陈列布展工程，在讨论"苏元春与那坡古炮台"陈展单元时，我就古炮台登记与史载不符问题询问博物馆的同志，有老同志解释说"龙山炮台"已得到上级工作组认可。我虽感疑惑，但也不知从何寻得真相。

2017年9月28日，我参加由百色市委、百色军分区在百色市举行的那坡县天池国防民兵哨所哨长凌尚前先进事迹报告会。凌尚前连续38年坚守边防的奉献精神，加上报告团成员声情并茂的讲述，深深打动了现场观众，大家都眼含热泪。此情此景又勾起了我内心深处对凭空消失的下惠山炮台的疑问，报告会后，便跟报告团成员聊起了这事。

在平孟镇政府担任边境助理长达十五年的报告团成员李振杰，长年巡边，非常熟悉边境地区的村庄地名，我提出"龙山炮台"真伪的疑问后，他分析道：龙山即平孟镇政府后山，在周边各山峰中是最矮小的，不可能在上面修筑炮台，极有可能是工作人员误将1979年对越自卫反击战前后修建的军事设施当成古炮台了。古人修炮台，相邻各炮台互为犄角，彼此护佑，通俗讲就是相互间基本能看得见。以此分析，可以直接否定"龙山炮台"的存在，但他也表示未听说过下惠山炮台，答应回去深入了解。

我估计此事不可能很快有结果，既然心思都在几座古炮台上，9月29日，我带上局文物股两位同志去巡查165座炮台最西边的一座——紧邻云南省界的马平山炮台。史料记载，马平山炮台"在镇边面良圩右山，外控越保乐边界村庄入界内谷松小路，内卫面良圩"，"布前膛小开花炮1门，由镇南正左营分哨防守"。从县城驱车两个半小时，抵达百省乡面良村，经村民指点，找到77岁高龄的弄布屯瑶族头人做向导，开始向大山进发。约莫走了两小时的缓坡路，抵达炮台山脚，山边有几小块台地，向导介绍是当年清军的营房遗址。房舍荡然无存，只有一圈壕沟，杂草覆盖，难以辨认。上山的路均在密林乱石中，部分路段还残存当年的石阶。大家手脚并用，艰辛攀爬，半个小时左右终于登顶马平山，古炮台出现在我们眼前。

现存的炮台遗址，是一座长宽均6米左右的方形石墙。墙体厚度达1.5米至2米，临崖的一面墙高约8米，其余3面高约3米。砌墙的石头大小不一，应该是就地取材，并未凿成方正石条。外墙用石灰抹面，石灰尚存。四面墙均开有一门。墙外有围廊，宽3尺有余。

正当大家在纷纷赞叹前人保家卫国的壮举时，我的手机响了，一看竟是李振杰的来电，声音异常兴奋，说寻访下惠山炮台遗址有线索了。想不到那么快就有结果了，真是令人大喜过望！

10月21日，经过一番准备，我们组织人员赶赴平孟，约上李振杰前往探查下惠山古炮台。

下惠山雄峙于平孟镇六沙屯东侧，当地群众习惯称之为"营盘山"。天降小雨，一行人在向导卜春艳的带领下向顶峰挺进。攀岩过坎，披荆斩棘，一个半小时后终于登顶。古炮台呈椭圆形，石墙厚1.5到1.8米，周长68米，墙体拐角处用方整石条砌筑，其余为不规则的大石块砌筑。墙高3米左右，临崖一面高5至6米。现场有瓦砾，推测炮台当年有瓦顶，一百多年风雨侵蚀，木梁腐朽，瓦顶坍塌，只余四围石墙。站在石墙上，东南面越方山水尽收眼底，东向隐约可见靖西葛麻炮台的山头，西边弄平炮台山清晰可见，像极了清朝广西提督苏元春向朝廷提交的《修筑炮台工竣摺》里所描述的："镇边一大炮台位于镇边县属平孟隘下惠山……此台前控越南牧马省属由朔江入镇边县属村庄道路，左与平雀界碉台为犄角，右与天答山镇边三台中炮台为犄角，后顾镇边县属乡村……"

　　下惠山古炮台"失而复得"极大鼓舞了我们，大约一个星期之后，原班人马又决定巡查天答山炮台。这一次，李振杰准备充分，不但探明了山头，还请当地两名群众用一天时间，砍草整路，使我们轻松登上山顶。天答山炮台形制与下惠山、马平山相当，但石墙坍塌严重，据说是附近吞达屯村民常来此山放牛，闷了就从山顶滚石头下山玩乐。珍贵文物竟遭如此破坏，令我痛心疾首。

　　陇檬炮台的位置文化部门已记载清楚，它位于百南乡弄民村岩隆屯旁，有公路通达岩隆屯，下车后步行15分钟可到达古炮台。也正是因为离村庄较近，有群众盗运炮台的石条用于建房，因而损毁严重。据屯里老人回忆，直至20世纪四五十年代，炮台还比较完整，炮台有两层，高5至6米，下层住人，上层用于兵士瞭望。20世纪60年代后损毁严重。近年来，随着政府不断加强文物保护政策的宣传，群众保护意识提高，村干部还曾向乡政府打报告要求解决资金，对炮台进行维修保护。

　　陇济炮台的查访最费尽心思。2009年，县文化部门针对炮台开展文物普查，多方寻找无果。史料对此炮台的描述只有短短几行字："陇济炮台位于镇边县剥堪隘陇济山，外控越南保乐州属边界岩阜法屯，内顾剥堪村庄。"2017年，我在完成下惠山、天答山、马平山三座炮台的巡查后，再次向百南、百省乡政府函询，委托两乡边境助理调查，均无结果。依照那坡县志记载，剥堪隘位置就在如今562号界碑所在的垭口，即百省乡那孟村百岩屯附近。我也曾到百岩屯走访，屯里上年纪的老人对1979年自卫反击战期间修建的碉堡位置一清二楚，却没人听说附近有古炮台。从2017年起，一连几年没有查找到任何线索。

　　惊喜来自一次偶遇。2020年，那坡县教育局农永光老师带上级媒体记者前往百南乡弄卜小学采访先进教师向万里。弄卜小学距中越573号界碑仅几百米，学校只有向万里一名教师。那天，向老师又要上课，又要接受采访，还要给学生煮营养午餐，实在分不开身，便叫来76岁的老母亲帮忙下厨。闲聊间，老太太提到一个"炮台梁"的地名，农永光钟情地方文史研究，这个地名引起他的警觉，但那天任务在身，只把这事暗暗记在心上。

　　2021年12月16日，这个日子对我而言，注定不同寻常。我和农永光、县博物馆何承礼、张济鹏4人兴冲冲直奔百南乡弄卜屯，边境疫情紧张，沿途经历好几次烦琐的检查，都丝毫动摇不了我们一探究竟的决心。

　　那一天，我们先找到弄卜屯60岁的王启武，因为他屋后的山头便称为大营盘。他讲述了从父辈听来的故事。弄卜屯历史上是百南乡通往越南保乐县的必经之路，清朝在此建炮台，派团兵防守，他屋后的大营盘相传是供营兵住的，距大营盘200米外还有个老营盘，是官爷住的。20世纪40年代，王启武父亲曾目睹一群法国军队被日军追打至此，法军躲到中国境内，日军忌惮炮台的威力，不敢越境，多日后才散去。当初从大营盘到老营盘一直到山顶峰的炮台，都有壕沟相连。20世纪80年代初，农村实行家庭联产承包责任制，山林田地分到各家各户，有的户地块位于壕沟两边，为耕作方便，群众将壕沟填平。

向万里母亲王启合出生于1946年，她回忆，小时候她还看见炮台山上有石墙。听老人说，这个炮台比距离不远的陇檬炮台还坚固。1958年大炼钢铁运动时才彻底拆除。拆下来的石头堆在地头，影响耕作，群众一年年把石头滚下山去，后来就渐渐看不到石头了。

王启合把我们带到炮台遗址，还能看到几大块方整的条石陷在地里。这么大的石条，要不是投入大型工程设施，不可能出现在这荒远的山顶上，而且这里是土山，石头只能从别处搬来。距炮台遗址几百米的一块平地，王启合指认是一处营盘遗址，地块边沿有露出地面的一排石头，应该是当年营房地基。

以此看来，无论从传说故事、地名认证，还是遗址勘察，这里就是陇济炮台无疑。多年来，因为一直按着"剥堪隘陇济山"这一地名寻找，确实找偏了。其实，地名记载都是根据壮语音译，不同的人记录，用字习惯有差异。今天在"弄卜"查访到，按壮语地名音译也是接近的。从山川地貌看，炮台前方正对着百南通往越南保乐的主通道，这也符合在通行要道建关隘，设炮台防守的惯例。再说那坡县志记载问题，清朝时今天的百南、百省都属于同一行政区划南乡里，民国时期和新中国成立后行政区划几经变更，旧地名标错所属行政区是有可能的。清朝时边境一线山高林密，人烟稀少，就当时的交通条件，外人很少能抵达这一地区，一个地名的记录，经过口口相传，出现偏差也不是没有可能。

至此，一切真相大白。那坡沿边古炮台，自东向西排列，下惠、陇平、天答、陇檬山、陇济、马平共6座，终于查访清楚，我们建议县文化部门尽快登记存档，下步要做好保护利用，别再出现"龙山炮台"此类自欺欺人的笑话。一个史料记载清楚的文化遗产尚且如此扑朔迷离，还有多少蒙上历史尘烟的史实有待我们去探索发现呢？

陇檬炮台

弄平炮台

下惠山炮台

# 弄怀"红军洞"

1930年底，红七军主力北上后，留守右江革命根据地的红军力量薄弱。敌人疯狂"围剿"，韦拔群、陈洪涛等革命领导人相继牺牲。根据地被吞噬，队伍被瓦解。生死存亡之际，红二十一师副师长黄松坚化名何尚之，率领一部分红军干部秘密进入云南富宁县"七村九弄"地区，开辟新的革命根据地。红军领导机构最初驻扎在很偏僻的多力村。后来迁到与广西接壤、与那坡县弄怀村相距不到一公里的谷留村。

从二十世纪三十年代中期至今，八十多年过去，谷留村头一座小山上，还遗存一座当年红军的碉堡。近些年，云南省有关方面抓住这一资源，将谷留村打造成为远近闻名的红色旅游景点。这令那坡县弄怀村群众很懊恼，难道当年轰轰烈烈的革命运动，数千名红军在这里活动数年，其足迹都不曾到达近在咫尺的弄怀村吗？

非也，不但有，而且遗迹甚多，比谷留村还多一些，只是广西方面多年来还不曾发现，没有宣传推广，因而不为众人知晓。

红军领导机构之所以搬到谷留村，是因为谷留地处广西、云南两省交界处，四面视野开阔。在谷留村后山梁，可俯览广西那坡县龙合乡全境。谷留村后的两条土路通往广西靖西市的魁圩和那坡县的弄怀、德灵、宋平等乡村。与谷留所在的大石山区不同，广西方向接近丘陵河谷，物产丰富，供给充足，交通方便，消息灵通。便于取得军事、生活物资和敌情信息，有利于革命发展。由此可知，当年红军在广西一侧的乡村是有频繁革命活动的。

初步考证发现，红军领导机构迁到谷留村后，部队迅速在周边建成了一批防御工事。除了现在人们熟知的谷留碉堡，在广西一侧的弄怀—德灵—魁圩道路沿线的7个山头上也建起碉堡。有了这些防御工事，龙合、定业、魁圩一带山川尽收眼底，敌情尽可掌握，随时可以阻击来犯之敌，有力保障了红军领导机构的安全。这些碉堡遗迹至今尚存。

在白色恐怖笼罩下的革命战争年代，为安全起见，领导机构有多个办公地点备用。弄怀村头有座大山名叫"穿山"，山里一个山洞一度成为红军领导人的秘密办公地点。"穿山"山如其名，山上有巨大溶洞，洞内有洞，四通八达。前洞位于弄怀屯至弄腰屯道路上方，与道路垂直距离约500米，虽看似很近，但此处属于悬崖，不能通行，需绕道一个小时以上才能到达洞口。这样有利的地形，很适合洞内的领导人在紧急情况下撤退。山洞很大，可容纳数千人而不显拥挤。洞口视野开阔，一眼就能望见不远处的谷留、多品、岩领三个碉堡，安全保障有力。洞内有水，足以保障生活饮用。与一般山洞不同，这个山洞还有后洞和侧洞，共有3个出口。入口在广西地界，而3个出口都位于云南境内。无论是应付云南方向的来敌，还是广西方向的追兵，均可从容脱身。更神奇的是，洞内还有个很隐秘的小洞，很少人知道，即使遇到突发的险情，只要闪身进入秘洞，外人根本无从寻找，还以为洞内的人已从不同出口离开了。有一次战斗，云南王龙云手下的一支滇军攻打山洞，战斗很激烈，滇军发射的炮弹打到洞壁发出巨响。红军为了消耗敌人弹药，故意拖延战斗。最终敌人消耗很多弹药，但红军毫发无损，悄然撤离。滇军以为枪声刚停，红军肯定走不远，可是进到洞内，却连一个红军影子也见不着，只好灰溜溜撤走了。

当地群众把此山洞称为"红军洞"。几十年过去，"红军洞"内至今还遗存当年红军办公、生活、指挥战斗的痕迹，石凳石桌，火塘灶台，领导人休息的秘洞，洞口石壁上的累累弹痕，等等。洞口垒起的石墙厚度达一米左右，可见当年红军战士保护领导机构的坚定决心。

富有革命传奇色彩的"红军洞"，连同高山顶上荒草丛中的碉堡遗迹，在岁月长河里默默地等待，等待人们在某个历史时刻再次给予关注，它们承载的革命故事等待我们去发现，去传诵。

# 上隆的回响

2019年是中华人民共和国成立70周年，也是我党提出实现"两个一百年"奋斗目标的冲刺之年。在这个特殊的年份里，为进一步统一全党思想，中央在全党部署开展"不忘初心、牢记使命"主题教育。那坡县委为传承红色基因，决定将百南乡上隆村打造成主题教育实践基地。作为主题教育办公室宣传组组长，我受命率队进驻上隆村，规划拟订建设方案。

地处中越边境的上隆村，土地肥沃，四季如春，非常适宜种植粮棉瓜果，农业经济基础良好；山高谷深，易守难攻，是开展武装斗争的理想之地。20世纪40年代中后期，上隆村属于我党领导的靖镇区游击革命根据地核心区，党组织在上隆一带发动群众，发展党员，开展游击革命，开创了上隆光荣的革命历史。1949年4月，在上隆村后山一个叫果地岩的山洞里，中共右江上游工委宣布成立镇边县委（那坡县委前身），书记丘柳松。上隆因此成为革命圣地，被称为那坡的"小延安"。

上隆村的革命故事十分精彩。20世纪40年代，那坡县当时称为镇边县，和靖西、天保、敬德几个县一起合称为靖镇区，在此领导革命的组织是中共桂滇边特支。1945年秋，日本投降后，蒋介石蓄意挑起内战，白色恐怖日愈逼近。特支领导邓心洋、隆建南明白必须迅速发动群众，争取人心。他们抓紧在各乡村发展和扩大农会。到1947年初，农会会员已发展到1万多人。农会势力不断壮大后，活动由秘密转为公开。1947年5月，发生了上隆村农会反"三征"，拒交"富力捐"事件。农会会员举着柴刀、粉枪、木棍，赶跑了前来征兵、收税的乡政府官员和乡警。其他村也纷纷效仿上隆，"反三征"成为靖镇区的一股风潮，动摇了国民党基层统治政权。平孟乡农会还组织罢市，有物资不拿到平孟街卖。农会势力连成一片,参与人口达5万多,并伺机建立了农会武装。1947年9月7日,农会领导发动了震惊广西的"平孟起义",一举解放了中越边境重镇平孟。

1947年11月初,为了配合全国解放战争,桂滇边区工作委员会率所属边纵部队由越南进入靖镇区,与靖镇区武装大队会师。边委机关及边纵司令部设在镇边县北斗村,庄田任司令员,周楠任政委。部队随即发动武装斗争,分别于11月7日、11月20日、12月1日发动果梨战斗、百合战斗、弄蓬战斗,取得"三战三捷"的辉煌战果,消灭了国民党镇边县保安总队、县常备队、民团数百人,缴获敌人大批枪支子弹。解放镇边县的平孟、台峒、百南、弄银和靖西市的南坡、惠仙、葛吞等七个乡以及邻近这些乡的边缘地区,面积约1500多平方公里。边工委在平孟出版的报纸《新桂西报》不断刊登振奋人心的胜利消息,革命形势一片大好。

然而,边纵在取得重大胜利的同时,也滋生了冒进和极"左"倾向。一是执行过左的土地政策,过度强调依靠"九等穷",侵犯了中农利益,引起部分群众恐慌,开始疏远革命队伍。二是肃反扩大化,错杀了一些人。这期间,政工队驻地上隆村就时常关押着一批人,村头一个小山坡作为法场,曾在此处决数十人。而正在此时,1948年1、2月间,国民党纠集其正规军174旅和广西保安总队加上地方反动武装等万余兵力,由广西保安副司令莫树杰指挥,大举围剿靖镇解放区。为保存实力,同年4、5月间,桂滇边工委决定实行"小股坚持、大股插出"的战略,桂滇边区工委领导机关及边纵主力第一支队撤出靖镇区,进入滇东南,后发展成为解放滇东南的主要力量。

主力部队撤离后,留在靖镇区坚持斗争的还有地方基干队100多人枪,力量虽然比较薄弱,但革命意志依然旺盛。以邓心洋为首的革命领导人严密分工,形成多股力量大胆插入敌后,建立新区,使得游击队力量日益发展,革命的烈火在桂西遍地燃烧起来。这期间,上隆村由于地理位置特殊,且群众基础好,粮食丰足,曾经一度成为游击革命指挥中心。

七十年过去,祖国大地发生了翻天覆地的变化。此时的上隆村,已发展成"红顶蕉"原产地,每年有数千吨优质粉蕉从这里销往全国。好山好水种植出来的"上隆糯米"远近闻名。水泥路通到每家每户,家家有楼房小汽车,处处洋溢着新时代小康农村的勃勃生机。作为那坡县红色革命摇篮、爱国主义教育基地,上级党委、政府不断加大投入,多年来,在上隆建起不少纪念设施。县文化局建设了一幢占地200平方米的三层公共文化大楼,并在三楼建成了镇边县委旧址陈列室。百南乡政府在果地岩山脚下建成了停车场、休息长廊、旅游公厕、通往果地岩的2公里长的登山步道等旅游配套设施。此次把上隆列入"不忘初心、牢记使命"主题教育实践基地,就是要不断挖掘整理革命故事,完善其文化旅游功能,进一步提升改造,使其成为红色旅游目的地,成为传承我党红色基因的示范区。

我们在上隆住下来,查阅党史资料,走访上年纪的老者,寻访战争遗迹,拜访革命后代,历经整整一个星期。时任上隆村党支部书记的王明全,年龄五十多岁,他爷爷的几个兄弟都参加过革命,老一辈口口相传,给他留下很多革命故事。我们从他口里听到很多党史部门没掌握的生动故事。最后,我们整理出上隆村12个方面的红色文化资源:

1. 一条革命成功之路:上隆村后山3座山头还遗存当年修建的防御工事,环形壕沟连通3座山,从游击队指挥中心直达"果地岩"圣地,此路象征当年革命奋斗之路。

2. 一首革命经典歌曲传唱:当年游击区传唱的战斗歌曲,上隆村民至今仍在传唱,可选择其中几首组织练习,由村民组成合唱团进行红色歌曲演唱。

3. 一座纪念会师的丰碑:当年,靖镇区依靠农会武装一举解放了平孟,之后迎来桂滇边纵队主力部队,两支队伍会师,形成猛虎下山之势,迅速形成革命高潮,这次历史性会师意义重大,应该立碑纪念。

4. 一位传奇"双枪女王":1947年,王琼儒随桂滇边纵队来到广西靖镇区,在上隆村宣传发动群众搞革命,具体负责肃反运动,清匪反霸,打击敌人,英勇无畏,群众流传其手持双枪,枪法奇准,民间称之为"双枪女王"。

5. 一处令敌人胆寒的法场:革命斗争是残酷无情的,上隆村头一个小山坡,这里是那些顽固不化的反革命分子最后的归宿,据称共有32名敌人在此被处决。

6. 一棵古树惊雷响:1945年,靖镇区农会骨干农建文、农庆丰、农仕高到上隆秘密组织农会开展革命活动,为鼓舞士气,在果龙榕树枝干上刻下了"中国共产党万岁"几个大字,这条标语犹如晴天霹雳,震醒了身处水深火热之中的人民群众，开始投身革命武装斗争。

7. 一座"激情岁月"议事亭：1946—1949年，上隆革命根据地的领导人在这座议事亭中召开无数次会议，指挥无数次战斗，宣布无数个重要决定，指引革命斗争走向胜利。

8. 一个"火眼金睛"观察哨所：在一段长1.5公里的道路上，有2个用于侦察敌情、传递情报的观察瞭望哨所。其遗址尚存，可恢复重建，供后人体会革命前辈的艰辛。

9. 一段精心设计的"破坏路"：当年，为有效防御敌人进攻，聪明的上隆人民在进村险峻道路上挖出两处4米宽、两米深的壕沟，夜晚吊起吊桥，用于紧急时刻及时有效阻断敌人的追击和进攻，称为"破坏路"。

10. 一条"顽强抵抗"战壕：一条长达2公里、蜿蜒2座大山的战壕遗址，此处战壕是游击革命时期留下的。1950年1月，国民党残兵刘嘉树兵团从云南败逃而来，欲从平孟出越南到香港，解放军曾在此处阻击，是革命先烈吕剑负伤之处。

11. 一处"红色凯歌"圣地：1949年4月，中共右江上游工委在上隆村"果地岩"宣布成立中共镇边县委，隶属中共右江上游区工委领导。任命丘柳松同志为县委书记，梁正保同志任组织部部长，陈元生同志任宣传部部长，农汉华同志任军事部部长。在成立中共镇边县委的同时，成立中共镇边县第一区委（下辖百南、百合、平孟、台峒四个乡），区委书记由陈元生同志兼任，下辖四个党支部，共40多名共产党员。县委成立后，主要以在上隆屯的第一区委员会为中心，开展游击革命斗争工作，同时在上隆屯设立了办公室、文印室和医务室。一场全面、公开的斗争正式拉开序幕。

12. 一个"光辉时刻"纪念日：1949年4月，中共镇边县委成立，确定每年4月的一个日子为县委成立纪念日。

紧接着，规划小组又制订项目建设规划，分近期计划和中长期目标。近期要突击实施一批项目，在当年9月底完工，迎接"十一"黄金周假日及政府各机关单位组织开展主题教育实践活动。建议项目是：

1. 在上隆村村口建红旗广场，广场内建大型党旗雕塑，广场四周立革命先烈半身雕像，使上隆屯更具游击根据地特色，同时维修古榕栈道。

2.在"果地岩"需增建及维修的项目：（1）在停车场旁建一座公厕，一个水池，一条通往秘密山洞的便道。（2）增建登山道路的护栏，陡峭的路段将路面改建成台阶。（3）将观景台扩建成500平方米的小广场，矗立第一届县委四位领导的雕像，命名"初心广场"。（4）"果地岩"洞口建护栏，请我县幸存的老革命题写洞名，洞侧立碑铭文纪念。（5）"果地岩"照明线路维修。

3.红色革命歌曲表演活动，由县文化馆派出老师指导培训上隆村民组建红歌队，学唱红歌。

4."讲红色故事"活动，由上隆革命先辈的后人（王明全）给参观者讲述红色故事。

5."穿红军服、走革命路"活动，立即备办一批红军服，参观者穿上红军服，重走革命路，抢占阵地制高点。

6.用"革命餐"活动，参观者在上隆村部集中体验"革命饭，忆苦餐"，由上隆村民准备餐桌餐具。

7.疏浚战壕，疏通密林革命小道。

8."纪念日"活动，由县委、县政府行文下发，全县各乡镇、各单位在中共镇边县委成立纪念日期间，集中到上隆开展纪念日活动。

县领导指定由我撰写会师纪念碑碑文，我虽力有不逮，但也勉力为之，最后由县领导审定通过了，全文如下：

### "镇边会师"纪念碑碑文

1947年11月，根据中共中央和香港分局的指示，粤桂边工委领导人庄田、周楠率领由黄景文任团长的中国人民解放军粤桂边纵队第一团从越南进入那坡县（时称镇边县，属靖镇区），与靖镇区独立大队胜利会师，组建中国人民解放军桂滇边部队，庄田任司令员，周楠任政委，下辖第一、第二两个支队。第一支队由中国人民解放军粤桂边纵队第一团扩编而成，林杰任队长，唐才猷任政委；第二支队由靖镇区独立大队扩编而成，廖华任队长，陈熙古（后梁家）任政委，约1500人。两支部队胜利会师，战斗力倍增，靖镇区的革命武装斗争形成了猛虎下山之势。

从1947年11月至1949年9月，解放军桂滇边部队连续发动多场战斗，势如破竹。1947年会师当月发动果梨、百合、弄篷三场战斗，取得"三战三捷"战果。1948年连续取得德窝、弄获、英华、妖皇山、十蓬、六蓬等六场战斗的胜利。1949年6月和9月，又取得攻打龙合乡公所和果烈两场战斗的胜利。上述战斗，共歼灭国民党保安队、反动民团等武装700多人，俘虏官兵200余人，缴获大批枪支弹药和军用物资。解放了靖镇区的平孟、百南、台峒、弄银、南坡、惠仙、葛吞等7个乡及其边缘地带。游击根据地从4个被分割和不完整的乡发展为连成一片的包括10个整乡和另外几个乡的一部分，并普遍建立乡村政权。我人民武装部队由1000多人发展到2000多人。战功赫赫，彪炳史册！

时值全国自上而下开展"不忘初心、牢记使命"主题教育，为铭记两支部队胜利会师的光荣历史，继承革命传统，铸牢初心使命，扎实苦干，奋发有为，尽早实现边境发展、边民富裕、边疆稳定之目标，特立此碑，以示纪念。

中共那坡县委员会　那坡县人民政府

2019年x月x日


此外，我们规划小组还拟订了比较详尽的建设方案，从项目背景、发展依据、发展定位、发展内容、近期规划、中长期规划等方面做了阐述。方案经县委、县政府审定后分门别类交由相关项目部门实施。几个月后，"上隆革命传统教育基地"初步建成并向社会开放，本县及周边县份乃至南宁、河池及云南近邻县市的不少党政机关先后组织干部前来开展教育活动，从各地慕名而来的游客也不少，上隆群众从中取得不少旅游收入。

念念不忘，必有回响。上隆，这个为中国革命做出了重大贡献、付出了巨大牺牲的村子，必定能够书写更瑰丽的时代华章。

果地岩碑记

镇边县委旧址陈列室

上隆果地岩

# 遥望妖皇

　　在那坡县南部中越边境的青山绿水间行驶，不经意间抬头，你总会看到一座高耸入云的大山。它像一个巨人，在逶迤起伏的群山中独树一帜，高大威严的身姿，仿佛天地间的一尊神像，正襟危坐、目定神闲，凝视着人间的沧海桑田。它就是远近闻名的妖皇山。作为当地老百姓心目中的神山，人们每每提到"妖皇山"三个字，就会瞬间神情肃穆，闭口敛容。是啊，这座山有太多的传说，总是有关妖王、妖兵、苗王的骇人听闻的故事。胆小的人，听着听着就感到脊背发凉呢。

　　妖皇山海拔1600多米，高耸于周边群山之上。作为本地人，我也遵照老人教导，带着敬畏与虔诚之心，寻机攀登此山。近十年间，我已两度登顶。当然，我辈登山，旅游观光是主要目的，也顺带体验民俗。站在顶峰，俯视脚下千山万壑，人间烟火，那一刻，多么希望自己能化身腾云驾雾的"妖皇"，囊括四海，吞并八荒。传说中"妖皇"在山上留下的确切印记，是位于峡谷两岸悬崖边上的一对巨大足印，每个足印长两米有余，宽80厘米上下，脚趾、掌纹清晰可见。一个在妖皇山悬崖边，另一个在峡谷对面的阴阳山。据说，"妖皇"在一次战斗结束后，焦渴无比，只见他一步跨过虎跳峡，低下头喝峡谷里百都河的水，把整条百都河水都喝干了。它走后，峡谷两岸悬崖上各留下一个深深的足印。另一处更让人叹为观止的奇迹，是山峰制高点上酷似雄鹰的一块飞来石。巨石的外形恰如一只雄鹰从远处飞来，刚刚落下，抖落一身尘土，又要昂首一飞冲天。因巨石为无根石，下方只有巴掌大的支点，支撑着整个石身凌空拔地。若游客要跨上"鹰背"，巨石必然晃动，似有跌落万丈深渊的危险，又像极了雄鹰桀骜不驯的野性。飞来石被誉为妖皇山一绝。

妖皇山与阴阳山两山夹峙，从军事意义上是一处战略要冲，自古以来留下众多战争遗迹。其正南方二公里的炮台梁、大营盘为古炮台遗址。西南二十公里的龙门山，东向二十公里的念井村等自古均有兵丁驻守，也发生过不计其数的战斗。直至今天，山下沿边境线仍有那布、百南、念井等多处部队驻地。千百年来，山上能屯兵自保的物资基础，有赖于山顶上数百亩平坦的沃土和一年四季汩汩流淌的清泉。有地可耕作，有水可浇灌。上下山的小道，有几处地形恰似闸口，仅容数人穿过，天然形成"一夫当关，万夫莫开"的关隘。文史学者考证，北宋初年，侬智高自立"南天国""大南国"并称帝，把妖皇山作为一处要塞，抵御交趾军队入侵。侬智高兵败，其弟侬智会归附宋朝，继续在此安营扎寨，因有效阻塞交趾前往大理国购买战马，削弱交趾军力，对宋朝有功，宰相王安石便向神宗皇帝建议，把侬智会封为"右千牛卫将军"，留下一段千古佳话。

妖皇山是苗族聚居区，自古以来，苗民凭借妖皇山山高林密的优势，从不轻易臣服于官府，官府不能在此地实行有效统治，便污称苗民为"妖王""妖兵"，这就是"妖皇山"得名的原因。而时至20世纪40年代，善于和穷苦百姓交朋友的共产党军队到来后，很快与山上的苗民结下鱼水情，他们在苗寨成立农会，建立民兵中队，设立哨卡，建成了共产党领导下的游击根据地。1948年9月中旬，国民党广西省第六专署专员赖慧鹏亲自督军，对靖镇区实行大清剿。中共桂滇边区工委宣传部部长吕剑带武工队在妖皇山严阵以待，专等来犯之敌。

专署保安副司令韦高振沿路推进，抵达妖皇山下的那诺屯后，派一个营的兵力进攻妖皇山。苗族民兵配合武工队沿途设防，安装自制猎枪，滚石檑木阻击敌人。山势陡险，上山的敌兵刚在平缓之地立足，就迎来武工队排枪攒射，四散躲避时又踏响地雷送了命。打了半天，游击队未见人影，己方的士兵躺倒不少。韦高振恼羞成怒，命士兵用机枪往树丛深处胡乱扫射，架了迫击炮乱轰山弄。过后高喊："苗仔逃不了啦，快投降！"吆喝完再往山上爬。

等到敌人气喘吁吁，欲进不进之时枪声又响。敌人往上爬，抬头又是民兵的滚石檑木。敌兵再不敢往上搜了。敌军从上午九点攻山至夕阳西斜，多次发起进攻，均被击退。韦高振怕天黑被袭，下令撤兵。他骑马沿小道下山，一声巨响，我军埋下的地雷大发神威，前后山各炸个泥散石飞。坐骑受惊腾身飞跑，把韦高振抛落草地，伤了屁股，捡得一命。

战斗结束，吕剑很兴奋，创作了一首歌：

### 《妖王山之歌》

妖王山呀妖王山

妖王山是敌人的鬼门关

从春天到秋天

把敌人的进攻都打翻

妖王山呀妖王山

妖王山上多苦难

反动派凶恶的流氓

把少数民族来摧残

今天的妖王山啊

在革命红旗的照耀下

你已经从蒋匪的铁蹄下

把身翻

把身翻呀努力干

快拼命打出去

叫反动派都完蛋

《妖王山之歌》迅速在武工队和民兵中唱开了。几十年过去，至今仍被妖皇山一带的村民传唱。

山上的生活环境总是艰苦的，新中国成立后，在党的民族政策感召下，苗民不再固守老观念，随着政府不断加大扶贫力度，"下山进城入谷"的理念渐入人心。20世纪90年代，苗民流露出搬到山下居住的意愿，政府因势利导，把山上散居的数百户苗民集中安置到山脚下，利用桂林市和贵港市政府的援助资金建成两个安置点，分别命名为"桂林苗族新村""贵港苗族新村"。妖皇山的苗民得以离开世代居住的深山老林，他们的生活翻开了新篇章。如今，站在钢筋混凝土砌筑、靓丽瓷砖装修的一幢幢小洋楼前，完全感觉不到传说中苗民神秘的"妖术"。村民操着流利的普通话,一言一行都彰显了对千年王化政策的顺从与自适。

妖皇山一处山岭上,排列着三座丈余大小的圆形土包,当地群众都称之为"皇帝坟",坟包呈品字形排列,气势不凡。随着山民都搬到河谷安居,早些年,"皇帝坟"荒草丛生,人们料定它最终将湮没在历史尘埃之中,不为后世所知。殊不知近两年,"皇帝坟"却因不断到访的游客而热闹起来。原来,妖皇山脚有一个叫"峒皇"的村庄,"峒皇"是壮语,意思是"皇田",印证了侬智高政权曾经略此地的民间传说。因具有历史文化积淀,政府将峒皇屯民居外立面做了统一改造装修,建成广场、舞台、凉亭、亲水平台、沿河栈道等休闲设施,完成了"五拆五清",村庄面貌焕然一新。农户乘势而为,发展起旅游业,到访游客络绎不绝,成为边境地区一处新兴旅游目的地。

民间传说,妖皇山帝王气十足,几百年必出一个皇帝。其佑护出的第一个皇帝当然就是侬智高了。几百年后的21世纪初,妖皇山果真又出"皇帝",就是农氏"德"字辈叫"农××"的邻国元首。据说这位元首的曾祖父是从妖皇山脚的百都河畔迁到邻国红河沿岸落户,发展到第四代,曾孙承妖皇山王气当上"皇帝"。消息传出,人们如释重负,因为地方凡出"皇帝",大多会引发战乱,所谓"兴,百姓苦,亡,百姓苦"。"皇帝"出在境外,伤害不到妖皇山当地人,人们才能安生。

而一些抱着妄念的人却不这么认为,近些年,不断有人请来风水师进山四处寻找,他们笃定妖皇山必再出贵人,只要寻得真穴葬坟,必定在某一代出人头地。不知是"风水师"善于附会穿凿,还是民间手抄本记载,他们将远古时期尚是化外之地的古百越地区鬼神文化与岭南古文明之光的"花山岩画"虚实结合,又将赵佗建立的割据政权南越国和侬智高的"南天国"连在一起,花言巧语,唾沫横飞。声称古堪舆家遍访山水之脉,觅龙察砂,观水望势后留下谶语:"头在牧马,身在保乐,脚踏镇安,尾在归朝,六轮花甲享富贵,三百六载沐皇恩。"按现在的地理名称,牧马即越南北部省会城市高平,保乐为越北一座县城,镇安即当今那坡,归朝位于云南富宁。依此谶语,妖皇山这处奇山异水,实则是盘桓于中国西南至越南北部的一条千里来龙的巨爪,扼守要冲,钳制一方,是名副其实的风水宝地。

与此关联的另一个民间传说,是流传于中越边境的一句壮族谚语:"岜莱高吉,岜能搞妈,岜娅搞歪,参岜道顶,跟莱贡迷。""岜莱""岜能""岜娅"

是桂西至越北地区的三座大山。"岜莱"现在是中越界山龙门山,"岜能"是妖皇山,"岜娅"位于越南保乐县境内,上文提到的"身在保乐"指的就是此山。"岜莱""岜能"海拔1600多米,"岜娅"海拔1900多米。三座大山像一个等边三角形的三个角,屹立于两国之边。位于"龙身"的"岜娅",山顶终年积雪,山腰流水潺潺,如今是越北的风景名胜。自古以来,越北高平省至我国桂西一带世居的壮、侬、岱侬、傣等侗台语族民众把三座大山视为神山。谚语的大意,就是三座神山一山更比一山高,全部登顶困难重重,但只要敢于攀登,虔心朝拜,人生就能圆满,百姓就能幸福。近些年来,因新冠疫情封控等一些政策影响,民众已不能在三座神山之间自由来往,令不少民众感到无比困惑。

仔细想来,在漫漫的历史长河中,妖皇山周边山川形胜、人杰地灵,少不了会出现过一些英雄人物。以他们具有的雄才大略、壮志高怀,这方水土大概在某一历史时空也曾经大放异彩。只是,由于没有本民族文字,加之后来国家分治,族群分离,信息阻隔,年代荒远,他们留给后裔的,只剩下一个个传奇故事和不明出处的只言片语。

地域有界,民心无疆。民众对三座神山的崇拜,其实是侗台语系民族"娅王"文化崇拜的历史遗存。两国民间虽疆域阻隔,而文化相通,语言相近,民心相融。

历史行进到2013年,中国国家元首提出构建"丝绸之路经济带"的倡议,中越正以"五通"为切入点,即政策沟通、设施联通、贸易畅通、货币融通和民心相通,以点带面,从线到片,逐步形成区域大合作格局。这是中南半岛各国"自由行"的理论铺垫,人们热切期望规划尽早实现。

一定有那么一天,中越两国政治、经济、文化等各个领域的交流与合作密切而顺畅,民间友好往来,真正实现大国领袖的"五通"美好愿景。两国人民真正成为"好邻居、好朋友、好同志、好伙伴"。政策清明,社会清朗,百姓安宁。那一天真正到来的时候,两国边民一定会纵情欢呼:"妖皇无妖,天下太平!"

峡谷风光

妖皇山雄姿

日出妖皇

# 者赖"官坟"

　　者赖村是那坡县百都乡境内的一个村子。百都河沿着中越边境自西向东奔流，穿过百都街，再往前3公里就到了者赖村。者赖村头公路边上有一堆隆起的土丘，当地壮族布锐人称为"莫细"，汉语就是"官坟"的意思。走近看，坟前立有墓碑，碑文是竖刻的4行楷书大字，书法精到。题首一行：公讳桂浙江人同治二年任；居中一行：皇清诰授奉政大夫前分守汪公之墓；三、四行为落款：署分守珠崖叶茂松题，同治九年岁次庚午孟夏月吉日立。

　　碑文虽短，但基本信息已然清晰：墓主汪桂，浙江人，清朝官员，官职是分守。给他立碑的是后任分守，珠崖人叶茂松。令人费解的是，一个来自浙江的清朝地方官员，为何葬在中越边境大山深处的村子里？清朝的官制并没有"分守"这个职务，"诰授奉政大夫"又是何意？这就牵扯到清朝末年的一段往事。

　　那坡县在宋、元时期称镇安州、镇安府。镇安府管辖着现今桂西地区那坡、靖西、大新、天等、德保等县市的大片土地，相当于现在一个较小的地级市。明洪武二年（1369年），镇安知府岑天保认为那坡地处偏远，遂将衙署从那坡县迁到今德保县。此后，朝廷在今那坡县设置小镇安土巡检司，由岑氏土司统领。到了清乾隆三十一年（1766年），两广总督杨廷璋认为小镇安地接安南，地势险要，地形复杂多变，多民族交错杂居，难于管理，遂上书朝廷，将小镇安土巡检司改流，更名为小镇安厅，设流官通判驻守其地。

　　"厅"是清朝设在具有特殊地位的边境地区的地方行政机构，级别比县高半格。"厅"的行政主官"通判"是知府的副职，可分派某地专管一地事务。汪桂墓碑上"分守"之谓即由此而来。"通判"为正六品官，汪桂墓碑上的"诰授奉政大夫"为五品，应是虚衔，即以高级别闲官身份"行"低级别的执事官，这是皇帝专门用来笼络臣僚的手段。相当于现在公务员职务与职级并行的做法。

汪桂是同治二年（1863年）从京城到小镇安厅任通判的，虽说"异地为官"是传统官制，但从京城到小镇安，落差还是显而易见的。不过从后人编纂的《镇边县志》上，我们看到对汪桂的评语是"勤于课士"，看起来这位官员当时不但没有怨尤，还踌躇满志。

汪桂到任次年，灾难还是来了。史书记载："三年，贼匪吴阿终等陷厅城。桂被虏，困贼营数月，忧愤成疾。乡团谢有道计出之。寓者赖村，力疾办团，旋卒，葬者赖村。"这段记载，道出了汪桂墓出现在者赖村的缘由。清朝末年，社会混乱，匪盗丛生，小镇安概莫能外。一群悍匪攻进厅城，把通判大人俘虏了。土匪没有立即处死汪桂，而是施以非人折磨。几个月后，汪桂伤病交加，奄奄一息之际，在者赖村办团练的义士谢有道用计将其救出。想想汪桂从小饱读诗书，为求取功名，在京城低等官阶努力多年，才获派地方任职，也算盼来了出头之日，不料却为土匪所擒，最后命丧荒村，"大厦将倾，安有完卵"？！

故事还在继续。汪桂死后，朝廷派来官员继任。这位官员名叫潘昕，号晓初，广东新兴县人。史书载："时贼匪吴阿终冯二等踞厅城，不得莅任，寓南团与绅民议复厅城，遣团总岑明英赴越南保乐州约越官助剿……复请滇勇合剿……滇勇失利亦撤去。忧愤成疾而卒，四年闰五月也。"因为土匪占据着厅城，这个新任通判连厅城都不能进，自己的衙门长什么样都不知道，却也毫不怯气，即刻组织剿匪，还到处搬救兵，直至战死沙场，取义成仁。

潘昕是同治四年死的。同治六年，朝廷又任命京郊顺天府宛平人吴梦桂任小镇安通判。史书载："同治六年署通判，以吴匪踞厅城，接印于那旺岩，率乡团剿弄合、毕街贼，剿克之，议乘胜复厅城，因乏饷，不克济，昼夜焦劳，竟以忧愤卒，士民哀之。"新任通判仍然进不了厅城，只能像前任一样，继续组织乡团打土匪，采用"以农村包围城市"的打法，连连取胜，战果辉煌。只是可怜了吴梦桂！前两任通判是打败仗忧愤而死，这一任打了胜仗，却因粮草供应不上，功败垂成，焦劳而死。

古往今来，多少读书人为求取功名，背井离乡，异地为官，他们有的飞黄腾达，享尽荣华富贵。而这三位流官，在离家千里之外的异乡与土匪战斗，以身殉国。这种遭遇，哪怕是在社会动荡的清朝末年，也是不多见的。那些年，北方正被太平天国搅得天翻地覆。汪桂、吴梦桂从京城一路南下，一定会耳闻目睹。他们不会不感受到国运堪忧，但仍然坚决赴任。特别是在汪桂战死、土匪仍占据厅城的情况下，潘昕、吴梦桂仍然服从皇命，悲壮离京，直面生死，毅然决然投身抗匪，这难道仅仅是为了个人前途的一己之私？明知国难当头，仍然慷慨赴险，不能不说，他们是有强烈的忠君爱国情怀的。

听者赖村的老人说，当初汪桂之所以投靠者赖，一是清朝在者赖村设有哨卡，常年有兵勇把守。谢有道当时在此办团练，有实力抵御土匪。二是在者赖汪是大姓，汪桂也是为了得到宗亲的庇护而来。历史证明，他没有看错。汪桂到者赖不久身故，者赖汪家把他视为亲人，不但安葬了他，还世代祭扫。

潘昕、吴梦桂的身后事就大不如汪桂了。匪患平息后，继任者叶茂松于同治九年（1870年）为汪桂墓立碑，将潘昕、吴梦桂的坟茔迁入厅城，葬于厅城旁的规架坡。又得朝廷获准，在感驮岩建昭忠祠供奉三位官员的英灵。几十年后，清朝灭亡，昭忠祠因年久失修坍塌。又几十年后，朝代更迭，位于规架坡的潘昕、吴梦桂墓地因那坡县城扩建被夷为平地，从此了无踪迹。汪桂墓因远离县城藏身民间而得以保存至今。

那个用计从贼营救出汪桂的谢有道，在那坡县南部白云山下办团练，帮助朝廷剿匪取得军功。后赴云南楚雄、广南为官。晚年荣归故里，在百都街置地建房养老，死后葬于百都河岸的高山之上。从河边爬山，走到谢有道墓地需要两三个小时，这样安排，有"葬我于高山之上兮，望我故土"的味道。谢有道故居曾在某段时间被充公，谢家后人在改革开放后打官司成功收回。谢家后人中，多有行侠仗义、乐善好施之人，生意做得很好。

这个清代流官的故事，让人联想到古代社会所崇尚的"官德"及文人士大夫"士"的气节与操守，令人敬佩。

# 白马公园小记

白马体育森林公园位于那坡县城中央，山之巅，云之上。取名"白马"，源自那坡"白马觅地"的传说。

那坡县地处国之边，省之界，天远地遥，绝无废气毒尘等工业之害，独享清纯静谧的遗世之美，素来令游客无比怜爱。而公园海拔1000米，更是世界公认的最佳森林疗养胜地。在公园里呼吸，空气都是甜的。

公园占地520公顷，地跨东西两山。东山环山步道长16公里，路面平坦。不同路段给人的感受不同，临崖的蜿蜒蛇行，穿越密林的清静幽深，爬坡过坎的让人气喘吁吁，各有不同的乐趣。每隔一段距离就设有服务站点。行走其间，仿佛进入绿色的海洋，满山绿树，苍翠欲滴。崖上流泉飞瀑，林间百鸟鸣啾。深谷林木森森，旷野绿草茵茵。地处高山，视野开阔，举目四望，心旷神怡。远眺六韶山脉从云南方向逶迤而来，来龙绵远；近观龙泉河水自后龙山脚喷涌北流，去水有情。俯视山下，县城像个孩童，静卧于大地母亲的臂弯里。抬首望，富那高速又像钻山的巨龙，上连云贵川，下接出海口。步道旁八角玉桂林立，茴油和桂皮等大宗产品成就了那坡"全国最大香料基地县"的称号，更创造了法国香水生产的传奇，"法国香水无镇安茴油不香"之说令那坡声名远播。

西山原为部队驻地。和平时期部队撤去，旧营房屹立依然，壕沟犹在。岗亭的射击孔掩映在摇曳的芦苇丛中。身临此境，耳际犹闻炮火轰隆。是的，那坡作为兵家必争的险境，中原王朝与安南的数次交锋均在此发生。近百年来，刘永福黑旗军援越抗法，第一、二次国内革命战争，抗日战争，援越抗美，自卫反击战，那坡都曾是战场。一场场战争，令这里弹痕遍地，也练就这方土地上的人们个个熊心虎胆，铜头铁骨。这也更让人联想起那坡县名的由来。从始称镇安，继称镇边，又称睦边，皆是朝廷为赋予这个边防重镇守边固疆的使命而命名的。如今，旧营房旁的一丛丛剑麻叶上，依稀可见1979年战事期间，驻守边防的战士们用刺刀刻写的诗句，是谓"剑麻诗林"："牺牲我一个，幸福十亿人。""人生自古谁无死，留取丹心照汗青。"一首首戍边战士自拟的小诗，或是古人的爱国诗篇，读来让人荡气回肠。徜徉诗林间，保家卫国、建功立业的爱国情怀油然而生。抬眼看，山对面直耸云天终年云雾缭绕的山峰，就是"镇安八景"之一的"索峰烟雨"。

东西两山之间，是座仿城墙形制的桥梁，命名"连心桥"。军民连心，铸牢稳边固疆的钢铁长城；党政同责，共谱富民兴边的时代赞歌。

我到过许多地方。北京香山公园有红叶之美，新疆的红山公园有西域之美，海南的五指山公园有红色革命传奇之美，而那坡白马公园兼具它们的美，我爱白马公园。

# 睦边双塔

白马体育森林公园是我常游览的地方。公园建设之初，我曾向有关部门提议，在公园东、西两山主峰建设姐妹塔，取名"睦边""兴边"。"睦边"塔彰显那坡县地处祖国边陲，与邻国"睦邻友好"的历史，"兴边"塔铭记那坡历代干群协力建设边疆、振兴边疆的史实。塔至今没建，西山高处却搭建了一处休憩长廊。我每次在公园徒步后，必在长廊逗留，或坐或躺，甚是惬意。

从文化意义上讲，建塔，以其崇隆凌霄之势，常用于纪念或励志。若建亭台廊榭，则纯粹为休闲歇息。"亭者，停也，人所停集也。"建塔对丰富地方文化资源，涵养那坡文化底蕴有益处，这也是我提议建塔的初心。

元旦日，沿着东山环山步道又走了一圈，18公里的里程，花了3个小时，接近强行军的速度。然后过连心桥，大步走上西山步道。此时，开始感到疲惫，脚步渐渐沉重。走过墙面斑驳的部队旧营房，抵达登山台阶时，疲态更甚，双脚更沉重，喘气声更急促。抬头看，休憩长廊隐身山顶树梢之后。扶着护栏走到第一个平台时，忽地恍然大悟：我为什么一定要走到休憩长廊呢，这个平台不也很好吗？一念既起，索性就席地而坐，敞开双襟。清凉的山风徐徐吹来，我长舒了一口气。环顾左右，科冬山林木苍翠，绿浪无边无际。后龙山顶几朵白云悠悠荡荡，湛蓝的天空深邃辽远。渐渐平静下来，又环顾四周，寂静的山林，除了不时吹过的山风，什么声音都没有，连自己的呼吸声也越来越小。天上的那几朵白云，不知什么时候也已散尽。我渐渐产生渺小感，这天地万物，多我不多，少我不少。原来，人在大自然面前是多么渺小，简直如一粒尘埃，什么目标，什么烦恼，在历史长河、大千世界里简直微不足道。一阵较大的风吹来，打了一个寒战，回过神来，我不禁哑然一笑。

　　我们总心心念念于某个目标，为实现目标而用尽心机，不舍昼夜。这好比人们荡秋千，为了荡得更高，不断用力蹬步，以致目眩神迷，险象环生。其实，哪怕拼尽全力，总是不能无限向上。就算荡到最高处，还是会循环往复。此时，继续荡下去，只会身心俱疲，还不如停下来，哪怕是暂时放手。虽然，你因此没有了鲜花和掌声，但摆脱羁绊，放松自己，安静思考，调适方向，也许不经意间，你会发现更好的自己，体会到另一种更美妙的意境。

　　想到这些，我不再继续登山，不再刻意到达休憩长廊。不去想何时能建塔，以及塔和亭的区别。下山的时候，心里感觉比以往轻松畅快了许多。

# 一首曲子，一段心路

2020年10月17日晚，大型民族歌剧《扶贫路上》在北京国家大剧院首演，整场演出大气磅礴，美轮美奂，线上直播观众达十几万人。我县民族文化传承展示中心演员李霁霖、李金妍进京参演。演出开场和结尾的歌曲富有少数民族韵味，悠扬的旋律让人喜不自胜。这首歌名叫《好大的事情在身边》，汉语歌词及我翻译的壮语音译词是这样的。

汉语歌词：

山歌飘在云雾间，
日子一天又一天。
布洛陀拜了千百拜哟，
百姓的生活盼改变……

山歌飞上天外天，
大山睁开一双眼。
从此惊天又动地哎，
好大的事情在身边……

壮语音译：

环伦辞果芇江岜，
旻而就开花喔芇。

布洛陀立肯千百卑，
八姓几来梦班眉。


环伦飞过法过邑，
邑隆过开他亮册。
天地渥卑念芒兴，
传尼并听君欢喜。


2018年，恢宏壮阔的脱贫攻坚大会战进入决战阶段，百色市作为革命老区和脱贫攻坚的主战场，市委、市人民政府请求国家文旅部创作一部以百色大地脱贫攻坚为主题的舞台节目。当年11月，国家文旅部派出由著名作曲家印青带队的音乐创作团队到百色各县采风。排在那坡站之前的是隆林县，看到日程安排，我内心感到不安，隆林的民族文化号称"没有围墙的民族博物馆"，民族歌舞相当出彩。排在隆林之后，那坡靠什么吸睛？如何出奇制胜呢？

采风团队来到那坡的前一天，百色市局带队领导来电说，从隆林到那坡需要6个小时车程，车马劳顿，采风团队有的老师年龄较大，希望在县城安排活动，并且尽量紧凑，让老师们得以尽快休息。我内心寻思，上京露脸千载难逢，这个要求恐怕恕难从命。

那天是11月15日，在高速路口接到采风团队时已过下午4点。我没把人带进县城，而是掉转车头直奔50公里外中越边境的百都乡，那里有最原汁原味的民族歌舞。车队爬上达腊坡的时候，市局带队领导来电：控制车速，老师们晕车了。又翻越几个山梁，待到从弄江桥河边蜿蜒爬上塘昔坡时，领导的电话几乎是声色俱厉了：有的老师吐了……

直到夜幕降临，我们才抵达百都街。我几乎不敢正视市局带队领导的脸色。好在百都村文艺队的群众演员情绪高昂，拦路酒、迎客歌过后，当热气腾腾的五色糯米饭从蒸笼倾倒到簸箕上时，北京来的老师紧锁的眉头舒展开来，艺术家热情奔放的性格开始呈现，现场气氛变得热烈。在村篮球场上（村公共文化中心建有舞台，但我刻意安排到旧球场），来自各村寨的山歌手们尽情展示那坡壮族民歌的天籁。简短的展示环节之后，就在球场边一幢传统干栏房里吃农家饭，席间仍有山歌佐餐。饭后，群众又以一浪高过一浪的山歌热潮将老师们送到村头。几位老师高兴得不行，连连说：不虚此行，这份辛苦太值得！

不久好消息传来，团队完成采风活动，在南宁召开创作研讨会，大家对采用那坡山歌调作为整台剧的音乐主旋律达成共识。

其间不时和老师们联系，发了一些音视频素材供老师们做参考。到次年6月，老师们便从北京发来汉语歌词要我译壮。其时我已调离文化部门，但彼此交流数月，为不让老师们为难，还是勉力为之。我按山歌"过山腔"的句

李霁霖、李金妍在国家大剧院

式，采用"央州"方言来译壮，个别词句用日常生活用语无法准确表达，还走访了民间老歌师请教。如歌词最后一句"好大的事情"，5个汉字，但此处只能用两个壮语音节表达。我找到古壮语一个"传"字，这个字带有"佳话"的含义，再用"尼"来强化这层意思，终于较好表达了原文的内涵。

歌词发到北京，反馈回来说专家还比较满意。不久，这首歌壮、汉两个版本录制完成，老师们发来音频让我听了，特别交代不到正式演出不宜外传。

就在这时，乐业县出了家喻户晓的英雄，驻村第一书记黄文秀因公殉职，中央一连给予她几个国家级功勋荣誉。由此，歌剧原先的一些设想改变了，要创作以黄文秀先进事迹为主线的舞台节目。最终，歌曲还是原来的歌词，只是没有采用那坡山歌调，也没有采用我转译的壮语版。

17日晚，端坐在家里客厅的沙发上看完直播，这些经历像过电影般一幕幕在眼前出现。突然，一首歌的旋律跳入脑海，是刘德华的那首《天意》："一切都是天意，一切都是命运，终究已注定。"是的，一切都是造化，一切都是天意。那坡的努力，英雄的命运，歌剧的诞生，仿佛早有定数。我也愿意相信，一切都是最好的安排。

# 干栏，干栏

"我家三层楼，住在公园头，屋后青山列，门前小河流。"

如果你正好在那坡人面前提起干栏式民居，又见他抿嘴一笑，坏了！八成的可能，他脑海里已浮现了一个令人捧腹的老故事。

20世纪60年代，那坡县人民公园旁基乐村男青年小杨光荣参军，远赴江浙地区服兵役。那个年代，部队经常组织官兵到驻地农村开展支农活动，一来二去，相貌口才出众的小杨竟然与村花小芳（真名已不可考，且以小芳代指）悄悄相恋了。服役期满复员在即，两人你侬我侬之际，小杨"口占一绝"，吟诵了本文开头的四句"诗"，不无自豪地赞美自己的家乡，深情邀请小芳随他回去。

小芳携梦怀春，欣然追爱而来。岂料抵达杨家当日即花容失色。村庄位于公园旁小河边倒是不假，可万万想不到，这是什么三层楼嘛，一楼圈养猪牛，粪水横流，臭味蹿到二楼居室，时不时飘入口鼻，小芳捂鼻踩脚，恶心到不行，干呕连连。到了晚上，小芳更瞥见家里老婆婆在后房掀开一块木板，蹲下身子往一楼排泄。小芳听着异物啪啪掉到地面，又听到猪牛吧唧吧唧舔食的声音，腹内顿时翻江倒海，直至胆汁反流。一夜无眠，天没亮，小芳便落荒而逃。

这个故事后来广为流传，"我家三层楼"成为人们用来调侃娶媳妇说媒夸大事实的一个笑话。实际上，干栏房还真有三层楼，老祖宗就传下这房屋结构。关于各楼层的功能，还有比较雅致的说法叫"一楼畜牧局，二楼人事局，三楼粮食局"。千百年来，人们依托这三层干栏房繁衍生息，五谷丰登，六畜兴旺。

一幢质量上好的干栏房，寿命几十上百年。但要建成一幢干栏房，付出的人力、物力和财力令人震惊。过去生产力低下的年代，哪一家若是多生了几个儿子，父母亲就会常常唉声叹气地说"这把老骨头不知要断几回噢"，"断几回"就是指为儿子们建房。

建房工序繁杂，耗时费力。单是备办木料，就需要提前三至五年。春种夏耘秋收，谷物归仓，忙完一年生计，男人们便要转向另一个战场，利用冬闲时间备料建房。柱子和梁枋是房屋主材，特别是高大的中柱，往往要提前多年到山上选定树木，打上记号据为己有。干栏房按单榀柱子数分类，有三柱落脚、五柱落脚、七柱落脚、九柱落脚几种，三柱或五柱只作为凉亭等临时居所，或是鳏寡孤独的极贫人家居住，九柱是大户人家才建的，极少见到。平常人家通常是建七柱落脚的干栏房，四榀三间，需要28根柱子，加上纵横使用的梁枋，屋内四壁装栏的隔板，还有数不清的横条、瓦栓，木料用量巨大。

伐木的安排，先由家主召集几个近亲，提前几个月把大树砍倒，若是砍伐预定做成中柱或大梁的树木，须焚香祷告后才动斧。待树木半干了，才请雇工加工木头。铺二、三楼地板所用的厚板材，需要请师傅带上大锯子到山上加工。如果是离家远的，单是锯板材就要在山上搭草棚住几个月。备齐这些主材往往要历经一两个冬季。柱子、梁枋、板材三样主料搬到村子之后，还要浸泡到烂泥田里一两年做防腐处理。这些建筑主材在房屋建成后不可再替换，要确保几十年不腐烂。栓皮、横条和用作隔板的薄板材作为"耗材"，易于解决，可以在建房当年才备办。

备齐了木料，离建房时间还有一两年时候，就要放手开荒造地，多种庄稼，打下多余的粮食才能多养牲畜，以待建房请客食用。这一系列操作，没有三年五载是操办不下来的。

而到了正式动土建房的时候，整个村子男女老少都要出动，挖方、拉锯、刨削、斧凿、搬运，到最后立柱上梁，一个崭新的房屋架子挺立起来的时候，又是好多个日子过去了。

付出几年辛劳，一幢崭新的三层木瓦结构干栏房横空出世，男人的家庭地位也就因此大不一样，走路带风，说话中气十足。接下来如果再顺利张罗儿子的婚事，等到第三代出生，男人的家庭地位就登峰造极，到了"太上皇"级别了，可以功成身退，温酒终年。那些生养几个儿子的夫妻，一辈子最大的心病，全在于能否为每个儿子建一幢干栏木房。儿子们有了房子，娶上媳妇，生养儿女，老人的腰身虽累成煮熟的虾子，头颅却坚挺如斗赢的公鸡。那些能力不济，不能为儿子们建房的家庭，老人抬不起头，儿子们长大后星散八方，或者打光棍，或者改姓入赘当上门女婿，光景就惨淡了。当然，也总有父母兄弟不得力但最终业兴家旺的"猪坚强"，那要归功于"夫妻同心其利断金"式的苦拼和机缘巧合。尽管如此，他们要建好一幢干栏房，至少也得人过中年。

干栏房作为木制房屋，建成后的维护也很不容易。最基本的需求是烟火气的滋养。常年住人的房屋，袅袅炊烟保障着一家人温饱的同时，也使得木头经过烟熏火燎，变得油光锃亮，不易损坏。干栏房若是三年五年空着不住人，就会迅速松垮、朽烂。尽管如此，雨水浸蚀和大风冰雹对干栏房伤害仍不可避免，无论盖着青瓦或是茅草，每隔几年总要更换整饬。

木料的损坏尚可更换，而另一种损坏则令人防不胜防，那就是虫害。干栏房四处透风，老鼠飞虫将陈放在"三楼"的粮食作为进攻的首选。夜深人静的时候，虫界的盛宴如约而至，老鼠啃食粮食的吱吱声，万千蛀虫啃食木头的沙沙声，仿佛是害虫们对家主的公然挑衅。这些害虫，赶也赶不走，灭也灭不完。一年下来，粮食大半被摧残，几乎每一粒玉米都有虫眼，蛀虫钻到米粒里，把最有营养的胚芽都吃掉了。而不知名的虫子还会把楼板、横梁、瓦栓啃噬得千疮百孔。虫害最能让住在干栏木屋里的人头疼并生无能为力之感。

干栏木屋逐渐让位于新的建筑形式是在20世纪80年代，政策背景是实行包产到户的"单干"模式解放了劳动力，人们通过很简单的对比就知道砖头比木头结实耐用。同时，山上木头的生长速度也远跟不上人们滥伐的速度，能用作建材的大树越来越少。农民开始把房子建成砖瓦结构，也还沿用"三层楼"的格局。随着打工潮的到来，更多的人走出大山，学到了外面世界更好的建筑技术，很多观念也随之改变。90年代后开始出现钢筋混凝土的整体板结构，渐渐地还在主房旁另建牲畜房，人畜混居不卫生的观念开始形成，"三层楼"的旧格局开始瓦解。90年代末期，政府在农村地区突击开展通水、通电、通公路"三大会战"之后，农村地区基础设施面貌大为改观。通电带来的不仅是照明的便利，家用电器的出现也丰富了人们的生活，给生活带来便利。电视机进入千家万户，更让外界的时尚之风迅速吹进农村地区。

新旧碰撞，高低立现。特别是那些造型美观堂皇的别墅洋房在各村寨惊艳登场。相比之下，老旧的干栏房就像年老干瘪的老太婆，而青砖碧瓦的小别墅正如光鲜亮丽的小媳妇，孰优孰劣，一目了然。干栏房的真正危机终于降临。

2019年，一场让干栏房从农村彻底消失的运动正在进行。政府在广大农村强力推进"三清三拆"。这项政策的初衷，旨在解决农村长期以来"脏乱差"难题，是建设社会主义新农村的配套政策之一。但各地在推进这项工作中阻力不小。农村情况千差万别，村民以无主房、农具房、生产用房等诸多借口拖延。特别是还住人的房屋，政府也没有能力代农户建新房解决其住房问题。还有就是要求作为特色民居保留以发展文化旅游。但是，作为一项政府工作任务，是有时间要求的，不由分说，绝大多数干栏房在工作时限之内以摧枯拉朽之势被清除殆尽。

痛惜也好，不舍也罢，村子里很难再看到干栏房。对它的依恋和怀念随着老一辈人的逝去也将消散。共同的乡愁是需要共同的记忆和情感为基础的。江浙地区来的小芳，她不知道干栏房浸润着小杨家人的血泪，一块朽烂的木板，一件废旧的农具都别有情衷。她宁可放弃一段爱情也不住干栏房。更不要说在21世纪都走过二十个春秋了，农村谁家还住木房子，恐怕连娶媳妇都是难题。这一代从农村走出去的人，他们的乡愁寄托在钢筋混凝土的新房之上。干栏房还将以生态博物馆、旅游民宿的形式出现，而且不仅在乡村，还可能走出大山，走进都市，成为现代人的新宠，可是，它存在的意义已完全不同往昔。

本来也是，为什么总想着城市就该高楼大厦，窗明几净；农村就该木楼泥瓦，鸡鸭牛羊。事实上，这些年来，那坡县所有的自然村已有水泥路通达，村庄巷道全部硬化，大部分村子已装上太阳能路灯。城里人艳羡不已的"别墅"在乡村田园之间陆续冒头，门前再停上一辆甚至数辆汽车都不显突兀，在青山绿水映衬下显得那么和谐美好。农村生活环境被城市人倒追，都不再是新闻。

祝福勤劳善良的民族兄弟姐妹、大爷大娘们吧！不要为见不着木楼而遗憾，应该庆幸他们住上装修一新的小洋楼，洁净的居室，灯火通明，笑靥如花。一键烹饪的家用电器让他们告别烟熏火燎，污手脏脸。夜幕降临，伴随"嘣嚓嚓"的音响扭动起腰肢，健身广场舞也可以是农村人的标配，没谁规定他们明天早餐必须吃玉米粥，他们想吃面包牛奶照样齐备！

干栏木房

拆除干栏房

干栏木房

拆除干栏房

八角干栏房

# 那坡山歌趣闻逸事

小县城的人，过日子总是不紧不慢，做生意的也特别恬淡安逸。这不！春节假期，城里所有米粉店都歇业了。7天的小长假后，因疫情吃紧又封控多日——我已经半个多月没吃到米粉了。胃里馋虫躁动，让人心神不宁。解封令下达次日，天刚亮就兴冲冲出门"嗦粉"。怎料骑着"电驴"转了几个街巷，竟没一家粉店开张，想必是米粉加工厂没有复工的原因。一直找到伏必街，远远看见一家门店在腾腾冒着白色的水蒸气，这就是手工蒸粉的标志了。

要了两条卷筒粉，随口说："老板娘，要不是你开店，我今早要饿肚子喽。"

老板娘抬头粲然一笑，用壮话抛来几句软糯的那坡山歌："侬娘似菜苦显规，在而备麻对得汤？丢叩麻巾林古假。"（妹似沟边苦菜花，几时得哥来赏识？抛米吃糠古来无。）

接着又朗声来一句桂柳话："不做怎么得喏，懂唱山歌可以去找哥参加比赛赚几块么，妹不懂山歌咧，只能做米粉啦。"每一句都拉长尾音。

我明知是调侃，心里却酥酥麻麻的，顿时觉得米粉比往日美味百倍。

在这座边陲小城，我曾经连续数年组织多场山歌比赛。因为这个缘故，时不时有半生不熟的老乡喜欢和我谈论山歌这个话题。眼前这位"米粉西施"大概也曾到场围观吧。

2022年春节刚过，新型冠状病毒袭扰那坡。全县从大年初七开始全域封控。为支援那坡抗疫，上级从广西各地派遣多支医疗队前来助战。一个星期后，疫情得到有效控制。在送别外地医护人员的仪式上，帅气的县长以山歌代言，表达感激之情。活动刚结束，就有人把现场视频发给我，说完全听不懂县长唱的山歌是什么意思。我仔细听了，这是一首广为流传的依照"过山腔"曲调填词的山歌，只有5句歌词。歌曲采用山歌通用句式，前两句5言一句，后3句7言一句。表达了壮乡青年男女阳春三月相会于歌圩的快乐心情。壮语歌词及对应汉意如下（第1行是壮语记音，第2行是对应的汉意）：

> 壮：嫩三伦弯弯
> 汉：月三歌甜甜
> 壮：虽真乐尼来
> 汉：时（节）这花漂亮
> 壮：邑乔谂隆跟欢荣
> 汉：山绿水透亮人高兴
> 壮：易场毕当地尼麻
> 汉：有幸哥各地得来
> 壮：哈侬觉欢荣色甲
> 汉：给妹顺高兴一场

要将这首壮语歌词翻译好，就得了解山歌基本知识。在那坡山歌的语境里，壮语"花、伦、乐、蕊"几个字在不同的场合里使用，有时指花，有时指歌。那坡山歌一般都是男女对唱。唱山歌时，不管男女双方年龄大小，男方一律称女方为"妹"，壮字有"侬、娘"等。女方一律称男方为"哥"，壮字有"毕、郎"等。这首歌原词是女方唱的，应该以"郎呀喏"开头。内容翻译为：

> 三月歌甜甜，
> 花开朵朵鲜，
> 山清水秀人团圆。
> 远方阿哥来相见，
> 妹的心里比蜜甜。

了解壮族民俗的人都知道，每年阳春三月，四面八方的壮族儿女就会聚集在一处风光秀丽的地方，举行盛大的歌会，以歌会友，以歌择偶，这一天称为"歌圩"或"风流街"。壮族青年男女对唱山歌，最擅长采用"双关"的手法，一语双关。这是山歌最令人感到妙趣横生、回味无穷的地方。这首歌的前三句，"歌甜""花好""人高兴"实际上是姑娘含蓄表达对美好爱情的期盼，向男方发出了"花堪折时直须折，莫待无花空折枝"的信号。结尾一句"高兴一场"包含姑娘为追求个人幸福"愿意托付终身"的意思。歌词背后的丰富意蕴只有懂山歌的人才能心领神会，这正是山歌妙不可言的地方。所以这首歌又可意译为：

> 阳春三月百花鲜，
> 歌圩节上歌声甜，
> 青山绿水带笑颜。
> 姑娘小伙来相会，
> 携手同饮幸福泉。

县长在送别会上的演唱，声调高亢，感情深挚，意蕴丰富，表达出对外地援那医护人员的无限感激之情。作为男性，他以"娘呀喏"开头，也以"娘呀喏"结尾。歌词也根据场合不同做了修改，大意为：

> 三月山歌甜又甜，
> 那坡大地百花鲜，
> 青山绿水带笑颜。
> 各地同志来相助，
> 深情厚谊记心间。

刚解决了一首歌的翻译问题，我又接到外地学术机构一位正在整理翻译那坡山歌的学者的电话，提到那坡传统山歌"伦花浪"的名称问题，称有的地方译汉时写作浪花歌，导致现代人望文生义，误解这套歌的内容是指江河的"浪花"，因此，此次翻译，他有意将歌名改作"伦佤郎"，征求我的意见。

我当即表明了自己的看法。用壮语土俗字记音一直是过去人们传抄山歌的主要方式。用一个同音汉字或两个汉字组合，自创新字，用于壮语记音，一边表壮语读音，一边表汉意，称为壮语土俗字。如"伦"是那坡山歌"过山腔"的音译。而表示稻田的"田"是上面一个那字，下面一个田字，组成一个壮语土俗字，那表音，田表意。每个区域都有约定俗成的土俗字。"花浪"是个壮语词汇，花即山歌，汉语意思是"浪之歌"。"浪"在壮语里有"问候""邀请""闲谈"的意思，则"花浪"翻译成汉语就是"邀请歌""问候歌"。

由此可见，学者若要记音成"伦佤郎"虽然没有原则问题，壮语音译，读音相近即可。但是，因为不是习惯用字，有可能让本地歌友感到讶异，不利于民间歌手识别。另外，"郎"是在唱"过山腔"时，女方每一句起音必用的衬词，是"哥"的意思，若一套山歌标题出现"郎"，也容易让歌友误解成这是唱"情郎"的歌。还有更重要的一点，"花"代指山歌，是花具有妖娆美丽的形态而让人有无限遐想，"佤"则无论从字形字义看，都无法取代"花"。

综上所述，"伦花浪"若译成"浪花歌"是不妥的，以壮语论是词序颠倒，以汉语论则让人错认为指水花。规范翻译应为"问候歌"或"邀请歌"，土俗字记音就叫"伦花浪"。

更进一步细究，"伦花浪"这个称谓其实还有小问题，"过山腔"的语境里，"花、诺、蕊、伦"都是"山歌"的意思，因此，这套歌叫"花浪"（浪之歌）意思已经完整了。"伦花浪"的"伦"是重复多余用字。用另外一套歌说明，比如"伦吞"（石头之歌），没有人会叫"伦花吞"。这说明了山歌称谓按民间约定俗成的惯例，还真没那么严密、讲究。我们学界在整理山歌时，对明显有误之处应该能改尽改，避免以讹传讹。当然，一些著述者也仅仅是为了完成某个课题，为评职称加分而"研究"山歌，这些细微差别，有几个人用心考究呢。

山歌的壮语音译问题，让我联想起与"巷旦"有关的故事。现代人已习惯把"巷旦"翻译为"歌圩"或"风流街"。其实，"歌圩""风流街"只是汉族文化人对这一节庆活动的命名，包括"歌坡""歌节""歌会"等称谓。"巷旦"节庆活动内容丰富，唱歌只是其中一项。这些称谓都没有完整体现这个节庆的内涵。"风流街"的称谓更被一些人视为有伤风化。

"巷旦"作为百色南部三县——德保、靖西、那坡，以及崇左大新县小部分乡村特有的南壮方言音译词，是当地人在每年正月至三月和八月十五中秋节期间举办的盛大节庆活动。"巷旦"历史悠久，从文献记载看，在唐宋时期，广西西部至云南东南部连接到东南亚越南、老挝、缅甸北部地区就出现类似"巷旦"的节庆活动。远的如云南大理的"三月街"，近的如广西崇左的"陇峒节"，富宁县的"陇端街"。名称不同，但节庆内涵大同小异。壮族学者梁庭望指出："古代氏族社会部落宗教集会、氏族社会的生产方式、对偶婚等原因，都是歌圩产生的根源。"由此可见，"巷旦"（也就是所谓歌圩）的主要功能，概括说就是酬神娱人，会友择偶。因为大量人员聚集，又产生交易商品的功能。

巷旦的"巷"读"hang"，是街市的意思。"旦"是盛大、隆重的意思。"巷旦"有两层含义。第一层含义即"盛大的节日"。第二层含义，旦实为"诞"误写而成。民间传说，"三月三"是真武大帝寿诞。过去民众信仰真武大帝，多会在这一天祭祀，称"做诞"。乡村道师汉文化较低，在长久的口耳相传中为记音方便误写成"旦"或"单"，久而久之，民间流传的宗教书籍和山歌手抄本都写成"单"或"旦"。随着社会的发展，寿诞祭祀与会友择偶活动慢慢融合。特别是新中国成立后，祭神的观念逐渐淡化，"巷旦"遂由原来的酬神娱人活动发展成为进行物资交流和群众性文娱活动的盛会。

过去在那坡、靖西农村，"巷旦"这一天，家家户户蒸五色糯米饭、杀鸡"上桌"（上祭）就是"做诞"文化的遗存。完成祭祀后，全家老少带上糯米饭、肉菜、一壶酒"杯巷旦"（赶歌圩之意，可以是集镇、村落，也有野外空旷地），与新朋旧友聚会。在地里辛苦劳作了一个春季的农人，利用这一天放松身心，他们从四面八方络绎而来，相聚在集镇上、村头小河边或绿草如茵的山坡上。圩场上熙熙攘攘，青年人左顾右盼，寻找自己的意中人。中老年人翘首以盼，希望老朋友的身影尽快出现。等到互相见面后，或相约到小酒馆饮酒作乐，互叙别情，或倚靠在树荫下分享各自带来的点心，或三三两两扎作一堆相互逗笑……

真正对歌是下午三四点后，经过充分的思想交流，双方已互有好感。情感在微微的醉意里开始发酵，脚步不由自主地挪动。山坡上、路坎下，双双对对男女开始对唱情歌。有边走边唱的，也有深情对望你侬我侬的。那种情景，恰如清乾隆"三大家"之一的赵翼任镇安知府时，有感于当地"歌圩之风"写下的《土歌》里的诗句："但看郎面似桃花，郎唱侬酬歌不了。一声声带柔情流，轻如柔丝向空袅。"直唱到夕阳西下，夜幕降临，歌声才渐渐停歇。"俏同貌同"（壮语音译：情投意合又尚未确立情侣关系的异性朋友）们互相赠送礼物，哥送手巾妹送鞋，相约明年"巷旦"再相会。这一天就是"文巷旦"或叫"杯巷旦"，其内涵确实不是"歌圩""歌会"的字面意思能涵盖的。

那坡县的"巷旦"数量，历史高峰时期曾多达40个，分布于全县各乡村。每个圩场聚集的人有本乡本村的，也有跨乡过县的。如久负盛名的百都感怀"风流街"，位于一处开阔的高山草地上。每年三月二十八日，周边乡村及云南富宁县田蓬、郎恒等乡镇的数万民众来此聚会。每到这一天，放眼望去，山坡上满是星星点点的小花伞，伞下是一对对互诉衷肠的男男女女，袅袅山歌声飘过这坡飘那坡，美不胜收。

在众多风流街中，还有痴男怨女"专场"。每年农历正月二十五这一天，平孟那珍村巴来屯附近一处山坡上，草木初发，寒意正浓。此地平时人迹罕至，但这一天却有来自各地的青年男女聚集。他们几乎是远道而来，极少有周边村寨的人。甚至还有从邻国越南来的岱侬族人。这些人有个共同的特点，都是受了情伤，需要心灵治疗。这个风流街的名称也离奇，叫三家店风流街。荒山之上，既无房屋，更谈不上店铺，"三家店"名称由来无人知晓。附近村寨的老人也说不清风流街何时形成。反正每年到了这一天，人们往山坡上看去，总能望见人影绰绰。据说他们都自带酒菜，在草地上席地而坐，三五成群，表情哀怨。对唱山歌也低眉敛目，悄声细语，以唱"苦情歌"为主。气氛凄清，完全没有热烈喜庆的景象。一天的交流后，一些人寻得意中人，回心转意；一些人心结打开，舒心离去；一些人惺惺相惜，结成"老同"，互相安慰，心灵取暖。但个别伤心欲绝的，来前已抱定殉情的念头，把这一天的相会当作"诀别日"，散街回去路上服用断肠草自尽。故事传开，"三家店"风流街被世人视为"鬼街"。因为这个缘故，很多家庭每到这一天，便严加看管儿女，严禁儿女出门赶街。但青年人的情感世界总是难于捉摸，老人约束并不完全有效，"三家店"风流街禁而不绝，名声反而越来越大。

新中国成立后，因为各种因素影响，"风流街"渐渐减少。"文革"期间，唱山歌属于"四旧"之列，"风流街"陷入沉寂，直到改革开放后才渐渐恢复。但是大多只能在乡镇政府所在地形成一定规模。野歌圩一去不复返，永远消失于历史烟云之中。

进入新世纪，随着传统文化日益受到各方重视，在地方政府的参与和倡导下，"歌圩"又如雨后春笋，热闹登场。那坡县城的"风流街"于2016年更名为"那坡风流街民俗文化节"，活动时间由1天增加到3天，活动内容丰富多彩。那坡周边几个县份的文艺团体也踊跃参与。越南与那坡接壤的河广、保乐、通农、保林、苗旺5个边境县每年都派代表团前来参加。文化节已成为区域性的中外文化交流盛会。3天时间里，各项活动轮番上阵：火爆异常的中越山歌会，人气爆棚的中越足球赛，惊心动魄的斗兽活动，充满异域风情的篝火晚会，乐趣无穷的陀螺赛……还有琳琅满目的民族工艺品、特色小商品……每到风流街，街上人山人海，从四面八方汇集而来的壮、汉、苗、瑶、彝等各民族群众载歌载舞，边城那坡成为欢乐的海洋。正是：

> 阳春三月风流街，
> 壮乡处处是歌台。
> 这坡哪有那坡好？
> 哥在那坡等妹来。

那坡"巷旦"盛况

那坡"巷旦"盛况

# 竹祭歌起彝寨欢 ①

时间来到农历四月初八，巴当山上的达腊彝寨，空气中弥漫着躁动不安的气息，一种不可言状的气氛在大祭司腊摩时高时低的诵经声里渐渐弥散开来。村民们三三两两在村道上聚集，交头接耳，左顾右盼。他们神经变得敏锐，脚步变得轻快，脸上写满了期待。

这是居住在那坡县桂滇交界地区的白彝民众一年之中最隆重的节日——跳弓节。跳弓节是白彝语的意译，当地彝话叫"孔稿"，或叫"卡契"。传说古代僳族将军领军打仗，因寡不敌众，溃败之际急中生智，率部躲入金竹林中，经休整取金竹制成弓箭，奋起反击，最终反败为胜。为感激金竹的救命之恩，彝人视金竹为神物，在房前屋后广为种植，又特别在寨神庙前种植一丛，平日精心管护。每年到凯旋纪念日举行盛大活动，祭祀金竹，缅怀祖先，欢庆胜利，祈求风调雨顺，神安人旺。跳弓节分为大跳和小跳两种，大跳每隔9年或27年举行一次，每次活动为9个昼夜；"小跳"每年举行一次，前后4天。在达腊，跳弓节从农历四月初八至十一日。

初八是跳弓节第一天。这天午后，村民们穿上节日盛装，一起等待神圣时刻的降临。约莫下午4点，身着礼服的节日主管邦郎现身寨子高处，连续发出三声召唤："喔嘎，喔嘎，喔嘎！"，接着高声喊道："乡亲们，今年的跳弓节开始了，大家尽量抽时间到寨神庙帮忙。"

---

① 本文写作参考了《那坡县节庆志》以及王光荣、罗树杰先生的相关研究成果。

实际上，早在邦郎发出号令之前，一些人家里早就忙碌开了。大祭司腊摩的"法服"穿戴最费功夫，他的妻子及家族里晚辈妇女已提前一两个小时来到腊摩家，帮忙穿戴。二祭司萨喃，寨上的五老及其妻子，麻公巴等都提前在各自家里穿戴好了。听到邦郎号令，大家便从各自家里出来，向着腊摩家集结。穿好法服的腊摩给神台上香，向祖师报告即将出门主持各项祭祀活动，祈求祖师勿怪罪。就在萨喃、五老等人到来之时，他也刚好完成了这些前期工作。他已经担任腊摩多年，对时间的把握总是分秒无差。

大家簇拥着腊摩向寨神庙走去，场面壮观。腊摩身后，有数名妇女为他撑着高脚伞，还有专人拿着腊摩的法器、法袋、法凳。队伍有五老夫妻、神题、邦郎、央巴等二三十人，各人的服装略有不同，全都代表所要扮演的不同角色。

寨神庙前，神题早已将铜鼓架起，麻公也提前把祭物抬来，一头小猪、一只鸡、糯米饭等。今天活动的主题是祭山神，意在通过祭拜四方的山神，好让它们节日期间不捣乱，不影响跳弓节的顺利举行。

腊摩开始念经，大意是告诉寨神，今年的跳弓节来了，一会儿他们要到山上祭山神，请寨神保佑，不要碰到不吉利的事。之后，一行人浩浩荡荡向山上进发，来到距寨子上方500米远的一座小山顶。待腊摩、萨喃面朝寨子坐定，其他五老、前来帮忙的群众便分头忙开了，他们铲除杂草，清理场地，搭建一个分为3层的与人等高的祭台，台上摆上9个杯子及9双筷子。同时，麻公及其助手则开始剜杀小猪和公鸡。

收拾停当，按腊摩指定的方向、角度，用碗盛来猪血、鸡血交给腊摩，宣告祭祀开始。腊摩接过血碗，将部分血泼洒在案台四周。面前摆着未去毛的猪、鸡，腊摩手持卜签，开始进行"生祭"，念诵"祭山词"：

……

山神造土地，土地育万物，

人类老祖先，创世立家当。

年年四月间，向山主请安；

年年跳弓节，向地爷慰劳；

……

在腊摩诵经的时间里，众人生火烧水，烫皮刮毛，将猪、鸡去毛，除去内脏后又摆在祭台前，斟酒，进行二次祭。之后，将鸡肉和猪肉砍成小块放入锅内煮熟，再摆上祭台，这是"熟祭"。腊摩继续念经，大意为："山神水神，土地爷在先，我们在后，诸神不饮食，我们不进餐，诸神吃饱后，我们才入席……"

众人餐毕，腊摩、萨喃手提一串肉丝，右手持卜签，分别面朝东、南、西、北方向，念唱另一套经词，这是"送神归"的环节。念完这一段经词，天已经黑了好长时间，大家打着手电筒，借着朦胧的月色回家。当天并没有群众性歌舞活动。

四月初九，跳弓节进行到第二天，这一天的主题是敬祖神。包含修整金竹丛，请师，采良种，忆族史，祭金竹，送神归等几个环节。

天刚蒙蒙亮，负责承办节庆活动的两位麻公及家人已在寨神庙前忙开了。他们把去年编围金竹丛的旧篱笆拆除，到山上砍来新竹子编新的篱笆。把竹丛里枯枝烂叶清除，砍草松土。一阵忙碌之后，金竹丛焕然一新，显得更神圣伟岸。

接近中午时分，邦郎主管带上10斤酒，一二碟小菜到腊摩家"请师"。与此同时，萨喃与夫人一起，五老及其夫人，神题、央巴、邦郎、麻公及其助手等都穿着礼服，一齐前往腊摩家"请师"。萨喃身着法服，几位穿着民族服装的堂表姐妹走在身后，一名成年女子持高脚伞，两三名女子捧着他背后下垂的长衣角和锦带。

腊摩见众人抵家，便起身示意家人为其穿法衣，佩戴法器。然后面向神台念唱一段敬祖词，向祖师禀告要前往跳弓场主持族祭仪式，请求祖师开恩，助力顺利完成全村父老兄弟姐妹之重托。

念完经词，腊摩招呼大家入席吃饭。席间有两个仪式，一是邦郎总管向腊摩敬献猪头，猪舌头，代表村民敬请他主持法事；二是腊摩舅表亲代表向腊摩敬酒，赠予"利市"钱，给予他良好的祝愿。

行罢酒礼，腊摩站在中堂，面朝神台，左手持卜签，右手摇法铃，一字一板地念唱《嘱祖歌》，五老中的"呗芒"手持钢叉站于一旁，一句一句地跟着腊摩念经。合着腊摩的歌声和法铃的节拍，央巴吹起五笙带着众人环绕堂屋和火灶起舞，场面欢乐。

腊摩念经告一段落，众人也停下了舞步。众人在中堂让开一条道，腊摩在家人和陪同人员陪护下，率先出门，其后依次跟着萨喃及其陪同人员，麻公及其陪同人员，然后是神题、央巴，五老和一般群众，浩浩荡荡向寨神庙走去。

到寨神庙，萨喃拔剑上前，砍除上午麻公修整金竹后预制的弓形竹片，表示清除障碍和一切邪恶。接着腊摩领着众人，围着金竹跳舞3圈。之后，腊摩便领着众人去"采良种"。

采良种的地方距跳弓场400米，腊摩示意让两位身手敏捷的邦郎爬到一株杉树上，砍下一大根树枝。腊摩把杉树嫩芽摘下分给在场的每一位成年男女，寓意每一个人都能福气满满，好运连连。其间，腊摩、萨喃不停地念唱《良种歌》，摇着法铃，央巴也不停地吹着五笙，场面庄重。

回到寨神庙，邦郎总管将带回的一枝"良种"置于庙内祭台上。腊摩和萨喃念经向寨神汇报已采回良种。之后在庙前休息。这时，央巴吹起五笙，两位麻公手持扇子伴随音乐节奏，领着众人跳舞，需环绕金竹丛跳够9圈。

腊摩稍事休息，然后与中午在家搭档的"唄芒"面向寨神庙念经，经词是叙述彝族先辈自离开四川大凉山后几经迁徙，最后定居那坡的历史，时间跨度达1000多年，经词非常长，念诵时间超过一个小时，在腊摩和唄芒诵经过程中，众人围在周围聆听，实际上接受了一次族群迁徙史教育。

待到忆族史诵经结束，腊摩稍作休息。这时，两位麻公的助手抬来一只鸡一只小猪，央巴吹起五笙，在场的村民一起围着金竹跳舞，表示打得猎物敬祭寨神和金竹，3圈过后，邦郎上前把猪、鸡接过去，合着众人一起在金竹旁剞杀了。两位麻公取来芭蕉叶，铺在金竹丛前向阳一面，摆上9个酒杯9双筷子，猪血鸡血、刚宰杀未去毛的猪、鸡，腊摩和萨喃手握神签，背对庙门念经祭金竹。与祭山神程序类似，先是连毛祭一次，去毛，清除内脏再祭一次，接着又砍成小块煮熟祭，共三次。其间，腊摩相应念诵三段经词，彝语分别叫"毛虽""毛赖""毛背"。熟祭时还摆上糯米饭，稻谷和玉米的根茎。

祭完金竹又进行送神归仪式，仪式与初八祭山神一样，所不同的是，在腊摩和萨喃念经送神时，现场的央巴吹起五笙，在朦胧的月光下，逆时针绕竹丛跳舞，神题一面有节奏地敲打铜鼓，一面高喊"喔嘎，喔嘎"，而跳舞的男女则喊"哟唷，哟唷"予以回应，体现着欢乐的心情。

活动结束，邦郎在庙前摆桌，劳累了一天的众人在月色下就餐。吃饱喝足，当晚，腊摩还要到麻公家作小祭仪式。

四月初十，跳弓节第三天，节日进入高潮。这一天，不仅是本村人，远在他乡的一些亲朋好友也赶来庆贺。周边壮、汉、瑶各族群众争先恐后涌来，观看歌舞表演。各级政府领导、文化单位干部、民俗专家、摄影爱好者也纷纷前来调研采风。各类商家更是抓住这一难得的商机，到村头来摆卖各类小商品，当然还是以美食小吃居多。

四面八方的游人不断涌来，寨子里有关人员也在有条不紊地准备相关的节庆活动。今天主题还是拜寨神，拜金竹，核心是祈祷前程，希望神灵赐予全寨美好的未来。

请师活动在上午十点开始，两位邦郎分别把煮熟的大盆肉菜送到腊摩和萨喃家。大约十点半，邦郎总管亲自来到腊摩家，请腊摩到萨喃家去。头一天是在腊摩家吃完饭后去跳弓场，今天换成到萨喃家吃饭后出发去跳弓场。在酒席上，也有萨喃舅父老表亲戚给萨喃敬酒，赠予"利市"，酒礼后，萨喃起身面向神台祷告，经文内容也和腊摩家一样。念完经，跳完3圈舞，然后才浩浩荡荡向跳弓场进发。

抵达寨神庙时已经是下午2点。村子内人山人海，都是等待观看表演的各地游客。腊摩率队列于寨神庙前，邦郎总管进入庙内上香，大家向寨神庙三鞠躬，萨喃念经祈求寨神保佑节日活动顺利进行。央巴吹起五笙，大家围着金竹跳3圈后，队伍就径直向村外走去。之所以简化这个祭祀环节，是为了照顾远道而来的客人能快点返程。前些年，为发展旅游业，政府在村头外修建了一个较大的跳弓场，腊摩要率队到那里为游客表演跳弓，用时两个小时左右。

从村头新跳弓场返回到寨神庙，正式的祭祀才开始。邦郎总管事先已安排助手将一只小猪，一只公鸡摆在庙前。萨喃取来前一天采回的"良种"杉树枝，挂在他背着的法袋上，开始率众绕金竹跳舞9圈。他身后紧跟着持高脚伞的妇女，其后是麻公、央巴、五老及亲朋好友、村民组成的人群，跳到最后三圈，邦郎总管指示助手抬上猪和鸡一起绕圈。其间，腊摩与五老的其中一位坐在庙前诵经祈祷。

等到转够九圈，邦郎总管即安排人将猪和鸡宰杀，先是用生血、带毛的猪和鸡上祭，第二次是刮毛和去除内脏上祭，最后是"熟"祭，程式与前两天一样。唯一的区别，是将猪头砍下，叫人送到腊摩家，又割一些肉分给萨喃、央巴，其余的就地煮熟，在庙前摆台吃饭。待到酒肉吃尽，邦郎就安排放鞭炮隆重庆贺，接下来，大家还会涌到七老、麻公、神题家，通宵达旦跳舞。

四月十一是跳弓节最后一天，今天的主题是求雨、驱邪求吉和庆祝胜利。当天不需再举行请师仪式，腊摩、萨喃、麻公、邦郎、神题、央巴、五老于午后汇集寨神庙。邦郎支起一张桌子，刭杀猪、鸡放到祭台上。

求雨仪式具有浓厚的表演趣味。在邦郎总管指挥下，萨喃跨上一根竹竿，表示"骑马"去察看旱情，萨喃拖着竹竿发出"喞喞"声，绕金竹三圈，然后向腊摩及五老报告"旱情很严重"，并报告巡察路上听到天神的旨意了等等。腊摩和五老遂取来一枝金竹和鱼尾葵绑在一起，在金竹尾部挂上一只活鸡，再去金竹丛转3圈，表示献牲求雨。

求雨完毕，邦郎总管示意神题敲响铜鼓，指挥全体人员开始跳舞。队伍分成两列，两位央巴吹着五笙开路，腊摩和萨喃及他们手持高杆伞的姐妹随后，紧接着是两位麻公，他们身后是两位抬着活猪、活鸡的小伙子（象征战利品），扛着武器的五老，随后是村民，队伍浩浩荡荡围绕金竹跳3圈后，放下"武器"和"战利品"，然后众人再伴着铜鼓的节奏跳舞，这是对祖先功绩的缅怀。

在众人跳起铜鼓舞的时候，邦郎组织几个助手，把刚才抬着巡游的猪、鸡宰杀上祭，当天祭的是邪恶之鬼。这时，腊摩坐在祭台后面，念唱《阿白》《阿康》等经词，阿白阿康在彝族民间传说中属于邪鬼的代表，诵经是逐令他们接受村民的祭祀后，远离村寨，不得扰乱众人的安宁。

祭祀完毕，邦郎摆桌上酒，把煮熟的猪肉鸡肉，麻公带来的花菜分到各桌。在喝酒之前全体起立，萨喃和五老代表分别致辞，感谢寨神保护，感谢邦郎的精心组织，感谢两位麻公及众乡亲大力支持，顺利完成了跳弓节活动。然后众人便在月光下纵情喝酒。夜深了，人群却没有丝毫倦意，腊摩还要完成最后一道仪式。只见他猛然起身，抽出法剑，先后在跳弓场东、西、南及寨神庙左右两侧朝外挥剑数下，念唱简短咒词，示意萨喃关上寨神庙门，宣告一年一度的跳弓节正式结束。

跳弓节，是白彝人对民族英雄、开山立寨先祖的深切缅怀，对自然（金竹，杉树、鱼尾葵等）及超自然力量（祖神寨神、山神）的敬畏。通过节日的祭祀，表达对吉祥、富足、健康、幸福与快乐的祈望。连续4天的祭祀活动都离不开金竹丛，围环金竹舞雕弓，鼓点声声祷吉祥。彝寨四周，漫山遍野的金竹林，好似万千精兵，又仿佛众神现世，护佑彝寨年年平安，岁岁吉祥！

附：跳弓节活动组织严密，分工明确，各个角色的称谓及主要职责如下：

邦郎：白彝村寨节庆活动和民俗事务的具体组织者，邦郎有数人，其中一人相当于组长的为"邦郎总管"。一般任期4年。

跳弓节"七老"：或称"七师"，白彝寨子的"领导集体"，寨子里夫妻双全的七对年长者担任。包括"腊摩""萨喃"两对夫妇在内。

腊摩：大祭师

萨喃：二祭师

神题：负责保管铜鼓和打铜鼓的人，二月十一宴请全寨男子。一年一选。

麻公：代表古代的将军，跳弓节领舞人，在二月初十、十月初十宴请全寨男子，并负责节日祭品。麻公为一年一选，每年由两对夫妇担任，丈夫和妻子分别称为"麻公爸""麻公妈"，分正副，正的称"公威"，副的称"公义"。

央巴：节日上吹"五笙"的人。

寨神庙前的祈祷

跳弓舞　　　　　　　　跳弓场上

# 青山不老歌不断

　　2018年6月的一个下午，从西山斜照而来的阳光，映照在我堆满书本与资料图片的办公桌上。刚沏好了一壶茶，茶气与阳光一起飘散弥漫，让人分不清是阳光还是茶气。这时，一个高大的身影晃进办公室，是文化馆李冲馆长送来《那坡壮族民歌》第五卷清样，让我签署同意付印的意见，宣告编辑出版民歌工程完美收官。一瞬间，我仿佛听见悠扬的"过山腔"从窗外飘来，像沐浴着后龙山上温柔的山风，像畅游于东泉河温暖的河水，巨大的暖流从四面八方将我包裹。我心潮澎湃，不能自已，热泪盈眶……

　　事非经过不知难，成如容易却艰辛。收集整理、翻译出版《那坡壮族民歌》一至五卷，历时4年。眼前这摞厚度达一尺，十多斤重的五卷民歌专集，让一项国家级非物质文化遗产第一次以物质形态向世人展示了其厚重和分量，作为亲历者，没有理由不感到万般骄傲和自豪。毫不夸张地说，能够让编译团队着魔一般苦熬4年才完成的文化工程，绝对称得上那坡文化史上的一项奇迹！而这一奇迹的背后，是浩瀚如大海星辰般的那坡壮族民歌在召唤，是刻骨铭心的文化情怀，让我们不敢有丝毫懈怠。都说民歌是一个民族有形的文化瑰宝，无形的精神传承，承载着民族的兴衰荣辱。4年里，我们是真正把传承之责稳稳扛在了肩上，融进了灵魂，与哀歌同悲，与欢歌同乐。在这里，就让我将那坡壮族民歌的千年浪漫、前世今生，条分缕析地展现给众读者，也算是为五卷总共400万字民歌集作的小小注脚。

# 歌之源

民歌，当地人习惯称山歌。那坡壮族山歌源远流长。明代人邝露在《赤雅》中对每年春秋两季民众赶歌圩盛况有明确记载："峒女于春秋时，布花果笙箫于名山，五丝刺同心结，结百纽鸳鸯囊；选峒中之少好者，伴峒官之女，名曰'天姬队'，余则三三五五，采芳拾翠于山椒水湄，歌唱为乐。男亦三五成群，歌而赴之。相得，则唱和竟日，解衣结带相赠以去。春歌正月初一、三月初三，秋歌中秋节，三月之歌曰'浪花歌'。"邝露笔下的"浪花歌"与当今那坡县流行传唱的，且有手抄唱本传世的"伦花浪"称谓相同。由此可见那坡县壮族的"三月歌圩"，始于明朝或更远一些，这是不争的事实。

而清朝诗人、史学家赵翼在镇安知府（镇安府衙署原本设于那坡，1369年迁往德保，那坡是镇安府下辖县，时称小镇安厅）任上写下的诗作《土歌》"春三二月圩场好，蛮女红妆趁圩嬲（niao）。长裙阔袖结束新，不睹弓鞋三寸脚。谁家年少来唱歌，不必与侬是中表。但看郎面似桃花，郎唱侬酬歌不了。"活脱脱就是桂西歌圩的生动写照，特别是诗句所描绘的对歌场景、形式和"郎、侬"的称谓，与现在那坡山歌每一句的开头结尾衬词"郎啊讷""侬啊喏"一模一样。这样的山歌衬词，在桂西各县份，也就是镇安府故地绝无仅有。这首诗明摆着就是那坡山歌的白描啊。读着诗句，时光仿佛穿越到二百多年前，月光下，大诗人赵翼听着悠扬的那坡山歌，兴奋得拍手大笑。

明、清时期的歌圩已如此活跃，那么山歌究竟创于何时？源自何处？对此，山歌本身似乎告诉了我们答案。那坡山歌《盘古歌》就有这样的歌词：

|  （壮歌） |  （汉意） |
|---|---|
|  问： |  |
| 根论是君而造马？ | 山歌源头是谁开？ |
| 根花是君而造斗？ | 山歌根源是谁造？ |

答：

论诺姆六甲造马？圣母姆六甲造歌。

花乖欢仙家造讲？仙女传教给人学。

这是山歌本身传唱的答案，姆六甲创造了山歌，仙人传授给民众。这当然是充满神话色彩的答案。令人惊讶的是，那坡县坡荷乡中山村从古至今每年在二月初二至三月十五的一个多月时间里举行的"拜囊海"民俗活动，简直是这个神话传说的现实版。"囊海"即月亮仙姑。每年到二月初一这天，当地民众设坛请仙女下凡附体于村里的某位妇女，向村民传授山歌，这一个多月里，周边十里八乡的民众蜂拥而至，争相与"仙姑"学习对唱山歌，被神仙附体的这位妇女，此前几乎不曾学过山歌，但仙姑附体后，可以通宵达旦地唱，内容应有尽有，套路多种多样，出口成歌，对答如流，任凭各地来的对歌者轮番上阵，她也毫不怯场。

如果说这种答案太富于传奇色彩，史书则有更可信的记载，西汉宗室大臣、文学家刘向给我们记录了距今2500年的春秋时代，楚王的弟弟晳坐船出游，越人船夫抱着船桨对他唱歌。歌声悠扬缠绵，委婉动听，打动了晳，当即让人翻译成楚语，这便有了《越人歌》之词。歌词首句"今夕何夕兮，今日何日兮"与当今那坡县山歌对唱的第一句"文尼文各桑，文尼文各细"（今天是什么日子，今日是什么时光）竟然惊人一致。这种血脉传承，实在让人惊叹。

## 歌之貌

壮族山歌的称谓有多种，由于南北壮语方言的不同，各地对山歌有不同的称呼，大致有"欢、西、加、比、伦"五种。那坡有"欢、西、伦"三种，"欢"是北壮方言"侬"支系对山歌的称谓，南壮"农""仲""央"等支系对山歌的称谓多为"西"或"伦"。"欢"有的写为"盘"；"西"有的写为"诗"或"虽"，都是"山歌"的壮语音译。

那坡山歌种类繁多。按曲调分类有8种。流行于龙合镇的"上甲""下

甲""春牛调""欢锐",坡荷乡中山、那池独有的"请仙调",城厢北部山区
少数村寨的"虽敏"和那桑村、者兰村独有的"尼的呀",分布最广,传唱
最多的是"伦"。"伦"主要流传于那坡县全境,靖西市西部,越南临近那坡
的县份和云南富宁县的田蓬镇、里达镇、板仑乡、新华镇、归朝镇、谷拉乡、
阿用乡。具体分布是,以那坡县为中心,东至广西靖西市魁圩、渠洋、新甲、
龙临、安德、南坡和吞盘等乡镇的部分村屯,南至越南北部的茶岭、河广、
通农、保乐、保林、苗旺诸县,西至云南富宁县田蓬镇的全部和里达镇的部
分行政村,北达富宁县板仑乡、归朝镇、谷拉乡全境及新华镇的团结、文华、
新兴社区和坡地、岩纳两个行政村,阿用乡阿用、那来村。各地公认"伦"
的核心传承地带是那坡县。"伦"在那坡发展最丰富,最普遍,最发达。"伦"
因其多表现为高腔,有穿云破雾、跨河过山之势,被形象地称为"过山腔"。
在那坡,因为"伦"的普遍性,壮族各个支系几乎都会唱,所以提到唱山歌,
基本上就特指唱"伦"。

若按内容和题材分类,则可以分为创世歌、历史歌、农事歌、礼仪歌、
叙事歌、咏物歌、咏怀歌、情歌等,还有宣传国家政策的时政歌,包罗万象,
应有尽有。喜乐日子唱欢歌,访亲做客唱赞歌,喜酒寿宴唱祝寿歌、酒歌,
白事丧葬唱哀歌,野外歌圩唱情歌,嫁女别离唱哀怨歌。唱歌是娱乐,也是
往来交际、教育感化的需要,特殊时更起到攻守武器的作用。在各类山歌中,
占比最大的是情歌。从本质上看,一切山歌皆情歌。很多时候,唱劳动歌、
叙事歌和祝贺歌也往往最终转向情歌。无时不在的情歌,体现壮族人在爱情
追求上热烈而开放的态度,尽管在实际生活中还有种种制约和道德限制,纵
然对唱情歌时立下海誓山盟,但若要发展为婚姻还是要经过双方老人"搭亲
家"等程式。对唱的男女心里也明白这点。他们只是通过山歌,表达对美好
爱情的向往,展现壮族人质朴、率真的性格及对"真、善、美"的追求。

在漫长的历史进程中,官方和民间对山歌的理解和态度不尽相同,有时
甚至是尖锐对立。对官方而言,山歌活动是民众聚集娱乐的方式,为了表明
"与民同乐"的态度,或者利用起来向民众知会政令,是允许存在的。但也要
防止聚众成势从而影响社会风气甚至是国家的"长治久安"。因此历史上的大
部分时间,官方对山歌大致持"有限支持"的态度。有时还要设法弱化甚至
限制其发展。而对民间而言,山歌几乎覆盖生活的全部,是人生亲切的伴侣,
劳动中的助手,社会斗争中的武器,交流情感、传播知识、娱乐消遣的工具,

山歌几乎成为民众精神生活的全部，在年复一年、一代接一代的山歌传唱中，让子孙后代在不知不觉中接受民族传统文化。将本民族的历史、英雄传说、生存方式、生活经验、情感体验、伦理价值传承给子孙后代，使族群生生不息，代代相传。山歌对官方而言"可有可无"，对民间而言"不可或缺"。迥异的认知导致山歌发展并不平顺。近代以来，民国时期，山歌活动曾被认为伤风败俗而一度遭到官方禁止。"文革"期间，山歌又被列入"四旧"行列而遭禁止。进入80年代，山歌才又慢慢恢复。

总有人问我，山歌到底是即兴演唱还是有固定歌词，其实，山歌好比汉语的诗歌，既有古人创作的优秀作品传世，也有现代人最新的创作，更有大量的即兴"口占一绝"。从这个意义上讲，山歌是无穷无尽的，同时也不是每个人都能成为歌手，正如汉语诗词创作也不是每个人都能成为诗人一样。学习山歌，先要背诵海量歌词，正所谓"熟读唐诗三百首，不会作诗也会吟"；接着学习山歌曲调，押韵方法，创作技巧，歌唱礼仪；最终能否脱颖而出，由"歌迷"进阶到"歌手"，取决于自身条件。敏捷的思维，机动灵活的临场发挥，这需要多年的学习和对歌实践。参加过多年多场次对歌，唱得好，对赢了，名声渐渐传开，才可以拥有"歌手"的称号。再进一步发展，才能被大家公认"歌词编得好""唱得好""很感人""他的歌押韵好""脑子灵活，反应快"等，其中"歌词编得好"被认为是最重要的，这样的人会被公众冠于"歌师"的称号。而"歌师"中的翘楚，才貌更出众的极少数人，还会被封以"歌王"之称，能称"王"的很少，十里八乡也就一二人，有的地方甚至一个都没有。近年来，对年长的歌王，民间还有"歌神"的封号，这样的封号，整个县可能很长时间才会出现一个。值得一提的是，"歌迷""歌手""歌师""歌王""歌神"所有这些封号，都是公众经过长时间口口相传、评头品足后自发形成的共识，没有法定的程序，无须官方印证。

何谓山歌？从字面理解就是"山野之歌"，随性、自由是山歌的基本属性，尽管如此，也仍然需要遵循一些约定俗成的规则和礼仪。首先，对歌讲究灵活多变，但又绝不是信口开河，无论是韵律或歌词内容均有严格要求。最基本的规则是歌词需押韵，以腰韵为主，偶有尾韵，韵字需同平仄，违反则称"伦坑"，即平仄颠倒。对歌时如果甲是主动发起邀约，乙是被动接歌，则甲方负责引领"歌路"，乙方只能按着甲的歌式、歌意、歌韵来唱，如果乙方接不上算输。当然甲方也不能老在一个"歌路"没完没了，能发现乙方不熟悉这个"歌路"并及时转换歌意，避免乙方尴尬，是对歌重要礼仪之一。当然，对歌过程相戏相谑激烈时，常出现甲方不会"引路"，被乙方反过来"将军"，则算甲方输。而对歌过程中故意示弱，相互谦让也被视为知礼。在称呼上，不管男女双方年龄辈分，男方一律称女方为"妹"，用壮话说就是"侬""娘""孃"等，女方一律称男方为"哥"，用壮话说就是"郎""备""毕郎"等，一些特定场合有专门称谓，如办喜事，代表亲家对唱时，每一句山歌都以"亲"起音，即以"亲"称呼。男女对歌，一般都以"伦花浪"开头，"伦花浪"可视为"问候歌"，歌词从相遇、问候、相识，渐渐到互相赞美、盘诘，猜谜逗趣，或表达初次见面的爱慕，或表达久别重逢的感慨。经过由浅入深的"伦花浪"后才转入"伦百利"等。唱情歌要遵循程式进行：见面歌、初交歌、探询歌、初恋歌、深交歌、定情歌、盟誓歌、别情歌、邀约歌等八九个步骤，一般不在自己家里唱，也不在房前屋后和老人面前唱。在家里有长辈去世，服丧守孝期间不能唱山歌。山歌有"乱坛"（低坛）、中坛、高坛之别：乱坛——定调偏低，于夜深人静，两人"悄悄细语"使用；中坛——定调适中，平时多用此调；高坛——定调偏高，于对歌即将结束或特别兴奋的场合使用。山歌通常为一男一女对唱，演唱时，无乐器伴奏。每年固定的歌圩（歌会），分春歌和秋歌。春歌为正月至农历三月的某一天，现在基本上是农历三月当地集镇最后一个圩日，秋季为八月十五。

# 歌之路

纯美的山歌具有无比顽强的生命力。经历了"文革"万山齐暗，死气沉沉的十年，农村"包产到户"，农民填饱肚子后，文化生活需求激增，山歌像大坝决堤般汹涌而出，山村沸腾了，各地歌圩热闹非凡，男女青年快活地对歌，尽情享受青春的激情、浪漫与美好。

二十世纪八十年代初，在我老家，无论男女老幼，几乎到了"凡是会说话就会唱歌"的程度。下地劳动路上、赶集买卖途中、聚会喜宴席间，不时响起绵长甜美的山歌声。我的几位已经成年的表姐时常到我家帮工，到了晚上，村里的小伙便前来唱歌逗乐，他们围着火塘，通宵达旦地唱，连续几个晚上不停不断，不知疲倦。那时我上小学，听大人们唱多了，自然也偷偷学了一些。放晚学后上山砍柴，看到山对面一方西华头巾飘过，便知道有个大姑娘正朝我的方向走来，打个呼哨，装成大人的声音甩几句山歌过去，想不到那姑娘竟也开腔答上了。且听：

> 男：对面什么花，远处哪个妹。
> 女：凤凰哪里叫，好花哪里开？
> 男：有心与妹来交结，有意和妹来对歌。
> 女：心想对歌来交情，又怕哥已有情人。
> 男：只怕阿妹没有心，不怕阿哥没真情。
> 女：怕哥讲话不真心，给妹造成坏名声。
> ……

几个回合下来，待姑娘走近时，却发现我不过是一个毛孩，觉得受了捉弄，气恼地捡起泥团打过来，转而又乐得哈哈大笑。

这是20世纪80年代乡村少年成长环境的真实写照，对于很多青少年来说，白天的课堂是学校，夜晚的课堂在歌师家。学山歌就是学做人，这是家长们乐于见到的。

1978年到1985年是山歌的复兴期，令人猝不及防的是，进入20世纪80年代末，打工潮把中青年人都卷到了珠三角，外出的人们看到了更缤纷的世界，思维方式、审美趣味发生了改变，港台歌曲、流行音乐风行天下，娱乐方式多样化，青年们不再向老一辈学习山歌。曾经在大山里飘荡了千百年的山歌声渐渐远去，一般只有在特殊的日子和特定的场合，如过年、过节、婚嫁喜事等才有歌唱活动，而且其规模也不及以前。山歌又进入漫漫沉寂期。

那坡县委、县政府对山歌具有的独特文化价值还是非常认可的，进入九十年代，政府开始有意识地将山歌纳入边疆民族特色文化体系加以打造。利用民间"风流街""花炮节"等节庆活动传承山歌文化。1995年农历三月三前后，县政府派遣一支由36人组成的民间歌手代表队参加"95·广西国际民歌节"，大力推介山歌。

而真正把山歌作为一个重要的民族文化品牌打造，始于2000年底。在这不能不提起一个人，他就是时任那坡县委书记的农敏坚。这是一位特别擅长打造文化品牌的领导人。早在1999年，农敏坚已经为那坡"抢"到"全国文化先进县"的金字招牌。从2000年起，农敏坚致力打造"黑衣壮"文化品牌，他从黑衣壮最具特色的服饰和山歌入手。2001年"五一"长假期间，县委县政府邀请区内外150多名摄影家来到那坡，开展民俗摄影采风活动。随后，摄影名家的"黑衣壮"系列照片在《民族画报》等刊物发表，引起了国内外专家和群众的瞩目。2001年9月15日，在南宁朝阳广场举行"神秘的那坡"民俗摄影展开幕式上，黑衣壮文化第一次惊艳亮相。古朴雅致的服饰，高亢激昂的山歌形成第一个"那坡音符"冲击波！紧接着，县委县政府又特邀傅馨、林海东、梁绍武、麦展穗等一大批广西知名词曲作家到那坡采风，创作、改编了20多首黑衣壮山歌。其中就包含了《山歌年年唱春光》《壮乡美》《壮族敬酒歌》《黑衣壮的酒》等名曲。2001年11月，由四十多位山歌手组成的那坡尼的呀合唱团走上南宁国际民歌节的舞台，无伴奏合唱《山歌年年唱春光》震撼了现场和电视机前的亿万观众，山歌走出那坡，走进了更大范围人群的视线。一个多月后的2002年正月，来自美国、荷兰、波多黎各的三十多位艺术家到那坡与群众欢度春节，现场感受山歌魅力。同年1月，那坡县尼的呀合唱团出访越南。5月，在北京举行的纪念毛泽东延安文艺座谈会讲话60周年全国群众歌咏比赛中，那坡山歌获一等奖。2003年11月，那坡籍歌手黄春艳登上中央电视台"魅力12"节目舞台，演唱山歌《壮乡美》。同年，南方汽车集团在那坡吞力屯投资建设"黑衣壮民俗风情园"，发展民俗旅游。那坡山歌成为世人瞩目的焦点，并带出产业，助力地方经济发展。

"墙外"花怒放，"墙内"也不闲着，从2002年起，那坡县每年春节举办全县性山歌比赛，正月初八到初十，成百上千民间歌手齐聚县城北的感驮岩，山歌使山城的春节更热闹，老中青三代同时享受到山歌带来的快乐。各乡镇春秋两季山歌会也呈现出"羞答答的玫瑰静悄悄地开"的态势。官方在2012年开始大力推行山歌，当年初，县电视台开办"山歌赏析"栏目，每天播出山歌节目3个小时，由此，山歌通过电视网络直达千家万户。县电视台天天播出山歌，等于向群众发出了"应该学习山歌"的信号。2015年起，县文化馆大院装修一新，一幢2层干栏建筑、几丛芭蕉、金竹营造出农家小院的环境，每个周六晚上，这里面向群众举办"驮岩飘歌"群众性山歌会。2016年起，恢复举办那坡县城的传统"巷旦"（歌圩），举行"中越歌会"，来自两国三省接合部的中国广西那坡、靖西，云南富宁，越南保乐、通农、苗旺、河广共7

个县的山歌手，在那坡"巷旦"民俗文化节大秀山歌，尽显风流。2017年起，"巷旦"民俗文化节扩展为3天。2018年起，更是在每周六上午，在感驮岩公园内举办"周末山歌会"，任由赶街的群众到台上自由对唱山歌，对上台的歌手赠送小礼品鼓励。

一套组合政策，线上线下发力，山歌在更广泛的时空得到呈现。近年来，随着QQ、微信等网络交际平台的出现，网上对歌成为时尚，据不完全统计，那坡全县山歌群不下1000个，抖音直播山歌号数十个。利用网络交际平台对歌，天南地北，不同时空的歌手得以便捷交流，特别是外出务工的人群通过山歌纾解思乡之情，山歌的吸引力进一步增强，出现了30岁出头的年轻山歌手，这是山歌后继有人的可喜现象。


## 歌之集


2014年政府机构改革，文化和广电部门合并，受之前在电视台创办山歌栏目的启发，我开始考虑收集整理传统山歌结集出版。在取得县委、县政府同意后，特邀中国社科院罗汉田教授和黑衣壮文化奠基人农敏坚老书记担任顾问，组建工作专班。这时候发生一件趣事，一位老歌师闻讯，扛来半麻袋山歌手抄本，要价40万元人民币。我们当然不能答应，他袋子都不让打开就扛回去了。我勉励大家，山歌抄本遍及各村寨，我们一定会找到有公益心的山歌收藏者。功夫不负有心人，此后收集老歌本都比较顺利，也没人漫天要价，大部分都是免费赠送，我们在出书时署供歌者名字予以褒扬。

编书最难的是译壮和壮语土俗字录入。根据罗汉田教授的指导，山歌翻译要忠于原意，做到看翻译的汉意就能用壮语吟歌，即采用直译的方式。壮语需要以土俗字记音，学术界此前已开发出北部壮语方言的土俗字字库，但那坡山歌"伦"属于南壮方言，尚无现成字库，工作人员只能用汉语偏旁部首，一个一个组合成壮语土俗字，这是比原始的活字印刷还要笨拙缓慢的方法，大大延缓了编书的进度。最令人焦虑的是，2016年，在1、2卷山歌出版之际，最擅长山歌译汉的黄峰老师积劳成疾病倒了，工作进程一度受阻。这时候，幸有梁瑞华先生接下译汉的担子，歌师罗景超负责壮语记音，使得工程得以继续推进，最终完成5卷400余万言巨著。

山歌的曲调是固定的，歌词既有传统的代表性套路，又有即兴发挥的创作。从这个意义上讲，山歌是无穷无尽的，永远收录不尽。《那坡壮族民歌》1—5卷，我们只能选取流传范围广，具有代表性的歌词予以收录。我们从那坡东、西、南、北、中5个地区各选一名歌师参与编辑工作，尽最大可能完整收集各地知名山歌。黄建忠来自北斗，代表了那坡南部的特色。梁维军来自百都，是西部与云南接壤的知名歌师。岑恩隆来自德隆，熟悉中部地区的情况。黄绍解来自坡荷，是东部邻近靖西市的资深歌师。罗景超来自城厢，代表北部，他早年就已经被选定为国家级传承人。

那坡壮族常见的8种山歌，只有"伦"在全县范围内被广泛接受和传唱。近年来，有人为了推介黑衣壮文化，把那坡山歌称为"黑衣壮山歌"，这是很不准确的。实际上，古往今来，那坡民间公认"伦"的发祥地即核心地带是台峒地区，即今平孟镇北斗村一带，这一带的方言"央话"最适合用于山歌演唱。部分黑衣壮支系的老人也自认为"虽敏（虽仲）"才真正是他们族群的传统山歌。

## 歌之美

每个人都渴望拥有美好的爱情，情歌就是搭载人们抵达爱情彼岸的一叶轻舟。因此，情歌是所有山歌里数量最多，最令人着迷的歌种，其歌词美妙、风趣、引人入胜。一套完整的情歌，包含相遇、探情、对问、初连、连情、定情、盟誓、叮咛、离情9个部分，完整唱一遍三天三夜也不一定能唱完，那些老歌手，特别是男女双方有感情基础，有意进一步发展的青年男女，还要增加逗情歌、怀旧歌和苦情歌等等，演唱时间更长。老辈人传说，很久以前流传一套情歌叫《良妹情歌》，一唱要七天七夜，由于歌词太过缠绵幽怨，令人深深迷醉而不可自拔，不少歌手唱罢失魂落魄、气绝而亡，渐渐的没人敢唱因而失传。兹录情歌9个部分各一首，歌词如下，见微知著，相信读者能够从中初步领略情歌的魅力。

# 壮　　　　　　汉

男

闪吞对骆让飞马　　忽见凤鸟飞过来
那门站勐辣鲁否　　不知要落哪一枝

男

令接马合罢梅陀　　日晒正遇楠竹林
身备想叩根林荫　　哥想树下去躲荫
捞到米君抓扎了　　又怕别人已占名

女

梅角肯摆坡江坝　　弯树长在秃山尖
君而迭观腊突他　　又有谁人看上眼
末蝇及乌鸦曾连　　就连鸟虫也懒恋

男

鲁果米鲁梅难吃　　不懂树种果难咬
鲁君米鲁名难咚　　不懂芳名人难交

女

梅赖否夺果林恩　　树衰无花不结果
依赖贺名真许备　　妹丑无名送给哥

男

几时得巾叩度馍　　几时吃饭能同锅
几时得走路度卡　　几时能走路成双
几时得系那度而　　几时耕田共一丘

女

几时眉仙贺　　　　几时有疑难
六旦丁恩馍仍难　　无心架锅还嫌慢
米捞眉邑拦海隔　　有意山海难相隔

男

双孟打邑陇立利　　双手能把高山劈
添海本恩地种哪　　填海造陆做良田
仙家训双搂命合　　意志如铁结良缘

女

| | |
|---|---|
| 划水肯摆坡许得 | 要让河水上山坡 |
| 双搂并破利造那 | 改造高坡做良田 |
| 君把君提劳 | 搭手来耕耙 |

男

| | |
|---|---|
| 赌农对上法打弓 | 赌妹射箭到天顶 |
| 打得恩亥陇丢农 | 打下月亮哥丢情 |

女

| | |
|---|---|
| 赌备打麻炮上飞 | 赌歌放炮上银河 |
| 打得恩他文丢备 | 打落太阳妹丢哥 |

男

| | |
|---|---|
| 勒切听旦弄 | 别听人挑唆 |
| 同并打条栋许好 | 同心打桩不能移 |
| 同并扒恩梯肯发 | 共同扶稳登天梯 |

女

| | |
|---|---|
| 旦论而列论 | 任凭人评说 |
| 双搂列同并拢心 | 我俩一心紧相依 |
| 抓铜许本金就亚 | 抓土成金志不移 |

男

| | |
|---|---|
| 别侬似构透另卡 | 别妹似筷条落单 |
| 足比介摆邑领贯 | 正如孤猴山头叹 |

女

| | |
|---|---|
| 别备似枯海江汪 | 妹似江中树一棵 |
| 风必找地朋米闹 | 狂风吹来无依托 |

那坡山歌的天籁很早就得到音乐界专业人士的青睐。新中国成立之初的1951年，广西文联编印的《广西民歌》（初集）就收录了那坡山歌曲调。令那坡山歌走出那坡并且名声大噪的是音乐家李志曙于1958年依据"过山腔"曲调填词的歌曲《天上星星伴月亮》，这首歌最早编入1962年出版的《广西二重唱民歌29首》。1964年9月，文化部和国家民委举办全国少数民族业余文艺会演，经层层选拔，由龙合镇忠合村山歌手苏艳英、赵英光以二重唱形式

演唱此曲目代表广西进京参加会演，并受到毛泽东主席接见，由此轰动。之后，这首歌曲曾广泛传唱于桂西地区，并编入全国多所高校音乐教材。2017年，广西音协主席黄朝瑞、副主席曾令荣携手作词家张名河又对这首歌重新填词编曲，取名《星星伴月亮》，注入全新时代元素，歌曲由此焕发新生。当年即登上南宁国际民歌艺术节的舞台。2021年，中国文联、中国音协庆祝中国共产党建党百年"各族儿女心向党"大型演唱会，《星星伴月亮》成为入选曲目，由韦晴晴、罗静演唱，分别于"七一"前后在保利大剧院和民族大剧院进行专场演出。中国音协全国核心刊物《音乐创作》也作了刊载。2023年5月，第十八届中国西部民歌（花儿）歌会在宁夏银川举行，韦晴晴和黄金演唱《星星伴月亮》，获得民歌组金奖，让这首名曲再次惊艳国人。

（附歌谱）

# 星星伴月亮

广西民歌
黄朝瑞、曾令荣改编
张名河修改填词

2002年，那坡县组织创作、改编的《捶布歌》《画眉飞进油茶林》《红带迎客歌》《壮家走出大山来》等二十多首优秀歌曲中，依据"过山腔"曲调创作的《壮族敬酒歌》迅速在民间传唱开来，成为壮族人家宴席必唱的酒歌，其经典歌词如下：

<table>
<tr><td>汉</td><td>壮</td></tr>
</table>

| 汉 | 壮 |
|---|---|
| 客人来到家门口， | 引坦冒相叩斗吗， |
| 敬上三杯迎客酒。 | 依赖抬盆茶肯敬。 |
| 米酒香醇唱山歌， | 再买否突百突他， |
| 壮家情谊捧在手。 | 古者侬名莫情意。 |
| | |
| 山歌出口不能收， | 晚靠乙屋百难收， |
| 杯中有酒不能留。 | 请备接盏漏勒拗。 |
| 酒杯敬客我先喝， | 哈列搂并吞并巾， |
| 一点一滴不能留。 | 底盏米许哩色依。 |

优美的旋律配上深情的歌词，总能让来宾流连不已，久久难忘。还有一首《壮乡美》也是"过山腔"的曲调，歌词只有5句，表达的是阳春三月男女青年相会于歌圩的快乐心情，歌曲原唱是壮语，翻译成汉语也很质朴：

| 壮 | 汉 |
|---|---|
| 嫩三 伦弯弯 | 三月歌甜甜 |
| 虽真乐尼来 | 花开朵朵鲜 |
| 岜乔谂隆跟欢荣 | 山清水多人团圆 |
| 易场毕当地尼麻 | 远方阿哥来相见 |
| 哈侬觉欢荣色甲 | 妹的心里比蜜甜 |

2021年4月27日上午，位于南宁市邕江之畔的广西民族博物馆，歌如潮花如海，广西三月三"歌圩节"壮族对歌等民族文化活动正在这里集中展示。

来自那坡县"尼的呀"合唱团的姑娘小伙子们正在用心排练节目,突然天大的喜讯传来,正在南宁考察工作的中共中央总书记、国家主席习近平今早来到民族博物馆考察民族文化。大家瞬间沸腾了,要知道,那坡县演员排练的地点正好位于入馆道路旁,是首长考察的必经之路。还没等他们做好准备,远远地看到一群人朝着他们走来,定睛一看,为首的正是全国人民无比敬仰的习近平总书记。演员们定了定神,赶紧簇拥到道路旁一幢干栏木房的大门口,倚靠着栏杆唱起本县壮族民歌《一路唱歌一路来》,用歌声对贵宾的到来表示热烈的欢迎和衷心的感谢。习近平总书记一行走近木楼,停下脚步,总书记转过头望向木楼,颔首微笑,认真聆听。待到歌曲唱完,总书记又带头鼓掌,点头赞许。随行摄影师迅速按下快门,记录下那坡儿女可以载入史册的精彩瞬间。

《一路唱歌一路来》是一首无伴奏歌曲,曲调婉转,高亢明亮,具有浓郁的那坡壮族山歌"过山腔"的音乐元素及音乐特点。优美的旋律,深情的歌声,表达了壮乡儿女对祖国的感激和热爱。在党的正确领导下,老百姓的日子越过越红火,走在新时代的小康路上,黑衣壮姑娘小伙子们以火热的情怀,借着三月的春风,为我们伟大的祖国放声歌唱,并献上寓意吉祥幸福的红"盘梁",和着嘹亮悦耳的壮族民歌,唱出甜蜜浪漫的爱情,唱出幸福美好新生活。

从《天上星星伴月亮》到《壮族敬酒歌》再到《壮乡美》,这些依照"过山腔"曲调改编的歌曲,参加各大赛事获奖无数,从那坡唱到南宁唱到北京,又走出国门唱响在异域的夜空,成为超越疆域和民族的优秀民歌,几十年长盛不衰。而《一路唱歌一路来》更是因为在广西民族博物馆给党和国家领导人现场演唱而迅速传唱开来,为无数人所喜爱。这就是那坡山歌的无限魅力!正如另一首曾赴新加坡、美国等国家演唱的"过山腔"名曲《山歌年年唱春光》里唱的:

> 山中年年水流长,
> 竹笋年年遍山岗。
> 山歌年年唱春光,
> 青山不老歌不断。

《那坡壮族民歌》1—5卷

那坡县尼的呀合唱团赴各地参赛

那坡县尼的呀合唱团赴各地参赛

学山歌

山歌对唱

# 儿女满床——那坡壮族生育习俗

　　盛夏时节，行走在六韶山东段那坡县中越边境的大山深处，烈日炎炎，蝉声聒噪。好不容易挨到进入村庄，兴奋得要小跑入户讨水消渴，抬头间，却看到门头上挂着一节树枝，急忙顿住——青翠的枝叶明白昭示，这户人家有妇女坐月子，此时不欢迎来客。

　　这是那坡壮族人的生育习俗。妇女坐月子，身体虚，煞气重，生人进家，对主客双方不利。在门头上挂枫树或柚子枝叶，既避邪也是提示。青枝绿叶具有避邪功效。青茅草便是鬼怪惧怕之物。每年正月初二，村村寨寨"开星"（壮语，汉意：开春驱邪仪式）驱邪，魑魅魍魉在村寨内无处安身，游荡于乡郊野外。有一种小鬼，喜欢和小孩子玩乐嬉戏，它虽无恶意，但被侵扰的小孩会发热、胡言乱语。正月初二正是外嫁女带着儿女回娘家拜年的日子，傍晚归来，常有小鬼尾随。甩掉小鬼的办法，是走到岔路口时，屏息折一把树枝横于路面，小鬼便不敢跟随，从岔路口往别的方向去了。曾有强悍的农妇，携一双儿女从娘家回来，暮气四合，身后隐约有声，时而学其脚步，时而沙沙如风。农妇知道有小鬼尾随。虽然离开娘家时，外婆已在小孩脸上抹了锅灰，小鬼不易近身，但为防万一，农妇瞅准时机，突然回身，屏住呼吸，拔一把茅草，快速把路旁一棵小树捆住，打上死结，疾步回家。当晚，她家门口不时响起呜咽声，通宵不停，原来是被绑的鬼伙伴前来求情松绑。次日一早，农妇下地劳动，顺路解开茅草，鬼才得于逃脱。老人告诉农妇，下次绑鬼，只需打活结，让鬼伙伴能为其松绑，免得自己麻烦，"与人方便，与己方便"。不过凡绑过一回，鬼再也不敢尾随这个人，所谓"鬼怕人恶"。

　　产妇家门口挂了树枝，识趣的人就不会贸然进入。但总有粗心大意的人，不留意树枝而不请自来。黑衣壮人认为，婴儿长大后性情会和首位来客一样。为避免性情不良，婴儿出生后，家人就主动邀请村里德行良好的长者到家做客，寄望孩子长成品行端正的人。而对于不经意进入正在坐月子的人家的人，年龄超过三十六岁的，会"触红"，易因"煞气"而导致"桥断"。这时，主人会给来人手腕绑上红线，再喝几口酒，意为"接桥"。

那坡壮族妇女坐月子，通常在婚后数年。因为结婚后，夫妻俩并不住在一起。新娘婚后正常住在娘家，生产劳作，赶圩对歌，四处会友，不落夫家，一如单身。农忙时节到夫家帮忙做活，还总带着女伴。白天劳动，晚上回娘家，娘家路远回不去也与女伴同寝。长此以往，总不能怀孕。曾有一妇女，结婚5年，不生孩子，离婚了，又嫁给同村另一男子，不到一年就生育了。有人问她头婚为何不育，她笑笑，说了一句："那男人太老实。"引人大笑。

第一个孩子临近出生，新娘才正常住到夫家。孩子出生后，第一件事是给外婆"报喜"。家婆拎一只鸡，兴冲冲赶到孩子外婆家，通报添丁增口的喜讯。亲家母看到家婆拿来的是公鸡或母鸡，便知道生的是男孩或女孩。外孙出世，外婆乐不可支，高高兴兴杀了老母鸡做成"湳轻"（壮语，汉意：暖身汤），让家婆带回给产妇补身子。

婴儿出生第三天，请道公做道场，称"做三早"，又称"请花婆"。外婆领着姨娘，拿着一件小黄衣，提着两只鸡，几包芭蕉叶包着的花糯饭、几筒米前来贺喜。道公完成科仪，由外婆往神台上安置花王圣母位。"花王"是专司生育的神位。此后家里年节祭祀花王与祖宗等同。花王位待到家里最小的孩子长到18岁才可以撤掉。"请花婆"仪式祭祀用的鸡是外婆带来的，生男孩祭公鸡，女孩祭项鸡。当天煮饭也用外婆带来的米。礼毕，给婴儿穿上小黄衣。这是婴儿人生第一件礼服，黄色圣洁又避邪，护佑外孙鬼怪无欺，聪明伶俐。

小孩即将满月，家里择吉日办满月酒。壮语称"漏认纳"（壮语，汉意：送背带）。当天，外婆备好布料携娘家亲戚一同前来给外孙缝制背带，男孙背带绣"金龙"，孙女则绣"玉凤"。选择好时辰举行"开赞"（壮语，汉意：婴儿首次出行）仪式，由奶奶或姑姑背上小孩，要撑伞或戴草帽，携一提篮，内装杆秤、笔、红蛋、花糯饭出行（四样物件分别寓意会做生意、读书和平安、温饱），朝东方走，走到泉水边，念诵一些祝福语，装一桶水、捡拾几根柴火（寓意发财）后欢喜雀跃回家。满月酒另一个重要内容，是两亲家及众亲戚共同商议给婴儿起名字，以孩子外婆娘舅的意见为主。"满月酒"后，产妇回一次娘家，称"开奔"（壮语，汉意：坐月子后首次出行），此后走亲访友，赶圩买卖再无忌讳。

人，生而不易。幼时常头痛发热，稍长又恐遭水火不测，长大后更担心性格古怪，乖张忤逆，婚嫁不顺。为人父母，为了小孩一生平安顺遂，就要做足各种预防措施。黑衣壮人笃信，人生所有吉凶祸福，在出生时的"八字"里已注定。命中注定的灾祸称为"关煞"。小孩子带有不同"关煞"就会有相应的凶兆：体弱多病，烦恼不宁，多灾多难。道家罗列的常见"关煞"有七十二种，如天吊六害关、飞龙短倒关、隔山父母关、父母挑儿关、生尅父母关、血盆产难关、牛头马面关、克身害命关、天吊暗煞关等等。为解除"关煞"，孩子出生后，父母亲都要请道师算一算生辰八字，看看小孩命中犯哪些关煞。解关煞（民间习惯称"解关短""做短"）在小孩十岁前做完。

对于关煞的解法，民间方法多样，各显神通。最常见的就是请道师设道场解关煞。这种仪式，可将几种关煞集中起来解除，也可解除单个关煞，用时少则2—3个小时，多则通宵达旦。能一次解除"关煞"都还是省事的，有些关煞需要长久遵守某种规矩或某种禁忌，如"认干亲"和"种命树"。

认干亲，壮语"金扣寄"，即认寄父、寄母。"认干亲"一般选择儿女较多或贫寒的人家。因为儿女多的人家意味着福气也多，可以让孩子沾福气，容易长大；贫寒的人家，小孩不娇贵，容易养活。选定人家，并取得对方同意。初次登门认亲不需举行仪式，只要跪讨一碗米即回。寄父母则要向祖宗神位报告寄儿女生辰八字，祈愿祖宗保佑寄儿女无病无灾并缝制一件衣服送寄儿女。之后逢年过节来往，寄儿女每次都会讨一碗米回家煮着吃，一直到成年，也可以终身来往，如有现实困难，可以来往3、5年后停止。

种"补命树"，壮语"喃梅命"。择吉日到山上挖一棵健壮的树木，一般是易于成活的"水泡木"。在屋旁或路口挖好树坑，摆上"三牲"及花糯饭、红蛋、酒米。道师到场施法做道，祈愿树木赐予安康，孩子需全程在场。道师把树立到坑内并先添一铲土，随后父母家人培土填平。道师往树根撒几粒米，在树干贴上红纸。即牵手领孩子回家。"补命树"顾名思义，种树可以增补孩子之命，祈求其如树之枝繁叶茂、高大常青。这棵树要好好管护，确保成活，否则不吉利。以后每年正月初二由孩子去上香献祭，直到十八岁。此树终身不能砍伐。

　　其他常见的解关煞方法，还有拜神明做继父母的，有过继给亲戚甚至是外姓人家的，有定期到村庙拜祭的，有作法藏魂的，有烧冥币为前世还债的，有随身戴神符或放在床铺席子下的，有长年戴银铜器的，有禁止小孩杀生的，等等。

　　那坡壮族人的古老生育习俗，体现了人们对生育的虔诚追求。一场场仪式，是人们对"万物有灵"的笃信，对传统礼仪的坚持，对美好生活的接力。其间无不浸满父母和亲人对孩子的浓浓爱意。对传统习俗的信仰，不仅是对儿女命运的关切，更体现了那坡壮族人绝不听天由命的顽强意志。正是这些坚定信仰和顽强精神，使得一个个家庭儿女满床，幸福安康；一座座村庄团结和谐，人丁兴旺；一代代壮族人得以生生不息，地久天长。

为婴儿举行满月"开赞"仪式

为儿童举行"解关"仪式

# 做媒积善——那坡壮族婚恋习俗

正是人间四月天，青黄不接的时节。玉米棒结出了洁白如玉的颗粒，籽粒尚未饱满，食用尚待时日。春秀捧着小竹篮走遍了村子里可能有余粮的几户人家，一户户敲开家门，要借几斤玉米回去做晚饭。尽管她用了几近哀求的语气，可人家并不给面子，有的直接让她吃"闭门羹"，有的更是将她从头到脚奚落一番。烈日当头，春秀有些眩晕，她强忍眼泪，一句话没说。一直走到平时和她最要好的阿萍家，阿萍问了情况，答应借给五筒。可阿萍妈拿着竹筒从大箩筐舀玉米时，总要往回抖一抖手，把本来冒顶的玉米粒又抖回一些。春秀看在眼里，内心生气却又无可奈何，毕竟只有她家肯借，晚饭才有了着落。家里养了只大黄狗，明天是距离村庄最近的集市——安德街的赶集日，她今早与老公尚德商量好了，明天赶集把狗卖了，换回粮食就能勉强度过这场春荒了。

芦苇坳屯是个小村庄，只有二十来户人家。田地本来不少，只是这些年集体劳动，社员们出工不出力，每年打下的粮食很少。今年开春，队长按惯例分好劳动小组，准备开会动员各小组分头做工。但形势突然有了变化，不知从何处传来的消息，外地已经不搞集体劳动，各家各户都单干呢。村庄开始躁动起来，没人愿意下地干活。队长跑到大队部询问，没得到明确答复，回来后，他也不再每天早晨站到晒台上，扯着嗓子喊社员上工了。社员们像得了神谕一般，各家悄悄地到各自"祖宗地"上劳动，没有开会动员，不用队长催促，几天时间里，人们惊异地发现，山山弄弄，目之所及，所有地块都已犁过一遍，黑黝黝的土地飘出芳香的泥土味道。

傍晚，丈夫尚德收工走进家门，看到春秀在吃力地推着大石磨磨玉米粉，急忙放下农具，接过石磨推杆用力推起来。尚德家的大石磨下盘磨齿崩了几处，出粉粗细不匀，还经常卡顿，男人推磨尚可，女人推着就很吃力。芦苇坳屯属土坡地区，没有质地坚硬的顽石可供打制石磨，只能将就用着。

春秀正待走开，却听到尚德开口说话："哈哈，刚才在村头碰到嬢金星，聊了一会天，她说竹山屯有个姑娘，很适合咱家老大。我请她今晚到家来吃饭，等下要多煮点饭。"

"真的吗？嬢金星愿意为我们家做媒？她做媒很少失手咧，可家里都没什么好菜呢。"春秀又高兴又着急，不知如何是好，两手搓着围裙，急得在灶间翻锅倒盖。

只听尚德哈哈一声："哎，你抬头看，灶台上不还挂着半个腊猪脸嘛。"

腊猪脸在农村是食之无味弃之可惜的低档货，是腊肉里剩到最后的一块，但也总算个肉菜。

夫妻俩手忙脚乱把晚饭做好的时候，几个孩子也陆续回到家了。尚德和春秀都是四十出头的年纪，两人养育了5个孩子，四男一女。孩子多是他家缺粮的主要原因。缺粮的另一个原因，是尚德观察到今年大队默认了大家单干，今后地里打下的粮食肯定比往年多，前几个月，尚德偷偷从邻村买回两头小猪饲养，这两头猪也消耗掉不少粮食。但今年秋后粮食多，猪也长大了，一家人就能有肉吃了。

嬢金星走进门来，脸上带着报喜人惯有的神情。席间，春秀打了半碗酒，嬢金星接过酒去，看了一眼，开腔说道："我做媒的什么人都见到。上次白马屯春荣家托我为儿子做媒，本来我在马家河屯找到了合适姑娘，那姑娘模样长得可俊，家长也认可了。那天晚上我到春荣家吃饭，春荣妈给我递来一碗酒，我推辞两句，说平时都不喝酒的，春荣妈就顺势把酒倒到缸里边去了。你们说，这种人家，我能放心介绍好姑娘给他们吗，小姑娘进到这种家庭要受苦的。"

春秀听了直乐，笑着说："嬢嬢，我们家倒是有心让您喝个够，可是家里也没有酒了，只有这小半碗，太羞人了，嬢嬢您多担待，先喝这一小碗，您的恩情我们不忘记。"

待到嬢金星喝完，春秀这回给她满上，嬢金星推着碗不接，春秀双手捧碗端上，又说："真是没有了，就这一碗。"嬢金星这才接了去。等到第二碗喝完,春秀又给她再满上,这样连连喝了几碗,孃金星口上推辞,却又喝得干脆。饭桌上气氛热烈,劝酒、玩笑声不断。直喝到孃金星脸颊绯红,略有醉意。临出门时,她拍着尚德和春秀肩膀说:"我看的没错了,我和姑娘家说了,尚德和春秀为人大方,今年就有大肥猪杀,以后生活好着呢。记得明天到安德街买水果糖啊。"

大儿子阿朗才12岁,也大约听出来老人是给他说亲,饭桌上就露出羞涩的表情。等到客人出了门,春秀看着儿子说:"朗啊,要记住一句老话,天天待人不穷,夜夜偷人不富。"儿子似懂非懂地听完,一转身跟着弟弟妹妹玩去了。

尚德第二天到集市上把大狗卖了,买了100多斤玉米。还不忘带上2斤水果糖,当晚交到孃金星手上。

半个多月后的一天,春秀早上起来挑水,走到泉水边的时候,看到了泉水边围满了等待装水的妇女,孃金星正低着头用瓢从水塘舀水,春秀赶忙放下水桶过去帮忙。等到水桶装满,孃金星弯腰挑起水桶时说:"春秀,你老大这门亲事难喽,我提亲时她家老人生气到要割颈。"

春秀愣了一下,回到家如实跟尚德说了,岂料尚德刚听完即一拍大腿说:"好,成了。"

不几天,尚德从安德街买了两斤猪肉。傍晚时分,又捉了家里一只公鸡,和孃金星到竹山屯说亲去了。

原来,孃金星话里有话,"割颈"是指杀鸡。当初,媒人带着男方的水果糖去女方家,正式提出结亲愿望,这是婚恋第一步,称为"问亲"。女方如果还没接受过别人提亲,也初步认可男方,就会收下水果糖,否则就会退回,表示拒绝。这次暗示男方可以提着公鸡去提亲,就走到第二步程序,称为"交结",壮话叫"协合给"。杀鸡有"歃血为誓"的意味,表示女方已经初步认可,男方今后可以往来走动。

当晚,尚德与未来亲家正式见面,双方相谈甚欢。小姑娘叫春花,也是12岁,模样俊俏,乖巧懂事,尚德看着暗自欢喜。孃金星开动媒人高速运转的脑神经,把好词好话都尽量搬出来,把两个小孩形容成天生地设的一双,把双方家长的心紧紧连在一起。

大约一个月后,地里玉米成熟,中稻插秧完成。尚德抓住农忙间隙,找到孃金星,询问可否有时间去竹山屯女方家"要八字"。孃金星说已剪回不少红薯藤，需要马上栽种。红薯藤栽种技术含量低，就是把地里的泥块敲碎，尽量起高垄，把红薯藤直线摆到土垄上，浇上粪水，上面覆一层土就可以了，尚德和春秀帮嬢金星做了两天才完工。

现在发展到第三步，也是双方能否做成亲家的关键。嬢金星与女方家约好了时间，领着尚德，带上酒、肉各五斤前往。女方家为表示郑重，也请来族中长老陪桌。这次见面，目的是索取春花姑娘的"生辰八字"。要来姑娘的"八字"后，男方找道师掐算占卜，称"合八字"，看两人命理是否相辅相成，婚姻能否白头偕老，一辈子避免刑冲克害。经测算，春花与阿朗命理相配，流年相合，互有补益，属上佳组合。尚德把算命情况通报了媒人嬢金星，表示非常乐意结下这门亲事。

从那以后，尚德一家加大了对女方情感和物质的投入。每年过年前夕，尚德家会给女方送去大公鸡和几对粽子，正月三十"销正月"节会送去加入"白头翁"药草制成的长条蕉叶糍粑，"三月三"送上五色糯米饭，"七月十四"节送鸭子，中秋节送上月饼，九月初九送圆形的"春糍粑"，等等。女方家有红白喜事也会主动去帮忙。平时农忙时节帮忙做农活更是少不了。春天，尚德会牵着牛，扛着犁耙前往竹山帮女方家耙田犁地。夏天，春秀会择时前去帮忙拔秧、插秧、耘田。秋天，尚德赶着马，到竹山帮女方家驮运地里收下的粮食。这样的人情投入持续一两年到数年不等，时间长短取决于双方孩子年龄大小和成婚意愿。

几年下来，两家关系日益密切。尚德到女方家，吃饭时与春花父亲并肩坐上席，俨然同为一家之主。春花对尚德、春秀从陌生到熟悉，从疏离到亲近，逐渐有了敬重和信赖，对自己未来要嫁过去的家庭有了心理上的准备。这两家人结亲往来，乡邻们看在眼里，他们亲密无间的关系得到公认，在人们眼里，这种关系不可以出现变化，几乎到了不成亲都会引发众怒的程度。

那天，女方家要到公社上缴公粮，三百多斤公粮，需要三个人才能挑够。阿朗和春花父母每人都挑着一百多斤的担子，春花斜挎一只绿底碎花布袋子，随着他们往公社走。走了三个多小时山路，大家又累又饿，停在一个山坳口休息。春花父亲看到路边玉米地有一根老玉米秆，生活经验告诉他，这根玉米秆芯甜多汁。他折过一段玉米秆递给女儿，女儿接过去，用牙把秆皮撕下来，咬了一截秆芯吸吮汁水，突然间她扑哧一笑，吐出秆芯，把沾了她口水的秆芯递给阿朗。春花的脸此时已红到脖子根，含情脉脉地盯着阿朗，一副害羞的模样。阿朗看了看老人，老人转脸装着看不见。阿朗便一把接过，吃进嘴里，还说："真甜！"这对恋人终于打破沉默，有了平生第一次对话，从此以后，他们开始尝试交流思想。

随着交往不断加深，男女双方感觉水到渠成，该进行下一个程序了。尚德和春秀选了一个好日子，约上媒人孃金星和女方全家人，一起去安德赶圩聚餐，壮话称"巾令巷"（壮意：赶集聚餐）。吃饭不是主要目的，而是借赶集为女方选购礼物，为这桩婚事加把"连心锁"。一般送女方双亲各一套衣服，送姑娘一对银手镯。

双方"巾令巷"，意味着到了谈婚论嫁的阶段。那天，尚德又找到孃金星，请她出面与女方商定下步的礼数。孃金星却撇嘴说："尚德啊，难办啦，那天我路过竹山屯，刚想和姑娘父亲提这个事。他伸出手掌连连摆手拒绝，还拉出一根扁担驱赶我，让我走快点，你说如何是好？"

尚德听罢，抬头与孃金星对视，瞬间两人同时捧腹大笑，大笑之余都叹服亲家翁太幽默风趣。要知道，亮出扁担就是告诉男方挑着礼物过去，壮话叫"巾担"，亮出巴掌就是每样"各五吊"，这些都是交亲的传统礼仪。尚德连声说好，跑回家向春秀报告。

举办"小礼"（订婚）那天，按照亲家"哑语"的暗示。尚德家送去酒、米、肉"各五吊"（各50斤），请女方家亲朋好友吃饭，正式公开这门亲事。订婚仪式后，媒人和女方商定彩礼事宜。彩礼分两种情况，称全包干或半包干。全包干就是一口价的意思，数额少些，女方不用陪嫁。半包干数额大一些，女方陪嫁丰富。

至此，婚事算是落实了。但还是离不开媒人，在筹备婚礼过程中，一些细节还得靠媒人传话。尚德和春秀来到孃金星家，送上一些酬金。财物没定数，只是表达谢意，数额不大。孃金星做媒行善，给一家人带来娶妻生子、添丁添福的希望，所以酬谢除了给些钱，还送上象征生育繁衍的谷子和项鸡。

"小礼"后可以择期举行婚礼。男方选定良辰吉日，由媒人到女方家通报，称"报日子"。如女方无异议，就开始筹办婚礼。与此同时，女方家也择日缝制陪嫁的被褥（壮语"认发""认满"），也称"开剪日"（壮语"文开交"）。所使用的棉花棉布是提前一两年自种、自纺、自织、自染、自缝积累下来的。当天，女方家七大姑八大姨都赶来帮忙，她们擅长女红的巧手把娘家人满满的爱意缝制成簇新的被褥。被面采用现成的壮锦，上面有鸳鸯戏水和石榴的图案，表达了长辈对他们爱情美满和多子多福的美好祝愿。这床厚实、暖和的被褥将伴随女儿出嫁，下一代也将在这床被褥里出生、成长。

举行婚礼，女方宴席所需的酒肉都由男方负责。男方在大喜之日的前一天将肉、米"各百斤"送达女方家，以便提前加工。"各百斤"是统称，具体数量是媒人与女方事先商定的，一般只会多于百斤。男方酒肉送达，主人请来帮忙的人也到了，那一夜，家里灯火摇曳，通宵忙碌。妇女们仔细检查嫁妆，大到被褥，小到针线悉数打包。厨房里炉火旺盛，厨师们个个油光满面，谈笑间刀铲翻飞，成堆的肉菜将在他们的巧手里变身为次日宴席上的美食。一家人在锅碗瓢盆叮叮当当的合奏曲中迎来了黎明。天一亮，客人陆续到达。老同赶来为新娘梳妆打扮，近亲和好友也赶在新娘出门前到来。家主赶早在神台摆上猪鸡鱼"三牲"及糖饼、五色糯米饭、糍粑、油团等，上香祭祖，当天整日香火不灭。神台下堂屋正中摆一桌酒菜，新娘爷爷奶奶、同族长辈入席，这桌人一整天都会坐在这里，称为"暖房"，既是见证，也是送别。新娘父母一般不入席，父亲忙于在宾客间招呼周旋，母亲陪着女儿在闺房内说体己话，做出嫁前的细细叮咛。

门外一阵喧嚣，鞭炮声响起，男方接亲的队伍到了。走在前头的是媒人嬢金星，其后紧跟着新郎及精选而来的青年男女，他们个个会唱山歌，能饮酒懂礼数，二三十人的接亲队伍排成长龙。每个人肩上挑着精致的小竹篮，每个竹篮上都贴着红双喜，里边装满烟酒、鸡鸭鱼肉、糖果、五色糯米饭等礼品。女方几位能说会道的妇女已备好拦门酒。隔着大门，女方首先开腔，双方对唱起山歌：

> 女：哥自哪里来？
> 　　郎从何处到？
> 　　此处不是街，
> 　　本地不开市。

> 男：仙家选六甲吉日，
> 　　今天来妹家结缘。
> 　　今日来宝地接亲。

女：前村三十间瓦房，

后寨五十幢洋房，

为啥选妹家？


男：妹家灯花红又亮，

妹家好花长鲜艳，

拼命来把姻缘接。


女：怕是走错门，

恐是找错户，

我家无宝又无贝。


男：认准住家我才来，

有情有义我才到，

请妹快快把门开。


女：如此我且把门开，不俊不俏哥莫怪。


大门打开一半，男方以为机会来了，赶紧挤进去，不料女方却只放一人进去，又关上大门。进入门内的男宾发现上当却无路可逃，他遭到女方"群殴"，一群人架住他灌酒，直到三碗五碗下肚，拱手求饶为止。接着又打开门，一群人端着酒碗堵在门口，男方每位来宾至少喝上三碗才能进门。

一番热闹之后，女方招呼接亲队伍落座，吃"爱连"（简餐，点心）。这时候，女方代表上场，唱"开担歌"：


亲家备办礼数周，

情意深重真讲究。

礼物几十担挑来，

酒肉几百斤挑到，

让我先开那一箱？

一箱是何宝？

二箱是何物？

……

开启第一担，
鸡鸭摆上坛。
开启第二担，
肉满又新鲜。

……

筐筐都是肉，
坛坛都是酒。
猪肉几百斤，
酒水装满数。

……

男方根据女方的提问，用山歌一一作答。对歌似是盘问，实际上也是展示男方礼物的齐全厚重，以此体现嫁女的风光程度。

开担歌唱罢，主家才摆上正式宴席，隆重接待。酒过三巡，菜过五味，这回轮到媒人嬢金星登场。只见她端起酒杯，走到中堂，对着坐在上席的长者唱道：

坐上且听声，尊者且听言。
今天是吉日，咱家有新喜。
斟酒下铜盆，酒敬神与人。
先敬上祖宗，再敬过花王。
敬父母堂上，拜公婆安康。
敬家里叔婶，敬兄弟相帮。
敬众多亲人，敬今日来宾。
众亲太劳碌，养大了新娘。
未及报恩情，今日穿嫁妆。
花儿刚绽放，禾苗正青青。
庄稼未及收，好米主未尝。
我方脸不顾，我方礼不长。

抢走了宝贝，娶走了新娘。

……

　　这是一套完整的酒礼，壮话叫"乃漏"（谢酒礼），全程耗时半小时。媒人代表男方，依次向新娘的祖宗、爷爷奶奶、父母叔伯、兄弟姐妹、亲朋好友敬酒。感谢女方祖宗保佑，父母养育，兄弟关爱，培养了这么俊秀懂礼能干的姑娘嫁给男方。嬢金星唱歌的时候，接亲的几位青年就端酒到歌词所指的相应人员面前敬上。女方也安排专人接话，说的都是谦辞，大意是姑娘缺乏管教，见识尚浅，不知礼数，没有培养好，请男方多担待，等等。

　　情深意切的山歌对答，营造出神圣庄严的仪式感。这时候，全场静默，伤感气息弥漫，闺房内新娘及母亲和众女客都会感伤垂泪。"乃漏"结束，又是一阵相互劝酒。时辰到，男方小姑和女伴走到闺房，搀扶新娘出门，新娘纵有万般不舍，经再三劝慰也含泪起身。她缓步走到中堂上席，向每一位长者跪别，长者掏出红包，为新娘新郎送上祝福。众亲友都起立，目送新娘出门。走到门口，新郎背起新娘走下楼梯，伴娘护卫左右，不让新娘躯体碰着楼梯，表示今日出嫁，不再牵绊娘家。伴娘会全程撑伞，不让新娘"见天"。

　　回程路上，走在队伍前列的仍然是媒人嬢金星，其次是新郎新娘，紧随其后是伴郎伴娘，紧接着是一众挑着抬着嫁妆的亲朋好友。阿朗和春花结婚当年，最贵的嫁妆是那时流行的双卡收录机，当然少不了脚踏式缝纫机。那场婚礼的最大惊喜，是春花娘家竟然还陪嫁了一个大石磨，这个石磨重量超过1000斤，足足让12个壮汉累弯了腰。这件事在当时成了爆炸性新闻。那之后的很多年，芦苇坳屯多少个家庭娶媳妇，都伸长了脖颈，盼着女方能有个大石磨做嫁妆，可惜谁都没盼到，这也成为春花一辈子最引以为傲的荣耀。

　　那天，走在接亲队伍的最后一人，是男方请来的"卜搂命"（保命人）。新人易为恶鬼所害，"卜搂命"负责在路过沿途村寨神庙时，护佑新娘不受鬼怪侵扰，安全到达男方家。

　　整个婚恋过程，全凭媒人嬢金星从中周旋主张，婚姻才得以成全。嬢金星因此赢得大家的敬重。过年的时候，新婚夫妇会到媒人家拜年。感情特别好的，有了小孩又认媒人做干爹或干娘，此后每年正月十五到干爹娘家拜年，吃"寄饭"，做一辈子亲戚。做媒的人，善有善报，每到过年，家里总是热闹非凡。

新娘出门

婚礼嫁妆

# 遁入空寂——那坡壮族丧葬习俗

"努法恩闹尼朵落麻，底法奏眉翁跟胎杯。"（汉意：天上落下一颗星星，人间就会死去一个人。）

四月的夜风温和舒适，干栏木屋外的晒台上，正在纳凉的奶奶和儿孙们仰望着满天星斗。天边划过一道亮光，像是一颗星星陨落，奶奶对着身边的儿孙们说了开头这句话。

奶奶平静而慈祥，星光映照在她的眼里，透出一种异样的神采。奶奶多次对儿孙们说过这样的话，她说，死并不是消失，而是去到天的另一边，她对儿孙们的爱并没有减少。

村子里时不时会有老人死去。儿孙们也知道奶奶总有一天会离去。多年来，遵循世代相传的祖制，家里一次又一次为奶奶举行祈福活动，各种仪式犹如一堂堂生动的生命教育课，让儿孙们早早领悟到生命的珍贵和活着的不易。

那坡壮族人认为，人生有几个特殊的年龄。十六岁视为成年，开始分担家务，安排重体力活，可以谈婚论嫁。十六岁前死的人视为早夭，不能列入宗族谱系，也不能葬在祖宗坟岗。三十六岁是人生的分水岭。人到三十六岁，年龄由青年转入中年，生命力由此达到顶峰，之后就由盛转衰。三十六岁后，饮食起居有节，言行举止有范。要严格遵循道德规矩，性格要更内敛持重。可以参与家族内部事务管理，发表个人主张。四十九岁，人的"命水"已有消减，要开始注重养生，举行祈福延寿活动。四十九岁、六十一岁、七十三岁、八十四岁的寿诞，由女婿相应敬献"福、寿、康、宁"的锦帐。

四十九岁后，为添补已消减的"命水"，减少患病，家里择日为老人举办

"补粮"仪式。道公在神台前正堂设坛诵经，儿女无论散居何地，需全部到场参加。众亲戚各自带来几筒白米，交由道公在米上念咒画符。外嫁的女儿负责准备一匹自织自染、长度超过一丈的黑色布匹。主家事先备一个米缸放置于神台下。从神台将布幅展开拉伸到大门口，意为"搭命桥"。众人一面托举布幅，一面从布面上传递众亲戚送来的米，一筒筒倒到米缸中，用画了神符的纸盖住米缸放到神台上，三日后取下米煮给老人吃，意为老人命中又增添了吃粮的日子，也就意味着添了阳寿。

除"补粮"外，为长辈纳吉祈福的活动还有"问卦""驱邪""跳神""香栈""赶鬼"等等，都有全套完备的科仪，由乡村道公巫婆掌握把控。

过完六十一岁的寿诞，家人要为老人备下一副棺木。棺木有请工匠到家制作的，也有直接购买成品的。提早备下棺木能为老人延寿。棺木平时要装些粮食，不能空着。每年三月初三扫墓后回到家，傍晚时分，大人们总要把棺木抬到堂屋中，细细地刷上一层桐油。棺木经桐油多年浸润，闪着青乌的油光，摆在阁楼上，犹如一件神物。

寨子里每一户人家都是如此。每个人从小看了这家看那家，对生老病死便有了深刻的认识，对于有人死去，并不会感到意外或恐惧。

那个夏夜后不久，奶奶的身体就日渐虚弱，最后到了不能下床的地步。那段时间，远近的亲友都来探望看视，儿女们几乎整日整夜守着，寸步不离。大家心里明白奶奶已时日无多，但还是尽量说着祝福健康的吉祥话语。奶奶瞅着满屋子亲人，流露出平静而欣慰的神情，时不时会对儿女呢喃一些话语。

一天夜里，正睡得迷迷糊糊的孙子被三声粉枪的巨大响声惊醒。屋外传来大人们低沉的哽咽声和杂沓的脚步声。孙子知道奶奶走了，她的灵魂随着枪管冒出的青烟飘向天空，弥散天际。接下来的几天里，她的至亲们将举行仪式，为她祭奠，为她号哭，为她超度。而她，或许已化作天上的一朵云在默默注视，她想开口，似乎没有嘴巴，她表达了，亲人们也没能听见。三通枪响，已经把她的灵魂送抵天庭，遁入空寂。

老人咽气，家人朝天放枪，叫作"报天"，意为向上天禀告，该灵魂在人间已无归附之身，由上天专司人间生死之神定夺其归处。

三声枪响，在寂静的空山循环往复，又轰隆隆传向远山。枪声仿佛能通天入地，令山河同悲。枪响过后，传来父亲叔伯快步走下楼梯的脚步声，他们是去给众邻居报丧。隔着篱笆墙，很清晰地听见他们在邻家楼下轻轻叫唤：

"阿叔阿叔，请拿火灰来洒楼脚一下。"于是听到邻居开门的声音。父亲叔伯说"奶奶过了，天亮请到家帮忙一下"，邻居哦哦应答。叫人洒火灰，是报丧的习俗，洒火灰能阻隔死亡的不祥之气进入邻家。

报丧的人顺路带回一大把柚子叶，用柚子叶煮水，给死者沐浴洗礼，修容梳妆，在遗体变硬前抓紧时间穿好寿衣。寿衣都是簇新的黑衣黑裤，连同鞋子头帕也是自家棉花织染的黑色布料。用一方白布遮住脸部，头里脚外停于堂中灵床上。

近邻和叔伯至亲最先抵达家里。主家已经悲不自胜，不能主事，只能委托一两位尊长做治丧分工：有总管停丧期间后勤杂务的，有去给远房亲戚特别是奶奶娘家报丧的，有去请道公的，有到集镇采买香烛祭品的。三代以内的血亲不安排活计，他们都须身着孝服，围在棺木旁守灵，直至出殡。停棺的几天里他们只能食用斋饭，饭菜都是由专人送到灵堂前食用，不喝汤，不出入污秽场所。

天刚放亮，村里各家各户派来帮忙的劳力陆续到达，每个人都扛来一梱柴火，几十户人的寨子，送来的柴火能垒成高高的柴垛。平常感情交好的人家还送一幅一两尺宽的"派汾"（壮语音译：用于棺材里垫遗体的白布）寄托哀思。

在道公没到场前，丧事的各项工作虽紧张忙碌，但都静悄悄地进行。家属围坐灵床旁，不能有哭声，心善的几个媳妇悲伤难忍，也只能抿嘴哽咽。待到道公抵达，抬出棺木，准备入殓，孝儿孝女们穿着孝服，男左女右跪伏于棺木旁，由上年纪有经验的男子和儿子安排入殓。先在棺材底部铺一层草木灰，其上铺亲友们送的"派汾"。大儿子跪着将一小勺水和一小勺饭送至死者嘴边，尽最后一次孝心。几个人合力将遗体抬入棺内，在嘴里放置一枚铜钱，意为"含金"，又盖上一幅白布，作为新被子。

待奶奶娘家人到达，择定吉时，就将棺盖盖上。此时，道公开唱："xx人氏，云忽一疾。永辞人世，长住帝乡。深恸五服，洒泪汪洋……"孝男孝女及族人再也忍耐不住，放声大哭，边哭边倾诉，表达与死者诀别的哀痛与不舍。

最令亲人心碎的莫过于大铁钉钉入棺盖之时，随着锤子一次次起落，道公朗声念道："一钉天开如子，二钉地辟于丑，三钉人生于寅。"亲人们眼睁睁看着又粗又长的钉子一寸寸楔入棺板，仿佛那钉子不是钉到棺板上，而是钉到了自己的心头，便哀痛无比，再想到死者永坠阎罗，从此阴阳永隔，每个人无不肝肠寸断。待到钉完，道公再唱"庇尔子孙，代代昌荣"时，一些妇女已哭得撕心裂肺，死去活来。死者入殓后，棺材放在厅堂中央，用一幅布遮住祖宗神位，以免冲犯祖宗。棺材头挂一张布幔，将写着一个大"奠"字的纸张贴在布幔正中。设一张方桌，桌上设死者灵位，点燃灯烛。地面铺着席子，孝男孝女日夜座席守灵。

停棺日期长短，由道公择时而定，一般为三五日。富贵人家显阔气摆排场，有停棺七日九日，甚至有一两个月的。其间，道公日夜念诵经文，给死者超度亡灵。前来吊丧的同族亲戚，均头戴白巾，以示哀悼，表亲及异姓的亲友只需磕头上香，在一旁陪伴。

祭奠过程都是按着道公既定程式进行。灵堂内烟气弥漫，拥挤嘈杂，连续几天日夜不停跪叩哭悼，不仅孝儿孝女们疲惫不堪，道公也是声音嘶哑，面色疲倦，有些环节也就只能走过场了。但是，等到家祭结束，让人精神为之一振的场面又出现了。这是一个震撼孝儿孝女内心，又一次调动全场哀伤气氛，令在场人员都泪流满面的环节。只见道公一班人重整妆容，正襟危坐，开腔唱道：

> 人生在世有何强，百般奔苦百般忙。
> 才记儿童念玩耍，转眼白发又苍苍。
> ⋯⋯

只听了开头几句，众人便知道这是念诵《哭娘经》了。村里凡参加过葬礼的人都知道，这是一部劝善经，是叙述做人母亲的百般辛苦，教人行善报恩的。道公首先念诵十月怀胎之苦：

> 一月怀胎娘身上，身体不适心着慌；
> 二月怀胎娘身上，只望怀上小儿郎；
> 三月怀胎娘身上，只想吃酸过时光；
> 四月怀胎娘身上，吃娘血水母难当；
> 五月怀胎娘身上，母体瘦弱面色黄；
> 六月怀胎娘身上，母体又怕身着凉；

> 七月怀胎娘身上，我娘呼吸苦难当；
> 八月怀胎娘身上，耳鸣眼花临生降；
> 九月怀胎娘身上，为儿备好新衣裳；
> 十月怀胎娘身上，儿奔生来母奔亡；
> ……

　　全场人静静听着，平时顽劣麻木的人都开始动容，体会到自己出世原来如此不易。已经养儿育女的人更是深有感触，脸上便呈现了悲怆的神色。道公接着又唱出养育的艰辛：

> 一尺五寸娘抚养，奔波劳碌不虚扬。
> 早晚殷勤难自在，何曾一刻得安康。
> 将才把碗来端起，又听儿哭跑卧房。
> 哄乖才转到席上，尿屎一来又奔忙。
> 等儿吃饱饭又冷，又要来洗臭衣裳。
> 一日三餐何曾饱，为儿为女心惶惶。
> 白日苦楚难尽讲，想起夜晚更悲伤。
> 移干就湿多苦况，不嫌龌龊与肮脏。
> 小儿哇呱不肯睡，哭哭啼啼娘心慌。
> 又怕孩儿得何症，请医调治捡药方。
> 娘煎药拿与儿吃，安静等儿睡一场。
> 又怕把儿惊唬住，说话不敢动高腔。
> 将儿抱在怀中睡，等儿病好放心肠。
> 双手就是儿的枕，双膝就是儿的床。
> 稍或染点小病恙，日夜发闷呈心旁。
> 炒麻痛疹诸杂症，哪样不在娘心肠。
> ……

　　念诵到此，道公刻意拉长了声音，以一种哭腔烘托出悲伤的气氛，人群便渐渐响起抽泣之声。接下来全是对母亲离世的哀伤之词：

千声万声不答应，怎样去得这般忙。

在之时屋难丢手，到如今与谁个当。

不来与儿谈外事，不来与儿理家常。

诸亲六戚来吊孝，杀猪宰羊添罪殃。

灵前摆起肴和馔，不见我娘亲口尝。

一盏孤灯前面照，四块木板放中央。

弟兄妯娌分家吵，真果就是在闹丧。

红红绿绿遮人眼，一概尽是假过场。

停柩三五一七日，择选良辰要发丧。

地邻乡党齐努力，拉拉扯扯送山岗。

鼓乐喧天比炮震，为人一世这一场。

自从今日见一眼，想见除非梦一场。

······

道公念完每一句，结尾都增加一声"娘啊～"的叫唤。听得人倍感凄楚，至此，全场已是哭声一片，泪雨纷飞。

出殡时辰多在午夜，取午夜阳气最弱，不易惊扰亡灵之意。出殡前的最后一个仪式是"诀别"，孝男孝女跪于棺前三次叩头敬酒，敬到第三杯酒后猛然将杯碗摔碎在地上，寓意从此人鬼殊途，互不相干。

出殡又称"出山""归山"。先由女婿举着写有死者姓名、殁日、坟地坐向的幡旗开路。长子手捧灵牌紧跟其后。一名亲属提着装有鞭炮、纸钱的篮子走在第三位，一路燃炮撒纸钱。孝男孝女三次跪伏于地，让灵柩从顶上掠过，第一第二次面朝家里，第三次面向去路。走到路口还有一次"拦路祭"，由奶奶娘家的表亲献祭。道公一路敲锣打鼓，持利剑走在灵柩前，灵柩紧跟道公之后。行进途中，灵柩绝对不能着地，直至墓地。到达墓地后，下葬前，道公将一只带去的公鸡放进墓坑里，以卜吉凶，若公鸡振翅鸣啼，视为旺地。道公还把带去的谷粒抛向空中，以示死者到阴间能丰衣足食。随即将灵柩及陪葬物放下墓坑。先由孝男跪着，用嘴衔着泥土放在灵柩之上，表示不忘先人哺育之恩，之后他们及送葬队伍就转头快步回家，由一些人在那里埋棺筑坟。回来的路上，道公在岔路口作法，拦阻新鬼尾随。道公不再敲锣打鼓，孝男孝女及送葬的人们不得再哭，不得回头张望。回到家门口，每人都要在装有柚子叶的水盆里洗手，意为去邪。然后吃解斋饭，先请道公入餐，然后轮到孝男孝女，再到外家，后到众人。吃完解斋饭，众人即各自回家。

出殡次日，孝男孝女到新坟前抚土整墓，给亡者送餐"做三早"，之后开始漫长的守孝时间。归山七天内孝男孝女不能外出，每天到坟前烧香祭拜，

黑衣壮老奶奶

晚上不能在床上睡，要席地而睡。头三晚每晚做汤圆上祭。先人归山的次日，男儿剃光头，女儿略剪去一截头发，此后四个月里，儿子不理发，不刮胡子，女儿不着艳丽装扮，夫妻不能同床。四十九天内，儿女不能串门，家中钱粮财帛等一应物品皆不外借，也不能在外食宿。一年内儿女不吃狗肉、牛肉和无鳞鱼（泥鳅、黄鳝、鲇鱼），以及像人体某个器官的食物（如田螺），不唱山歌，不参加任何娱乐活动。家中长子还要在神台下另安一小桌设死者灵位，朝夕供奉饭菜，过节点灯烧香。满三年孝男孝女举行脱孝服仪式，守孝才算正式完结。

第一次埋葬死者称为"大葬"，过了数年，又举行第二次埋葬，称"捡骨"葬，又叫"捡金"。择吉日良辰，开棺捡骨。开棺后把骨头从踝骨、腿骨、脊椎骨等按顺序取出来，洗净晾干，又按蹲坐姿势，用一根金线将骨骸串起装进一个坛子，这个陶罐就叫作"金罐""金坛"。捡骨头时要小心，不能漏掉任何一个细小部位，更不能摆错位置。

"大葬"墓地并不特别讲究，而"捡金"后的墓地要请风水先生再三勘察，找到能荫庇子孙兴旺发达的风水宝地安葬，此后一般不再迁葬。两次埋葬都离家不远，不会超出死者生前日常活动范围，为寻风水宝地而远离生前居住地安葬并不吉利。

正如奶奶生前常说的话，死并不是消失，她对儿孙们的爱并没有减少。儿孙们也笃信，祖宗永远与他们同在。因此，那坡壮族人总将先人葬在一抬头就能望见的地方，或在他们下地劳作的路上，或在自家田地边上的山梁，甚至就在自家房屋一旁。祖祖孙孙生死与共，守护相望，不因生死而疏离，不因时光荒远而改变。

"添粮"祝寿活动

# 那布神泉

那布村是那坡县中越边境线上的一个抵边村。在壮语里，"那"是水田，"布"是泉眼，"那布"意思就是泉水边的田。那布村后山是高耸入云的中越界山龙门山。龙门山主峰海拔超过1500米，常年云蒸雾绕。庞大的山体蓄积了大量地下水，在山脚海拔仅两百多米的那布村一带溢出地面，形成了多处泉眼，这也是"那布"得名的由来。

很多年前，村民们发现一个奇特的现象，凡是饮用村子东边一处泉水的人都不易得病。一些患怪病的村民，反复用药无效，改为持续饮用此处泉水，一段时间后病患自消。

村民陆姆荣患上"大脖子病"，儿子将他带到县医院就诊，医生诊断后说要手术切除。但主治医生刚好要外出学习两个月，需待学习回来才能做手术。陆姆荣回家后每天大量饮用泉水，不到一个月肿块已消，没等动手术就治好了。

泉水能治病的传闻越过国门，越南边民也知道了。前些年还没有新冠疫情，经常有越南人开着摩托车，载着大桶小桶来取水。他们同时会拉着山货来销售，又买走各种日用百货、机电产品。泉水边因此竟出现两家土特产店，以做越南生意为主，生意特别红火。疫情暴发后，我方在边境安装了铁丝网，越南人不能前来取水，生意中断，商店几乎都要关门大吉了。

龙门山上有不少瑶族、苗族村落，瑶苗群众也喜欢饮用这处泉水。不时会有身着百褶裙的苗族姑娘，喜欢打绑腿的瑶族小伙结伴来取水，青春靓丽的容颜，缤纷多彩的服装，成了泉水边一道亮丽的风景线。

泉水出水不多，丰水季节大概有手指一般粗细，旱季则只有筷条大小，所以每次取水都要排较长的队。

# 七郎神①

德隆乡过去有个"七郎庙"，供奉着壮族英雄"七郎神"的塑像。据说求神祈雨相当灵验，香火旺盛，远近闻名。"文化大革命"期间，七郎庙被毁坏殆尽，而七郎反朝廷的故事至今仍在流传。

传说古时候，统治着那坡地方的土皇帝，既昏庸又贪婪。他任意加重人民的赋税和徭役，百姓不堪重负，反抗此伏彼起。当时德隆有个大地主，家里养着很多牛，替他管牛的是本村一个姓黄的壮族青年。有一天，这位青年把牛群赶到村后山梁上时，忽然听见身后草丛中有人喁喁细语。青年轻手轻脚地走上前去细听，扒开草丛，他看到一幅奇异的景象：在一座土堡前面，一只大螃蟹和七只小螃蟹围成一个圆圈，不停地转来转去，还不断发出声音，声音虽细微，但却清晰可闻，只听见螃蟹们齐声说："七郎起，救万民。"语音整齐，俨然像军人喊口令，一遍遍不断重复。突然，它们发现了青年，竟全体排成直行，面朝青年，一连鞠躬了三次，之后便依次钻进土堡里去了。青年觉得这件事太奇怪了，第二天，他偷偷跑到山上，在土堡上种下一棵小榕树，当作记号。

那棵榕树长得特别快，二三十年过去，树干竟长到十多个人牵手才能合抱，树枝向四方伸展遮蔽数里地。这时候，种榕树的青年早已结婚生了七个儿子。这七兄弟从小即表现出非凡的智慧和勇气，长大后更是英武彪悍，人们这才明白，这七兄弟是上天派来的，是神的化身。当时，战乱还没有停息。有天深夜，七兄弟在梦中得到了神的旨意：七七四十九天后的夜晚，当雄鸡

---

① 此文刊登于《右江日报》1999年2月20日，后编入《那坡县志》

唱头遍时，山后的竹林孕育出神兵，榕树枝伸到地面，七兄弟即可组织进攻，推翻土皇帝的统治。英勇仗义的七兄弟立即做了严密的分工：老大去广南买兵器，老二、老三在村头砌筑城墙，以抵御皇帝的进攻，老四在家制强弓，老五用一根铁杵打磨箭头，老六去广东买大鼓，老七等候报时辰。

　　四月初十是预定的吉日，这天，大榕树朝南的一枝渐渐下垂接近地面了，此刻，老大买兵器回来了，老二、老三砌筑的城墙即将完工了，老四制成了一把强弓，老五磨出的箭头无比锋利，老六的大鼓声震九霄。

　　月亮升起来了，月亮又渐渐落下西山背后去了。凌晨时分，下垂的榕树枝距离地面还有一寸，一只雄鸡咕咕醒来即将报晓，神圣的时刻就要来到。可谁也料不到的是，当天晚上，邻居一位勤劳的新媳妇簸米到深夜，此时刚把米簸完，看见沾在簸箕上的米糠太多，就随手拍了几下。正等待报时辰的老七听见后高兴极了，误认为是公鸡拍翅膀，当即报时发令。老二、老三的城墙此时还有一个缺口也顾不上了。七兄弟操起兵器，冲到后山的竹林，只见竹子噼啪地爆开，从竹子里蹦出千军万马，个个威武雄壮，只因时辰未到，眼睛还未睁开，上不了战场。七兄弟情急之下，按照神的旨意，朝皇宫的方向发射了神箭。

　　话说土皇帝刚起床，他正要低下头洗脸时，忽然，"铛"的一声响，一支利箭射来，将盛洗脸水的铜盘击穿——神箭稍微发快了，没等到皇帝低下头来，没能击毙皇帝。皇帝知道有人要谋杀他，立即派大军镇压。经过浴血奋战，七兄弟寡不敌众失败了。由于村头的城墙未完工，起不到抵御作用，敌人从缺口处蜂拥而至。七兄弟退到后山那棵大榕树下，榕树主干突然张开，七兄弟立即躲进榕树干里边，原来那树是空心的，里面宽阔如大厅。七兄弟本来可以平安了，不料榕树干合拢时，将老七的一截辫子卡在树干外。前来搜捕的官兵发现辫子，立即搬来柴火堆在大榕树下，点起熊熊大火，七兄弟被活活烧死！

　　壮族人民为了纪念这七位英雄，便在大榕树原址上建起一座庙，起名为"七郎庙"。在庙里立上七位英雄的塑像，年年祭祀，香火不绝。如今，在德隆乡那并屯，有一座蜿蜒数里的石山，中段有一个缺口，传说这便是七兄弟未完工的城墙。

# 布莫暖

那坡县德隆乡境内有一眼奇泉，大部分时间里它只是一泓毫不起眼的静水，但每天早、中、晚三个时段必涌出大水，天天如此。每次涌水前先是地下轰鸣作响，四周起风，天昏地暗。待地下声响消失，大水连同各色鱼虾一同喷涌而出，颇为壮观。慕名前来览胜的游人把这眼泉称作"三潮水"。当地壮话叫"布莫暖"，直译成汉语叫"睡牛泉"，这名称源于一个美丽的民间传说。

很久以前，睡牛泉方圆百里的土地被一个贪得无厌的大地主霸占着。穷人租种他的地，每年要上缴很重的地租。地主不劳动，但家里谷满仓，钱满柜。穷人拼命干活，却还得挨饿受冻。

有一个叫李老实的人，实在受不了地主的盘剥，便逃进老山，在石头缝里开出几分地，刀耕火种，艰难度日。有一天，李老实经过山上的一泓水潭边时，突然发现水面冒起阵阵水花，正在惊疑之际，一头大水牛出现在水面上。这是怎样一头好牛啊！一身雪白的毛，身体肥壮滚圆，两只犄角又粗又亮，四条腿像四根柱子。李老实又惊又喜，小心翼翼地把这头牛牵回了家。从此，大李有了耙田犁地的牛。这头牛力大无比，一天能犁出几十亩地来，老实心里明白，这是一头神牛，是上天的恩赐，于是干活就更卖力，日子也慢慢地好起来。

李老实得到神牛帮助的消息很快传了出去。村里的穷人纷纷逃到山上，用神牛去开垦荒地，穷人的日子有了盼头，山村一片沸腾。穷人退佃使地主怒火万丈，他发誓要把穷人开出的地连同神牛都占为己有。这一天，他带了几个手下，先把潭里的水放干，然后直奔李老实家抓牛。他们知道青茅草能捆住妖怪，半道上拔了一把茅草直奔老实家来。神牛正在晒台下吃草，地主一挥手，爪牙们冲了过去，刚到晒台下，神牛没了影。李老实屋后出现一片碧绿的茅草地，地主急令点火烧掉这片茅草地。正待烧火，茅草地又消失了。远远看见神牛已站在水潭边。地主自恃水已放干，神牛无水可潜，便挥舞着手中的茅草狂奔过去。此时，他们猖狂得像几只疯狗。可等他们窜到潭边，眼看神牛就要被抓住。就在这一刹那，只听神牛一声大吼，群山震荡，大地轰鸣，神牛不见了，一股大水喷涌而出，把猝不及防的地主及爪牙们冲下了山沟。

地主死了。十里八乡的穷人分了地主的良田好地，过上了幸福生活。神牛也再没出现。只是每天早上、中午和傍晚，水潭总要喷出大水。人们说，那是睡在地下的神牛在翻身呢。从此，当地百姓一代接一代把这泉水叫作"睡牛泉"。

# 奇人阿健

夜巡归来，和队员们坐在卡点门前休息。正闲聊间，一辆摩托飞驰而过，径直往下个卡点开去。

一位本地队员说："这个阿健，终于又像个人样了。"

"还真佩服他哦，还能变为正常人。"另一名队员接上话头。

我一番打听下来，大致了解他们口中这个人的情况。

阿健是卡点所在地那孟村那乐屯人，姓张，小名阿健。阿健父母早逝，穷人的孩子早当家，几个兄弟姐妹凭着团结和睦，吃苦耐劳，各俱婚嫁。阿健娶了坡荣村一位勤劳的姑娘为妻，夫妻俩经过一番打拼，也建起小楼房，小时子过得还算滋润。

不知何时开始，阿健突然酗酒成瘾。刚开始是每餐必喝，无酒不欢，渐渐便逢喝必醉，到后来更是天天自饮自醉。家里没酒的时候，便到邻居家讨喝，邻居怜惜他身体，不给喝，他会冲到厨房，把灶台上的料酒喝光。再后来直接变卖家具家电换酒钱，买来的酒藏到家里小角落，埋到田间地头，方便他平时偷喝。一段时间后，阿健身体逐渐变差，精神也更颓废，以至于到了整日卧床的地步，在家里随地大小便。村里人都判断他将不久于人世。

他妻子苦口婆心，百般劝慰，又请来岳父帮忙教育。岳父下达最后通牒，若不悔改马上离婚，把女儿带回娘家。阿健似有警醒。岳父便安排夫妻俩到广东打工，远离熟悉的环境，小孩由岳父母代管。

让人惊讶的是，外出打工一段时间回来，阿健变好了，不但酒瘾解除，还把酒戒掉了，不管什么场合，滴酒不沾，整个人精神抖擞，完全像换了一个人。

去年，阿健应聘到边境疫情防控卡点，成为一名守边人员，每天准时上下班，大家都刮目相看！

我听完这段故事，顿时对阿健来了兴趣，很想当面认识，问个究竟。

恰巧的是，第二天傍晚，我们在卡点门前围桌吃饭，阿健骑着摩托呼啸而至，到我们跟前停下，很潇洒地跳下车来。我一看，还真是帅气！他是来跟我们取柴油，去河沟里发电抽水（我们两个卡点水管相连，每天需从河沟抽水使用）。大家招呼他吃饭，他说先抽水吧，取了油跨上摩托飞车走了。

不一会，他返回了。这时我们已吃完，散坐着闲聊。阿健落落大方地加入进来。一位本地队员说："阿健，今晚准许你开戒，没事的，久不久喝一回。"他笑笑说："绝对不喝的！"

他起身从摩托上取下一把弹弓，原来他还喜欢弹弓！只听旁边人说："阿健，你待山上一段时间，松鼠都不敢往这一带来了！"阿健笑而不语，只见他抬手瞄准，对着十米开外的一个矿泉水瓶发射，啪一声打中。天色很暗，居然能精确命中，真的是高手！

我转身从屋里拿出我带来的弹弓向他请教，阿健接过去看看，嘴里喃喃自语："装平衡器瞄准器都没什么用，关键是掌握方法。"抬手拉了拉皮筋，做瞄准状，又说："好久不换胶了吧！这胶也装反了。"还没等我回答，他低头拉开别在腰间的腰包，从里边掏出一条新皮筋，迅速帮我换上。然后又从腰包取出波珠，啪啪打了几颗，颗颗命中目标。引得在一旁围观的大伙啧啧称赞。

入夜临睡前，我禁不住好奇，问睡在一旁的队员："阿健是如何从一个酒鬼转变成现在这样的？"队员似答非答地说："听说，阿健大姐命中带巫，正式出道后，家庭成员不能吃狗牛肉，阿健最初不相信，没有忌口，所以出问题。后来他听人劝，不再碰牛狗肉，自然就变好了。"

我暗想，家人始终不离不弃，才是浪子回头的关键所在吧。

# 歌神公国

　　"公国"是壮语称谓。壮语语序通常与汉语相反,"公国"意思是阿国的爷爷。阿国已生育两个孩子,长子名叫阿元。因此,准确地说,公国应该叫"公祖元",即阿元的曾祖父,但壮语似乎没有这个习惯称谓,所以大家只叫他公国。公国书名叫黄文德,因为没上过学,不识字,这大气而雅致的名字对他来说只是身份证上的符号而已。

　　近年来,公国突然爆红。在那坡县成百上千的微信、QQ 山歌交流群里,大家疯传公国唱山歌的视频。那坡的山歌手,以能接近他,录制一段他的视频上传朋友圈为荣。如果还能跟他对唱几句,更是让人血脉偾张、羡慕嫉妒恨的美事。公国唱起山歌,那可真是妙语连珠,汪洋恣肆。主题一开,张嘴就来。对仗、押韵的歌词从他嘴里源源不断地冒出来。没有腹稿,不用背诵,随心所欲。话锋所触,无所不能,无人能敌。传统山歌中的酒歌、情歌、盘歌、节庆歌、礼俗歌,一首首,一套套,如珍珠落玉盘,如急雨敲窗棂。赞田拜村,褒天赏地,诵古吟今,无穷无尽。更让人赞叹的是,公国还会编创时事山歌。没读过书,连自己名字都不会写的公国,却对党的大政方针,国家的惠民政策过耳不忘,了然于胸。他原创的时事山歌,内容涉及祖国统一、改革开放、脱贫攻坚、乡村振兴等,深奥的理论,难懂的政策从公国的嘴里唱出来,成了活灵活现、生动易懂的山歌。群众赞扬他是党委政府的拥护者,时事政治的宣传员。近年来,百色、南宁、广东乃至全国各地,会听、会唱那坡壮族山歌的人,无不对公国崇拜有加。在山歌圈内,公国是神一般的存在。

　　且看公国现编的几段歌词。村里两户人家关系紧张,公国走上门去,随口用山歌开导：

> 一个火笼几颗炭，
> 小小星火能驱寒。
> 邻里相见道声好，
> 恰如炭火暖孤单。
> 人后莫讲人坏话，
> 坏话传来比风快。
> 文明礼貌才和睦，
> 前村后寨乐开怀。

两户人听了扑哧一笑，握手言和。侄孙小夫妻闹矛盾了，公国现编山歌唱给他们：

> 婚姻如围园种菜，
> 施肥浇水费心栽。
> 青菜鲜嫩能几日？
> 只为命短要善待。
> 命好才得来相爱，
> 不是赶街做买卖。
> 恩爱百年还嫌短，
> 何来拌嘴引祸害。

小夫妻脸红红地互相道歉和好了。平时，不管是对年轻人酗酒成性，还是对村中陋习，公国都能唱上"劝说山歌"。一时间，公国的山歌成了治理乡风的"良药"，由此也得到村里男女老幼的尊重。

公国1946年出生，从小跟着铁匠父亲走村串户打铁，与各色人家打交道，很早就感受到壮族山歌的魅力。1958年大炼钢铁，那坡县炼钢点设在平达村平北屯，同时在距离不远的那并屯创办铁械厂。从全县各村寨征调而来的成千上万的公社社员集结于此。公国父亲铁匠出身，成为工地师傅，公国跟在父亲身边打杂。炼钢实行军事化管理，社员们日夜不停，一天三班倒，拼命伐木炼钢。换班下来的又百无聊赖，扎堆对唱山歌，公国便逐连逐排逐班跟着学。几个月下来，公国以他谦虚好学的钻劲、独特的领悟能力和超强的记忆力，很快掌握了各地山歌的演唱技巧和记下了海量歌词。后来的一段时间，公国在德窝街开摊打铁，闲暇时经常与来往群众对歌。几年下来，公国渐渐成为远近闻名的歌师。"文革"开始后，"破四旧"之风刮到德窝，山歌属于"四旧"之列，公国被拉到公社参加学习班。从学习班回来，公国从此闭口不唱。

改革开放后，山歌一度又兴盛起来，心存畏惧的公国，担心风云突变，对外宣称山歌已跑光忘净。其实，山歌在他心里挣扎，打滚，他强忍着，无论如何都没让歌声从嘴里跑出来。前些年，公国看到那坡电视台每天都在固定时间播放山歌，有不同山歌手在电视上对唱。又听说山歌还列入国家非物质文化遗产名录，那坡有人成为国家级传承人，那肯定是得到政府承认了。公国由此放下内心的戒备，在他内心萦绕几十年的山歌得以喷涌而出。

公国，德隆乡内古屯人，家里现在四世同堂，曾孙阿元今年七岁。按他家二十年即有新生一代出世的惯例，公国将在八十多岁时迎来玄孙，届时他自己将荣升高祖。公国以古稀之年成为网红，这是他始料未及的，也许有人会说，这幸福来得有点突然。而实际上，这并非公国刻意追求的结果。幸福于他，似乎从来都不缺失。他在应该学习的年龄学会山歌。以山歌结缘，娶到漂亮的姑娘为妻。在应该生育的年龄生育，二十多岁当上父亲，四十多岁成为爷爷，六十多岁荣升曾祖父。遵循生命规律，在每个年龄段办该办的事。能伸能屈，顺命随缘，这才是人生该有的态度，也是幸福的源泉。

# 无名英雄

一场对越自卫反击战，多少英雄迎着枪林弹雨，舍生取义；多少壮士走出炮火硝烟，载誉归来。他们的英名都将载入史册，万古流芳。我在这里记录的，是两位同样在这场战争中献出宝贵生命而又不被公众知晓的无名英雄。

第一位英雄叫 LSZ。1977年，在越南反华当局掀起的排华运动中，很多华人家庭来不及处理财产，便被强行驱离。LSZ 父亲早逝，能干的母亲在高平省保乐县城经营一间裁缝铺，独自抚养3个儿子长大。那段时间，母亲从险象环生的排华风潮中，敏锐地察觉到危险信号。她快速安排，赶紧带着孩子从陆路步行一天回到祖国，在那坡县百省乡老家住下。后续消息传来，他们家走后5天，没有及时回国的华人被越南军警驱赶，集中走海路回国。局势混乱，有的华人在船上惹怒越兵，被枪杀后抛尸大海。

被母亲带回国的两个儿子是老二和老三，当时作为大哥的 LSZ 已在越军中升到排长，得到越方信任，继续留在部队工作。

回到老家后不久的一天，几名干部找上门来，了解 LSZ 的基本情况，包括工作地点、家庭成员（LSZ 已结婚生子）、兴趣爱好、有何特长、交际圈等等，问得特别仔细，母亲一五一十地做了说明。一年后，战争爆发。不久，有消息传来，LSZ 在越南被控叛国罪，被越南军方处决。随即有干部来到家里，送来不少现金和物资。母亲这才知道大儿子是为祖国工作，身份暴露丢了性命。但来人没具体说明他做了什么贡献，母亲也不便打听。时间久了，来送抚恤金慰问品的人是什么身份，叫什么名也不知道了。

第二位英雄叫 LYX。LYX 原籍是那坡县坡龙乡善极村。二十世纪五十年代末，LYX 因出身不好，在历次政治运动中被批斗。三年"自然灾害"时期，

LYX 在老家实在活不下去，决定逃越。通过亲戚引带，来到越南保乐县谷榜社那荣屯开荒谋生。越南没有开展"土改"，土地谁种谁有，当地农民生活比中国一侧的农村要好。LYX 为人热情大方，勤劳善良，很快融入当地生活，得到越方承认，正式落户。但内心深处，他始终无法割舍对祖国的思念，决定要找一位中国姑娘为妻。功夫不负有心人，不久，他还真找到了与那荣屯一山之隔的中国那坡县那乐村一位农姓姑娘，两人喜结良缘，夫妻俩共同生育了三男一女4个孩子。

二十世纪七十年代中后期，越南反动当局连续几年上演排华闹剧，驱赶在越华人。LYX 一家因与政府官员、乡村干部关系良好，获准居住，生活不受干扰。所以直到二十世纪八十年代中期，一家人还都在越南那荣屯正常生活。

二十世纪八十年代初，对越自卫反击战还在继续。家人发现，LYX 的活动有点神秘，经常半夜出门，也从不向妻子说明去向。这种情况持续了好几年。1985年的一天夜里，LYX 又出门，这一次，他没像往常一样在天亮前回到家。当天上午，村里有人慌慌张张跑到他家报信，说军人正在山上围捕LYX。中午，山上传来枪声，随后就有多名越军冲进他家搜查。

后来知道，LYX 暗地里为祖国工作，那天晚上他正往国内送情报，被越南军人拦截。他逃到山上，但天亮后被发现，越方当即将他击毙。

LYX 牺牲后，其妻子接到祖国方面托人带来的口信，叫他们一家立即回国，会有人接应安置。一家人随即从小路回到国内，果然有干部前来接应。经征求个人意见，在那乐村娘家住了下来。家里领到政府不少钱，建好了房子，山林田地都安排妥当。但家人也不清楚 LYX 生前受谁指派，具体做了什么。

LSZ、LYX 的故事是我在边境参与疫情防控时听到的。LSZ 的三弟 LHF 快60岁了，现在是百省乡成功商人，那天他带着工人到我驻守的卡点来架设输电线路，和我谈话投机后给我讲述的。LYX 的儿子 LZB，正好是我驻守卡点的护边员，在平时闲聊中偶然提到他父亲。但他似乎不太愿意讲述伤心往事，所以，我了解不到更多细节。

偶然遇见的两个人，他们亲属都是祖国的功臣。在边境一线，类似 LSZ、LYX 这样，在历史的某个时间为大义献身，却未被公众知晓的无名英雄应该还有很多。我在敬仰之余，唯一能做的就是把自己知道的记录下来，愿更多的人知道他们的故事。

# 感念一个好人

多少年来，每当我踏上那坡县百省乡那孟村这片土地，就不禁想起他，着急过问他的情况。尽管有时候一着急连名字也记不起，只能提示被问的人：那个当过村主任兼村医的，脸上总带笑的人。

回想起来，我和他总共也就见过几次面，并不是每一次都能说上话。第一次见他时，我二十出头，刚参加工作不久。

1998年，县政府在那孟村坡江岭山上创办易地搬迁安置场，将本县北部石山区"一方水土养不活一方人"的困难村屯群众搬迁到这里。作为联系单位的干部，我被派驻安置场，组织群众种植八角、玉桂等经济作物，为群众脱贫致富打造"绿色银行"。

山上的生活枯燥乏味，有一天傍晚收工时，带队领导对我说："今晚不在工地吃饭，到山下去吃好吃的。"我紧随领导，步行30分钟，来到山脚一个叫那莫的村庄。原来是作为村主任的他请我们到他家里吃饭。晚餐的米饭是刚收获的新米做的，清香扑鼻。肉是腊肉和家养土鸡，汤浓多汁，鲜嫩爽滑。我们山上伙食差，日常饭菜是发黄有霉味的"3号米"，猪肉炒青菜，相差太大。而让我印象更深刻的，是他和蔼可亲的笑容。桌上气氛平和，没有浮夸的喧嚣，显得特别诚心实意。他微笑着招呼领导，也不忘和年轻的我交流寒暄。我至今还记得他的一句话："领导不一定每次都能来，你单独来的时候，要进家来吃饭，休息好再上山。"我刚参加工作不久，时不时会随同领导出席一些场合，作为随从人员，通常是被主人冷落的。也许就是因为这一点，那次晚餐让我难以忘怀。

有一次，我又到那孟村开展工作，车到那莫村头，车前路边走着一个人，中等身材，白衬衣，肩挎药箱，看着眼熟。车到跟前一看，正是他。我急忙请求司机停车，然后下车打招呼。原来他刚出诊回来，让他坐车，他却没有答应，脸上保持标志性的微笑，和和气气的。

还有一次，县里开人民代表大会，我下班路过会堂前的广场，刚好看到他和几位人民代表一起走出会场。现场人多，我们只相互点头致意。

有一次，我到那孟村芭蕉屯开展工作。芭蕉屯是苗族寨子，群众生活很困难，住房清一色全是茅草屋。座谈会上，我问起村干是否常到屯里来，这一问不打紧，刚刚还热烈的会场突然鸦雀无声，我询问缘故，才知道常到屯里来的他居然病倒了。在群众的叹息里，我了解了他的一些情况。多年来，作为村干部，他负责联系芭蕉屯的工作。因为生活习惯的原因，一些干部一般不乐意到芭蕉屯工作，只有他乐意去。一来二去，苗族群众与他成了知心朋友。芭蕉屯地处高山苦寒地带，群众生活困难，他体谅大家的难处，每年帮助群众向上级申请帮扶，从不因"催粮催款"等摊派与群众闹矛盾。作为村医，他为苗族群众看病，即使半夜求医，他也总是二话不说立即出诊。家庭困难的病人暂时不能支付医药费他也不在意。对那些找到家里看病的慢性病病人，他首先是煮饭让来人吃饱，然后才诊断开药。他常说，客人进门，无论如何不能让人饿肚子离开。苗族群众因此非常爱戴他。这次他病了，芭蕉屯群众家家户户主动捐款给他治病。苗族群众给村干部捐款，这是有史以来的"破天荒"之举。

那天，我问群众他得的是什么病，也许是群众文化水平低不了解，也许是他们为村主任求吉纳祥而忌讳说出病情，大家低着头不愿回答。

时光倏忽，天意弄人，那次会议之后不久，我离开县直机关到其他乡镇工作，等到再次走进那孟，已是十多年之后了。

2022年春夏之交，我被派往那孟，参加疫情防控边境巡守工作。工作队员农建红是那孟本地人，我向农建红问起他的情况，才知道他已于8年前去世了。原来，那一次他患的是脑梗，治疗康复后不再担任村主任，但仍坚持为村民看病。一次高温天，他倒在出诊路上，再没醒来。他去世时，芭蕉屯每户一人前来奔丧祭奠。

非常巧合的是，农建红正好是他的女婿，从农建红这里，我终于确切知道他的名字，蒙元清！一个特别注重做好民族团结工作，深受群众爱戴的村干部，一个我从年轻时认识，一直到老都不能忘怀的好人。

# 支边无悔写忠诚

唐超辉1930年出生于广西全州，新中国成立前曾短暂参加革命游击队。1951年，唐超辉在协助政府开展土改工作中表现优秀，被选送省青年训练队学习机要业务。1953年，唐超辉被安排到那坡县委（时称睦边县）机要组工作，支援边疆建设，直至1992年退休。一辈子投身边疆建设事业，书写了极不平凡的人生。

## 投身那坡，扎根基层

1953年4月，唐超辉从百色前往那坡，两百公里的路程，就花了整整4天时间！当时他乘坐的是烧木炭的货车，没有座位，乘客各自坐在行李上，摇摇晃晃一天才到达田东作登瑶族乡住宿。第二天晚上抵达靖西。靖西到那坡还没通车，只能骑马。第一次骑马的唐超辉战战兢兢，上下坡时有几次差点掉下马背。第三天到达靖西龙临镇住宿。第四天傍晚时分，当马匹走进那坡县城，看到仅有的一条几百米的街道，两旁是高低不平的茅草屋和木瓦房，唐超辉以为是到了某个村子。

土改工作结束后，机要业务逐渐减少。1955年3月，机要组撤销，领导要求唐超辉留在那坡工作，唐超辉坚决服从，被任命为一区副区长。

工作第一站是到者索屯"三同"，住在队长康广善家里。唐超辉白天和群众同劳动，主要是给玉米培土，晚上开群众会议，宣传形势，动员贫雇农参加互助组。同时统计生产进度汇报上级，如劳动力人数，出勤情况，田地面积，每亩施肥量，下播种子量，生产劳动先进典型，等等。在者索屯工作二十多天后，领导发现他工作能力强，特意压担子，安排他负责那仕、镇宁、隆平3个屯的工作。一个月后再增加工作量，负责那桑片区的工作。那桑片下辖重农、中强、百林、者仲4个村几十个屯，住在弄合屯队长隆英文家。这时白天劳动主要是种中稻，其他工作内容一样。

中稻插秧结束，东家感激唐超辉帮工，想加个菜，但家境贫寒，别无他物，便抓了几个已经孵了几天的鸡蛋来做菜，破开鸡蛋发现已长毛，要丢弃又可惜，照样炒成菜，为不让群众难为情，唐超辉硬着头皮咽了下去。晚上睡觉，东家没有多余的房间，唐超辉便在火塘边"打地铺"。夏天蚊虫多，一熄灯蚊虫"发动进攻"，双手不停拍打都无法抵挡，最后只能用衣服把头脚都包住才勉强入睡。

# 建设那坡，以苦为乐

1966年3月，唐超辉调任县委农村政治部副主任，当时全县正掀起"大办水利"热潮，唐超辉来到自己负责的水利工程工地，既负责指挥协调，又亲自参与劳动，工程进展迅速。当年9月，百南乡上盖水利左渠道完工。10月，龙合乡品端村百甲河水坝及渠道工程竣工。12月，百都乡岩那水坝及渠道竣工。3处水利工程竣工通水，数千亩旱田变成保水田，一部分畲地也被改造为稻田，群众受益良多。

万万没想到，当年年底，当唐超辉风尘仆仆从岩那水利工地回到县城，才知道自己已被人贴出大字报，被凭空诬告为"革命叛徒、主张单干、攻击人民公社"的"三反分子"。唐超辉开始被审查，接下来的几年工作"靠边站"，反复交代"问题"，不时被批斗。直到1972年3月，组织上下达"政治历史结论"，认定他政治历史清白，忠诚干净，所有强加的罪名一律推翻。

唐超辉没有因为蒙冤而消沉，相反，在彻底摘掉"三反分子"帽子后，唐超辉精神焕发，工作时干劲冲天。1973年12月至1984年12月，唐超辉担任县计委主任。十一年间，他积极向上级申报项目，努力争取建设资金，先后上马完成了县水泥厂扩建项目、上盖电站、百都电站、边防公路、基层政府机关及大量的教育和卫生基础设施项目等。上盖电站是新中国成立以来国家在那坡县投入建设的最大水电项目，资金投入巨大。唐超辉担任工程建设指挥长。计划经济年代，所有建材的采购都要先取得指标。一次，他在前往南宁争取水泥指标的路上发生车祸，唐超辉死里逃生。在一次渠道大塌方时，唐超辉因为冒险通知工友避险，自己差点被泥石流掩埋。又有一次，唐超辉在巡查工地时，发现渠道内漂着一根搭架木，即将流入排洪口。唐超辉觉得让木头流走甚为可惜，便俯身要拉住木头，不料脚下打滑，差点掉入数百米的排洪槽。数年不辞辛劳驻扎工地，多次不顾个人安危亲临一线。换回电站最终顺利装机发电，仅此电站的发电量，即能满足全县一半的用电需求，唐超辉倍感欣慰。1979年对越自卫反击战，那坡县作为主战场之一，边境一线基础设施遭受严重破坏，损失惨重。战火停息，唐超辉又积极奔走，争取国家投入资金医治战争创伤。

## 居家那坡，伉俪同心

1954年，年轻的唐超辉在做好本职工作的同时，还兼任县直机关团支部书记。在参加团组织活动时，认识了在县贸易公司工作，同时也兼任团干的女干部陈以华。陈以华来自南宁市，也是一名支边青年，比唐超辉小两岁。两颗年轻的心，在火热的年代迅速接近。交往一年多后，1955年2月，两人自主合卺。婚仪十分简单，仅购置一套新的蚊帐被褥，着装依旧，请五六同事聚餐就算结婚了。唐超辉送新娘子唯一的礼物是一块手表。这块表，陈以华一直戴了几十年。

结婚不久，唐超辉调到县一区工作。因为经常下乡和群众"三同"，且一去就是十天半月，夫妻俩过着聚少离多的生活。唐超辉自知平时极少顾家，每次回城，总是主动承担家务，各种力气活都包揽下来。挑水（当时还没自来水）劈柴总要足够几天的用量。平时尽量照顾妻子的情绪，家里大小事多商量，不独断。偶有争吵，礼让闭口，过后不翻旧账。夫妻相处融洽。"文革"期间，唐超辉遭批判，但他们一家没有出现"老婆斗老公""划清界限"的尴尬局面。妻子还悄悄为他缝制了棉絮膝垫，减轻了遭罚跪时的皮肉之苦。

陈以华曾念过高中，1951年被组织上选送到武汉中原革命大学学习，文化程度比唐超辉还高。作为优秀的支边青年，陈以华后来也走上领导岗位。1970年起先后担任城厢公社革委副主任、县计生办主任。1984年后当上县领导，先后担任县人大副主任，县政协副主席。唐超辉1984年被任命为县纪委书记，后转任县委常委、县委办主任、县委调研员。1992年夫妻俩同年退休。

作为领导干部家庭，夫妻俩生活非常节俭，从不随意花钱。穿着不讲究，用到无法使用再更换。饮食随意，不攀比，常忆苦，余菜剩饭留下餐。节约柴火水电，多年自己挑水，烧木屑，出力不花钱。用上自来水后，一水多用，洗菜、洗脸水冲厕所、擦地板。家中生活用品，破损能修理就不买新的。订阅的书报收集起来卖到废旧店。

# 依恋那坡，安居边疆

唐超辉1953年到那坡工作，直至1992年退休，40年里只回过全州老家5次。

1995年4月，退休后的唐超辉带上家人回家乡过清明节。他逐一走访亲戚，到小时候耕作过的田地参加劳动，收小麦、豌豆，种玉米、花生，重温青少年时的生活，前后逗留了80多天。

这次回乡，唐超辉开始考虑到何处养老的问题。全州老家是自己生长的地方，一草一木都那么亲切，还有感情深厚的亲人。那坡是工作生活了四十多年的地方，人生大部分的故事在这里上演，生活的酸甜苦辣咸都在这里品尝。此时，儿女均已长大，各立门户，孙儿已经4岁了。一家人权衡再三，决定安居那坡，彻底成为那坡人。

最终让唐超辉毅然决然安居那坡的主要因素，是那坡人民醇厚的人情味。

1969年，正是唐超辉"靠边站"的年月，上级号召干部打破常规过春节，到村里与群众"三同"。大年三十当日，唐超辉独自挑着行李，前往公社指定的小果腊屯刘贵良家。走进村口，看到家家户户门口有炮纸，说明群众大都放鞭炮吃过年饭了。当他怀着不安的心情走进刘贵良家门，却看到昏黄的油灯下，一家人正等着他的到来，桌上摆满热气腾腾的饭菜，身处逆境的唐超辉目睹眼前的景象，眼睛湿润了。这一次，唐超辉在小果腊屯"三同"80多天，由此与刘贵良结下深厚情谊。此后多年，刘贵良每次来县城赶街，总要到唐家来叙叙旧，吃个饭，日西而归。改革开放后，农村群众生活得到改善，刘贵良每次总带上红薯芋头或豆子等山货，进门就一句话："久不见同志，要来看看。"两家渐渐处成亲人一般。刘贵良过世后，其子女至今仍和唐家来往。这是唐超辉在那坡交往时间最长的一家农民朋友。类似的农友在各乡村还有好几家。这样的朋友，不是亲人胜似亲人。这样的地方，既养人，也养心，唐超辉乐在其中。

# 阳光总在风雨后 ①

　　横亘于祖国大西南的六韶山，从云贵高原深处由西向东绵延，其余脉之一在滇桂交界处止住了前进的脚步，这便是那坡县北部高耸入云的后龙山。后龙山脚下，依山而建、玲珑秀美的那坡县城旁，在苍茫群山里汇聚起来的雨露甘霖汇成一泉，是为东泉。其泉清，其水洌。东泉河穿过美丽的县城，悠悠荡荡，滋润得两岸物阜粮丰，田园滴翠……

　　住在那坡县城里的一个能人，也许是受到东泉河滴翠沃野的启迪，从20多年前的改革开放初期起，他注册并经营"滴翠"这一企业品牌，生意红红火火、蒸蒸日上。这能人便是那坡县知名民营企业滴翠服务公司董事长、县政协常务委员梁维涵。

　　已步入花甲之年的梁维涵，人生经历充满了传奇色彩。梁维涵的父亲在旧中国是那坡县有名的乡绅，作为乱世中的饱学之士，他自觉保持着中国传统文人的矜持和良知，热心公益事业，经常接济穷人，具有较高的威望，一度担任国民党政府那坡县的"县长"。就是这一职务，在新中国成立后给子女带来了数不清的麻烦。梁维涵从小学习成绩优异，却因家庭出身的原因不能升学。十年浩劫开始后，又被视为危险分子，全家下放至离县城很远的偏僻小山村落户。1968年，"文革"武斗盛行，民兵、红卫兵四处揪斗"黑五类"，一再受到攻击的梁维涵万般无奈，在一个黑夜里悄悄离开村子，翻山越岭，远走云南谋生。在那之后的十余年时间里，梁维涵在云南中缅边境的少数民族村寨里漂泊，他赶过马帮，当过木匠，帮人烧砖砌墙，过着颠沛流离的生活。

---

　　① 　此文写于2004年。

但梁维涵并没有沉沦，当祖国走出曲曲折折的历史暗河，梁维涵的生活出现了转机。1979年初，改革开放的东风吹遍神州大地，听到这个振奋人心的消息后他迅速赶回了家乡。20世纪80年代初期，城乡市场凋零，百业待兴，梁维涵犹如冬眠太久的猛兽，尽力捕捉任何有价值的猎物。恰在此时，镇企业办负责人听说梁维涵在云南干过木工活，主动找上门来，请他负责创办一个木俱厂并担任厂长。梁维涵二话没说，立即找工人、建厂房、进机器，不出一个月就建成了工厂。木俱厂刚开始生产就特别顺利，各种订单纷至沓来，应接不暇。但冷静的梁维涵隐约看到了集体企业热闹纷繁背后潜藏的危机，不多久便辞去了木俱厂厂长职务。

1982年的春天，梁维涵经过一番考察，将目光瞄准了百货零售业和餐饮业，随即开设门店并起名"滴翠"。

当时梁维涵并没有多少资金。他第一次到县农行，小心翼翼递上贷款500元的申请。当时梁维涵辞掉公职干个体的新闻正为人们津津乐道，非常钦佩梁维涵胆识的银行负责人主动让他多贷一些，梁维涵心里没底，不敢答应。几个月后当他还清第一笔贷款，胆子才略大些，第二次贷了3000元，过几个月积攒够了，又赶紧把贷款还清。

多年后，梁维涵回想起这段历史时感慨地说，信贷，全都在一个"信"字，办企业最重要就是讲信用！正是这一难得的品质，在企业迅速扩张的时期帮了梁维涵的大忙。他后来多次贷款，多的时候一次贷二三十万，银行都全力支持他。二十几年过去，如今在那坡，提起"滴翠商店""滴翠酒楼"，人们都会竖起大拇指，这都得益于梁维涵"诚实守信"的经营理念。

如今，滴翠商店已发展到近千平方米的营业面积，商店一年的资金流水过千万。特别是滴翠酒楼，由于菜品分量足，味道好，赢得广大父老乡亲的信赖。每到秋冬时节婚嫁喜宴的高峰期，滴翠酒楼总是被预约得满满当当。很多顾客订不到席，宁愿推迟婚庆时间，就是图在滴翠酒楼办宴席能让各方面来宾称心如意。

2000年，梁维涵又斥资近百万，购进两台大客车，专线经营那坡县到广东东莞的客运服务。他的客车，准时准点，环境整洁，按长途车规定配足司机。到春运时节，宁可增加班次，也绝不超员载客。旅客公认选择乘坐他家的班车安全舒适，所以，哪怕是旅游淡季，别的班车空座率很高，他家的班车却基本满员，营业额远超其他班车。梁维涵管理很有一套，他不定时、不定点派员扮成普通旅客暗访班车营运情况。作为老板，虽年过六旬，他还时不时在半道上拦车检查车辆的卫生状况，是否超员，超速。

科学、严谨的管理，让滴翠品牌越做越大，截至目前，公司已发展成为集餐饮、营销、旅馆、客运于一体的综合服务企业。

梁维涵的"儒商"形象由来已久。早在20世纪80年代初，虽然他的生意刚刚起步，手头急需周转资金，但是他在支持社会公益事业建设方面还是颇为豪气。那坡县是篮球之乡，民间篮球运动蓬勃发展。县城每一条街道都有自己的篮球队，加上一些机关单位组建的队伍，单单县城就有20多支篮球队。但是，整个县城只有两个向社会开放的篮球场，远不能满足多支球队的需求。当时属改革开放之初，地方政府财政困难，对基层群众体育运动支持有限。梁维涵得知这一情况，主动担当，在城北感驮岩、城南公路局旁、城西伏必街寻得3块集体用地，还出面联系所在街道干部，争取各方面的支持。最后由梁维涵出资硬化场地，建成简易篮球场。

感驮岩是那坡县旅游胜地，同时，作为一处历史久远的庙宇重地，更是很多那坡人的精神家园。十年浩劫，庙宇破坏严重，历代文人墨客在洞壁上题写的摩崖石刻也被铲除。1982年，县城里的有识之士发起维修感驮岩的倡议，并多方募捐。梁维涵就是组织者之一。由于社会贤达都出面宣传动员，广大群众倍受鼓舞，纷纷捐款捐物支持。不多久，感驮岩巨幅石刻"吸尽天云"得以恢复，临水廊榭，半山凉亭，"白马觅地"传说雕塑等一大批景观得于惊艳亮相。感驮岩得到重生，为全县人民投身改革开放热潮，又好又快发展全县经济提供了精神动力。梁维涵也因此逐渐得到家乡人民的尊敬。

梁维涵以慈悲为怀，他的爱心体现在企业经营的各方各面。在他酒店里工作的服务员，大都是家庭经济困难的穷孩子。来自本县石山区的小芳，双亲残疾，不能从事重体力劳动，有个弟弟从小读书刻苦，成绩优异。为了养家，供弟弟上学，她来到县城，想找一份工作挣钱，可十几天过去，工作没有找到，身上的钱却花光了，连回家的路费都没有。在几乎绝望的时候，一个熟人把她介绍到梁维涵的酒店，当时，酒店为照顾困难家庭子女就业，已大大超员。但当小芳流着泪介绍完家庭情况后，梁维涵还是留下了她。如今，懂事的小芳已成为酒店的领班，在酒店服务方面帮了梁维涵很大的忙。

1997年，梁维涵凭着极高的社会声望，光荣当选为县政协常务委员，进入了政治协商的殿堂。他通过参加政协的各种会议，列席人大会议，听取其他委员的发言等，增长了见识，开阔了眼界，更激起他参政议政、为民服务的热情。几年来，他充分发挥与各行各业联系密切的优势，认真听取和反映人民群众的呼声和要求。他看到县人民公园因承包给唯利是图的个体户经营，有些历史文物和自然景观遭到破坏，广大群众也失去业余活动场所的情况后，立即写了《关于加强人民公园管理，并向群众开放》的提案。县城区出现乱占耕地建房现象，他又写了《关于加强城建规划，坚决查处违法建房》的提案。作为民营企业主，他却注意到那坡县干部职工长年工资偏低的现象，写了《关于兑现干部职工各种政策性补贴》的提案。这些提案先后得到较好落实，使干部群众得到了实惠，梁维涵也倍感欣慰和鼓舞。几年来，他连续被评为县政协优秀提案个人。

作为成功的民营企业老板，在追求财富的同时，梁维涵又把财富看得很轻，常常为社会公益事业捐钱捐物、扶贫济困。一些商店在起步阶段都向梁维涵赊购商品，销售后才给钱，以这种形式扶持起来的商户在那坡城乡有好几十家。个别经营不善者亏了本，连本钱都给不了梁维涵，这样的欠款有好几万。更多时候，梁维涵把目光投向贫弱的群体。那坡县平孟镇西马瑶族屯群众世代居住在中越边境石漠化严重的石山区，至今仍是食不果腹、衣不蔽体，处于极度贫困状态。2000年当地政府到该屯开展扶贫工作，新闻媒体报道了该屯的贫困落后面貌，看到报道的梁维涵毫不犹豫地捐出50000元，帮助一户瑶胞拆除低矮的茅草房，建起明亮的砖瓦房；2003年"六一"儿童节到来之际，听说龙合乡马元村一些儿童由于家庭贫困上不起学，梁维涵组织县城几个民营企业主，筹集近2万元钱，并购买一大批学习用具前往慰问，使很多贫困学生重圆求学梦。

他的善举得到了社会的高度评价。在那坡县各界人士纪念邓小平诞辰一百周年的座谈会上，梁维涵代表民营企业主发言。他的一番话道出了广大民营企业主的心声：党和政府坚定不移地支持非公有制经济发展，作为民营企业主，要按照"致富思源、富而思进"的方针，"深怀爱民之心，恪守为民之责，善得富民之道，多办利民之事"。这是多好的一番表白啊！让我们祝愿这位善良的商人一生平安。

# 山沟沟飞出金凤凰 ①

　　正是初冬时节，我慕名前往采访被人们称为那坡县商界传奇人物的县政协委员、县商会会长梁秀锦女士。冬日温暖的阳光照在她装潢考究的办公室里，我们面对面坐着，刚沏好的茶清香四溢。她从容淡定，娓娓道来。整整一个上午，我完全被她坎坷的身世，传奇的经历所吸引，又被她为富有仁，奉献社会的高尚情怀而深深地感动。

　　二十世纪五十年代中期，梁秀锦出生在那坡县坡荷乡弄约村一个贫苦的农民家庭，有兄弟姐妹8人，母亲照顾不过来，把她寄养在亲戚家里。她小学没有念完就参加生产队集体劳动，18岁到公社农械厂驾驶中型拖拉机。21岁调到县沙石公司工作。一年后因表现出众调入新成立的城厢供销社饭店当服务员。这是她走上从商之路的开始。从22岁到35岁的13年时间里，她先是成为饭店经理，继而承包经营，独立核算，自负盈亏。1993年35岁时，买下饭店，彻底成为"个体户"。十几年里，她的企业不断扩大，本县的几个乡镇，甚至远到旅游名城桂林市，都建立了分店。如今在商界，人们称她为成功商人。众多得到她资助的人喜欢称她为"慈善家"。部队战士则亲切地叫她"兵妈妈"……

---

① 此文写于2004年。

# 自强不息，永不向命运低头

"只要你紧紧扼住命运的咽喉，就一定能够把握成功的支点。"从一个偏僻山村的穷苦孩子到如今商界名人，梁秀锦不惧命运的捉弄，她的目光炯炯有神，显得无比坚强和自信。

梁秀锦14岁辍学后，被当作一个成年人征调参加集体劳动，随劳动大军到几十公里外的龙合公社修筑水库大坝。工地上劳动强度大，但劳动报酬每天才8分钱，大家看不到人生出路，大都出勤不出力，能偷懒就偷懒。但梁秀锦不是这样，她风风火火，苦活累活抢着干，俨然一个大男人似的扛石头，抢大锤，她很快在工地上出了名。一天，上级给工地配了一台中型拖拉机，领导选了几个男青年学习驾驶，他们惊慌失措，根本不敢走近这庞然的机器。这时候，梁秀锦站出来主动要求驾驶。她的行动在那个封闭的年代简直惊世骇俗，不可思议。没多久，她还真威风八面地开起车来。正是这次选择给她的人生带来了转机，集体劳动结束，她被调进公社农械厂，身份由农民变成了工人。

二十出头的梁秀锦就像一团火，走到哪里就把光和热带到哪里。1979年她初进城厢供销社饭店，就和姐妹们商量如何把饭菜做得更符合客人口味。集体企业，做多做少一个样，做好做坏一个样。每逢顾客质疑，服务员通常就甩一句"不吃随便"的话，梁秀锦觉得很不是滋味。她从自身做起，每天早起晚睡，把饭店里里外外摆设得井井有条，对客人总是笑脸相迎。

很快，来往的客人都传诵城厢供销社饭店来了个又年轻态度又好的服务员，改变了饭店的形象，于是人气渐旺，生意渐好。县国营饭店闻讯便通过县领导挖走了梁秀锦。她一走，城厢饭店立即门庭冷落。领导赶忙四处求情，又把梁秀锦要了回来，并任命她为饭店经理。梁秀锦终于有了甩开手脚大干的机会。

1985年，她承包经营饭店，投入资金打掉破旧的瓦房，建起占地200平方米的钢混结构楼房，生意更为红火。到1993年，集体经营难以为继，而此时，政府也正在宣传"南方谈话"精神，发展个体私营经济得到支持。梁秀锦瞄准机会，大胆买下饭店的全部固定资产。产权明晰，梁秀锦热情高涨，她立即斥资百万扩建饭店，使营业面积增加到700平方米，饭店也正式更名"南鹤酒楼"。一流的装修，先进的设施，优良的服务，一时间，酒楼宾客盈门，生意火爆。梁秀锦全身的能量正强烈的迸发，1995年，她以战略家的眼光看准了旅游胜地潜在的无限商机，毅然到桂林市买地建房，建起南鹤酒楼桂林分店，很多朋友劝她别冒险，可一切都在她的意料之中，她在桂林的房产几年间已升值数倍，现在梁秀锦派女儿单独打理桂林的生意。几年来，她还在县内买下多处房地产。中国与东盟签署自由贸易协定的消息传出，梁秀锦就敏锐捕捉到商机，她立即在本县与越南交界的平孟口岸盘下一块商业用地。这些房地产同样大幅升值。梁秀锦的个人资产就在一单单成功的生意中急剧膨胀，十多年间，她拥有的固定资产保守估价已不下1000万元。

## 为富有仁，真情回报社会

梁秀锦少年离开老家，多年来一直在外打拼，家乡的一切日渐生疏，可因为一件事，她与家乡的联系又密切了。

一天上午，老家的几个村干部找到她，见了面欲言又止，犹豫许久后向她反映件烦心事。原来梁秀锦的老家近几年来人口老龄化现象特别严重，一百来户人家竟有上百名古稀老人，其中孤寡老人近20人。这些老人没人照顾，生活困难，单靠亲戚接济已很难解决。村干部于是想办个敬老院，由各户统筹钱粮，把这些老人集中养起来。群众非常赞同，就是苦于没钱盖房子。梁秀锦很认真地倾听，心里很同情这些老人，可她一下子拿不出太多的资金。她建议村干部先找政府，到时候她再力所能及解决细节的问题。

这些年来，找梁秀锦请求资助的单位和个人可真不少，而她偏偏古道热肠，经常为各种公益活动慷慨解囊，于是名声在外，找她的人又更多。或许是出身贫寒的缘故，她对弱者总是特别照顾。她买下饭店的时候，有6名老职工年龄偏大，已不适合留在饭店，但原单位又安置不了。梁秀锦没有一推了之，她仍像"单位"一样，每个月发工资，足额上缴她们的养老保险，直到2000年最后一个老职工退休离开，几年间，她为此开支近10万元，却毫无怨言。梁秀锦帮助得最多的还是老人和小孩，县里的敬老院和贫困村的小学是她常去的地方。她担任商会会长后，每年重阳节就组织个体老板到敬老院看望老人，捐钱捐物。"六一"儿童节就到各学校去，送学习用具，帮助学校解决具体困难。经粗略计算，梁秀锦这些年用于慈善事业的钱达20多万元。

今年刚升入那坡高中三年级的黄仁坚同学，时常信心满满地憧憬着未来美好的大学生活。他各科成绩在年级内名列前茅，可以预见，明年的高考之后，他将考取一所理想的大学。可谁曾想到，眼前这个快乐阳光的大男孩，一年前却走到了因贫辍学的边缘。

那天，南鹤酒楼门前走来一位怯生生的大男孩，清瘦的脸上写满痛苦的神情。他站在门外，手足无措，欲言又止。这一幕被刚要出门办事的梁秀锦看到了。她上前询问男孩有什么事，男孩垂着头低声说：

"阿姨，这里还需要打工的吗？"

梁秀锦没有直接回答，而是关切地问："阿弟你是哪里人，是碰到了什么困难吗？"

这一问，梁秀锦了解到，这位男孩叫黄仁坚，是一个来自本县百南乡中越边境一个苗族寨子的贫困孩子。父亲早年病故，母亲改嫁后杳无音信，他是靠爷爷奶奶拉扯长大的。去年中考，黄仁坚以全乡第一名的成绩考入那坡高中，现在才到高一第二学期。前段时间爷爷病了，不能打工挣钱，家里再没有经济来源，黄仁坚已经两个月没收到生活费。眼看学业难以为继，今天他想着能否在县城找一份小工，靠打工收入延续自己的求学梦。否则他将不得不回到苗寨，开始面朝黄土背朝天的人生。

梁秀锦听了，连忙叫黄仁坚入座，叫服务员煮了一大碗米粉端上来。黄仁坚端起碗来，不顾滚烫的热食，三下五除二把一大碗粉吃光，看来是饿坏了。

思索片刻，梁秀锦笑着对黄仁坚说："如果你的学习成绩真的很好，我就留你打工。"

黄仁坚急急地回答："阿姨，我可以跑去学校拿奖状来证明，上学期我考了年级第一名。"

梁秀锦说："不急不急，吃完粉你先回学校，安心上课，至于打不打工，我明天来告诉你。"

　　当天晚上，梁秀锦通过校长了解到了真实情况。第二天，梁秀锦来到学校，找到黄仁坚和他的班主任郑重交代，今后黄仁坚的学费生活费由她来负责，只要黄仁坚成绩优秀，坚持上学，她会一直供他读书，包括今后上大学的费用。

　　从那之后，得到资助的黄仁坚更加发奋努力，成绩不断进步。他暗下决心，要以优异成绩报答梁阿姨。等大学毕业走上社会，也要以梁阿姨为榜样，帮助社会上需要帮助的人，将梁阿姨的爱心永远传递下去。

　　老家的敬老院也倾注了她的无限心血。在村干部第一次找到梁秀锦不久，村里还真从乡政府争取到近二十万元建成了房子。梁秀锦闻讯，主动购买锅碗瓢盆、床架、被褥等生活用具，花了近5万元，帮助18位老人幸福地住进敬老院。不仅如此，这些年来，每到春节、中元节等本地最隆重的几个节日，梁秀锦像惦记自己的亲人一样，拎着大包小包去孝敬老人们，固定给他们发零用钱。村里人开玩笑说："梁秀锦出嫁时只有一个娘家，多年过去，娘家却变成了十多个。"直夸她是心地善良的慈善家。

## 情系子弟兵　股股母爱洒军营

　　对驻守在那坡县境内海拔1500米高山上的空军某部雷达站50多名新兵来说，"妈妈"这两个字不再是梦中的呼唤。多年来，每到春节前夕，"妈妈"就会来到他们的中间。她就是情系军营，爱子弟兵胜似亲人的梁秀锦。

　　原来，梁秀锦在一次与前来酒店就餐的县人武部领导的闲聊中，得知每年大多数新兵到部队后，由于年龄小，初次离家，十分想念亲人。个别甚至开小差，不配合部队管理。梁秀锦是两个孩子的母亲，很清楚十七八岁少年的情感需求。她萌发了每年春节到部队慰问官兵的念头。那一年春节，她去了空军雷达站，送给每位官兵一双皮鞋，一副真皮手套，一盒月饼，让每位远离家乡驻守边防的官兵春节都能吃上象征团圆的月饼。春节前夕，梁秀锦带上酒店厨师，拉了一头大活猪来到雷达站，做了热气腾腾的年猪宴慰问官兵。这种慰问活动成为惯例，部队官兵不知换了多少批，梁秀锦的慰问从没改变，渐渐地，梁秀锦"兵妈妈"的称号被叫开了。这是情感的相互感应，梁秀锦自己也说，每次走进军营，那些活泼可爱的战士争先恐后叫她"妈妈"时，无论多苦多累都值了。

在梁秀锦的影响下，参加县商会的老板们也很乐意参加各种拥军活动。慰问部队的内容又不断拓展。雷达站的营房建在远离城镇的高山，这里一年四季云雾缭绕，从营房到山口的柏油路之间有1500米的泥沙路，潮湿的雾气使得这段小路一年四季泥泞不堪。2004年春节前夕，梁秀锦自己捐出50000元，其他工商联执委纷纷捐款，一共筹措了近十万元，将泥沙路铺成了平坦的水泥路。这段路被前来检查工作的部队首长命名为"拥军路"。多年来，各级政府为表彰梁秀锦的突出贡献，给予她很多荣誉称号。从那坡县委、县政府到自治区党委、人民政府，各种奖牌奖状挂满一个房间。她1999年成为县政协委员，2002年出任县工商联合会（商会）会长，同时还是百色市、广西壮族自治区工商联的会员。最近她又新添了三个荣誉称号："那坡县拥军优属先进个人""百色市非公有制经济先进单位""广西壮族自治区流通领域先进个人"。在众多荣誉面前，梁秀锦丝毫不敢懈息，她表示一定要戒骄戒躁，以更骄人的业绩回报社会。

# 一片丹心印边关 [①]

"我们这一代人有着非常艰难的生活经历，我来自最贫穷的农村，对老百姓的疾苦有非常透彻的了解。我的所思所想，都在不知不觉地考虑最贫困人群的利益，我想，只要从这一点出发，我不会错到哪里去。"

——莫启政

一

我和莫启政主席的谈话是从一首词开始的。

这首题为《卜算子·边关情》的词如今刻写在那坡县一个坐落在国界碑旁的小镇——平孟的一块石碑上。全文是："立马龙山前，横枪卫南疆，虽弹洞残垣点缀，鲜花依故香。赤子报衷肠，军民皆金刚，同挥宝剑斩楼兰，再把凯歌唱。"落款年份是1984年，作者莫启政，时任平孟镇党委书记。

我很想通过这首写于20年前的词，激发他回顾"横枪卫南疆"的岁月，从中领略"戍边书记"在词意中表达的豪迈气概。

但是莫启政却把目光移开，转过脸淡淡地说："我从不谈论过去。"

战争，似乎是他刻意回避的话题。从他的沉默中，我有所领悟，是的，

———————

① 此文写于2004年。

一个富有正义感的人，应该不会把亲历战争的残酷当成故事津津乐道。

尽管如此，从莫启政的工作简历上得知，在边境炮战最激烈的那段时间，他一直担任那坡县平孟镇党委书记。这或许是组织上对一个年轻领导干部的特意考验。直到4年后硝烟渐散了，才让他脱产到广西经济干部学院学习两年，回来不久走马上任那坡县副县长。从此一直在县领导的岗位上，一连四届，无论人事更迭，但他始终如一，成为那坡县领导班子中任职时间最长的人。正因为有这样的经历，多年来，人们不免要重复问他同一个问题："你十几年在一个县当领导，体会最深的是什么？""我是土官，不是流官，说话办事更要经受住历史考验。"言简意赅，令人回味。

1992年，周边各县纷纷开通程控电话，而那坡县财政极度困难，上哪儿筹措上百万元程控电话资金？眼看年底将近，上级催得紧，邮电部门急得团团转，工作无法取得进展。作为政府分管邮电行业的领导，莫启政一跺脚说："走，卖老脸去。"带上邮电局长，二人风尘仆仆赶到生产程控电话主机设备的西安市。厂家在郊区，为了省钱，他们住进紧挨厂家的简陋旅馆。从来没有和这个厂家有过业务往来，大家互不认识，更谈不上信任，二人开口却要求赊购，厂家感到不可理喻。可莫启政却不灰心，每天从早到晚缠着厂长不放。到第5天，厂长感动了，这位走南闯北的厂长感慨地说："真没有见过一个县领导为工作费如此大的劲。"就这样，价值百余万元的程控电话主机设备得以解决。1992年12月31日，那坡县第一部程控电话开通。

一场雨过，那坡县城的街道被形容成一块刚耙过的烂泥田，而家家户户搭在街道两边的木棚更增添了破败的景象。有关职能部门多次说服教育，甚至强行拆除，都不奏效。县城的整治成了难啃的骨头。而这时候，县委却下文任命莫启政为县城环境整治领导小组组长。这个任命有点像孙悟空头上的金箍。但莫启政却显得不急不躁，既不派工作组，也没有挨家挨户动员。有个星期日，人们竟然看到莫副县长和几个街坊老汉在街头打扑克。

让人意想不到的是，几天后，沿大街两侧一百多个木棚全部拆走了。这下，大家才看到莫启政忙起来，他又是找主要领导，又是跑地区，上南宁。几个月后，那坡县城主街道由泥水街变水泥街，街边小河上还多了两座桥。街上乱搭乱盖的破旧棚子也消失了。有人百思不得其解，在街边问群众，群众说："以前街道坑坑洼洼，我们也随便搭些烂木棚。现在街道那么漂亮，谁还愿意在自家门口搭棚煞风景。"

做工作有时候不只需要魄力，还得用心体会老百姓的喜怒哀乐，莫启政把其中的奥妙拿捏得恰到好处。在那坡，经常会碰到一些和群众纠缠不清的问题，大家总会想到他。他总是能够理顺官民之间说不清的关系。奥秘在哪里呢？群众说："莫启政与我们有不一般的感情，他是我们的贴心人，当然听他的。"

有一段时间，那坡县上报农民年人均纯收入达1700多元，并且每年只增不减，这被说成是经济强劲发展的最有力数字。但大家从莫启政那里听到的是不同的声音，甚至在一些大会上，他坦言相告这个数字水分太大。这两年，那坡县农民人均纯收入维持在1000元出头。

"没有实事求是的精神，我愧对十几年来一直给我投赞成票的人民。"

长年在基层工作，纯朴的民风熏陶了他的灵魂，铸就了他敢讲真话的铮铮硬骨。

莫启政1984年进入县人民政府当办公室副主任。在此之前，他在县内的中学执教了整整十年。他经常动手写文章，很多人因此想象他一定是学文科出身。但事实上，他学的是理科，教的是数学。正是数学给了他严密的逻辑思维。在那坡，莫启政以经济管理见长。

在2000年之前，那坡县是全国唯一没有对地下资源进行勘探的县份。1998年莫启政从常务副县长的岗位调任县政协主席后，第一个任务就是负责那坡县铝土储藏情况调研。他用了半年时间广泛引进区内外专家来那坡，跋山涉水，风餐露宿，基本摸清了那坡县铝土矿资源概况。那坡县铝土矿矿区主要分布于东北部的城厢镇、龙合乡和坡荷乡，产地15处，总面积约182.81平方公里，预计远景储量达1亿吨以上。他很快组织编写上报《铝工业发展情况的调研报告》，同时加强联系、沟通和项目推介工作，积极引进实力雄厚的客商前来那坡进行项目考察和投资洽谈，先后有山东信发铝电集团、山东鲁能集团、四川其亚公司、广东联泰集团、宜昌长江铝业公司、美国新世纪集团、上海世贸集团等公司前来考察、洽谈，取得了一定的成效。

2001年，莫启政受命对县内水力资源进行调研。同样地，他很快向县委写出调研报告：那坡县水力资源蕴藏量792万千瓦，可供开发利用4.76万千瓦。境内可建小电站32个。其中有12个易于开发，应尽快立项。他点名的12处，现已有6处被外商开发建设小水电站。

2002年，莫启政担任那坡县中草药开发领导小组组长，一年时间里，他共引进36批专家和企业老板到那坡考察。经过努力争取,那坡县被国家发展计划委员会确定为国家中草药基地县,现已有民营公司在那坡县建立中草药基地,该基地长远投资预计超亿元。

　　2003年,莫启政主抓全县八角产业的优化工作。那坡县拥有30万亩八角林,面积很大,但产量低、质量不佳,无法作为主导产业。莫启政的工作思路是:坚决扭转群众传统的以采伐枝叶蒸炼茴油为主的毁林加工陋习,转为以采果为主,达到经济收入与生态保护并重的双赢局面。此举可使全县八角产值提高十倍以上。为此,一年间,他走遍全县八角林区,开会、培训、找八角种植大户谈心。一番努力,成效初显。现全县已有5万亩八角油用林转为果用林。县里成立了八角产业技术指导服务中心。由他亲自担任会长的八角产业协会是广西第一个县级八角协会,第一批会员83名,全是拥有八角100亩以上的大户,这些大户将决定那坡县八角产业的走向。莫启政不爱笑,不是不会笑,见过他笑的人都说他的笑很灿烂。他的深沉源自对事业追求的高标准和对现实多方掣肘的思虑。

<h2 style="text-align:center">二</h2>

　　莫启政没有到任之前的县政协机关,面貌实在落后。

　　那坡县政协单门独院,位于县城居民出城散步的路口。一幢建于20世纪80年代的两层旧楼,门窗破旧,天面漏水,墙灰多处脱落,从大门往里看可见一排猪舍。也许是主人上班来不及喂食的缘故,人们发现政协院内的猪总是叫得很大声,很难听。莫启政到任时间是1998年底,开会选举却要到1999年3月,按常规这位没有正式选举的领导应该不会常到办公室来。哪怕来了顶多是各办公室走走,熟悉熟悉。但政协机关工作人员却发现,这位领导天天按时上班,也不说笑,眉头紧锁。后来又几天不见人影,大家都很纳闷。直到开大会,听到他用很长的篇幅强调要改变政协的落后面貌,大家才明白过来。后来知道,不见他的那几天,他竟跑到自治区政协,找到袁正中常务副主席争取资金去了。

2003年11月，已经卸任的自治区政协原常务副主席袁正中同志只带着一名工作人员，轻车简从，悄然抵达那坡。他没有说明来意，但大家都知道，他要看看一个只身闯到自治区政协机关的县政协主席拿了钱会干什么。走进县政协大院，正大门是一幢造价50万元的综合大楼。院内南北两侧是一幢宿舍楼和一幢办公楼，大院的边角地块都铺了草坪，芳草如茵，红花吐艳，好一个小巧玲珑的庭院。袁正中副主席笑了。

在那坡县乡镇村屯，群众经常看到莫主席的身影。

平孟镇念井村瑶族村民凤进表一家居住在一个叫西马的抵边屯。自从县政协与他家攀亲结对子后，莫主席就经常来到他家，给他送来农药、种子和日常用品，更让他做梦都想不到的是，县政协还帮助他家拆除了茅草房，建起一幢90多平方米的砖瓦房，而且还按照瑶族习惯建成八角楼。新房落成那天，他激动得紧握莫启政主席的双手，无法言语，热泪纵横。

那坡县德孚动植物自然保护区是自治区级自然保护区，是那坡县主要的水源林区。因为动植物种类繁多，被人们誉为广西的"西双版纳"，由于保护区列为自收自支单位后，资金来源没有了，干部职工工资发不出，生活极为困难，林区保护工作难于开展。莫启政得知信息后，亲自到林区蹲点，与职工同吃同住同劳动，通过开会座谈、个别访问、现场调查，写出了调研报告，并以政协提案的形式加以推进落实，专门行文向县委、县政府如实反映林区职工的呼声，提出了作为事业单位的保护区，其干部职工的工资应列入财政预算等意见和建议。提案引起广泛的重视，县政府专门召开三次常务会议，落实提案办理，解决了林区具体困难，决定落实林区人员编制30人，工资列入县财政预算，拨专款解决医疗、交通、通信等问题。林区重现了生机，传出了工作人员的欢笑声。

# 三

2003年11月23日，那坡县八角低产林改造工作现场会在那朝八角场召开，县委、县人民政府刚刚把该场确定为全县八角生产示范场。这个面积达

1500亩的八角场，其主人就是莫启政。

那坡县种植八角历史悠久，史料记载明清时期就有群众加工茴油出售。八角种植覆盖98个行政村，860个村民小组，占全县村委会总数、村民小组总数的76%和55%，种植面广，覆盖面大，群众普遍获利受益。根据这个特点，那坡县早些年就把"八角富民"作为经济发展思路，并出台各种优惠政策，鼓励群众扩大八角种植面积。但是，政府重视了，群众却不买账。群众议论："种那么多，以后怎么卖？"

面对群众的质疑，最好能找个有威望的人出来牵头示范，当时的县委书记农敏坚找到莫启政。

"老莫，你是本地人，你牵头办个示范场怎么样？""好，我搞个样板出来。"

他们默契得不用太多言语。莫启政干开了。他贷款50万元，回到老家开发荒山。在一座叫"那朝"的大山上种下1500亩八角，这下，非议由社会转入家庭。

妻子说："老莫，你不要临老了摔一跤给人笑。"

儿子说："爸爸，我这领工资过日子的可还不起这贷款。"

莫启政说："我准备搬到山上住，与这个示范场共存亡。"

险情却真的发生了。

第一年就碰上干旱，种下的苗木80%干枯死掉。

第二年，补种下的树苗近60%长不出来。

第三年，从老家请来帮补苗的乡亲们种了树，却不来领工钱，大家悄悄传话："莫叔是个好人，不要把他逼上绝路啊。"

莫启政一一把工钱塞到他们手上："我欠是我欠，但不能欠你们的。"

背地里，他却落泪了。

第三年，经过加强护理，树苗长势良好，但嫩绿的新芽竟遭到灭顶之灾，一种叫八角蟓甲的害虫把八角嫩叶吞噬干净，八角苗像掉毛的扫把，只有光秃秃的枝条。

他真的要崩溃了。

人生，多半是困难与自己狭路相逢。莫启政不信邪，发誓要闯出一条新路。

如今，是八角场建场第六年，几年来，他像养育孩子般精心护理八角树。

他对选种保留、合理间伐、改良林地、修剪枝条、科学施肥、病虫害防治等八角科学管理的技术规程都了然于胸。历尽劫难的八角树似乎理解主人的良苦用心，长得郁郁葱葱。六年的树竟和十几年的树一般粗壮。一些等着看笑话的人，不得不深深叹服莫启政的毅力和学科学用科学的精神。

　　深受鼓舞和启发的当地群众也大力种植八角了。现在，那朝八角场所在的德乐村所种植的八角面积达2.2万亩，人均有八角20亩，一跃成为那坡县八角第一大村。

　　"我们这一代人有非常艰难的生活经历，我来自最贫穷的农村，对老百姓的疾苦有非常透彻的了解。我时时刻刻都在考虑最贫困人群的利益，我想，只要从这一点出发，我不会错到哪里去。"这就是植根于群众、深受群众爱戴的政协主席莫启政的真挚情怀。

# 一卷志书留青史

　　清宣统二年（1910年），风雨飘摇的大清王朝，朝廷治国理政仍一如平常。七月，从紫禁城发出的一道谕告，迅疾传达到6000余里外与越南接壤的极边县份——广西镇边县（今那坡县），谕告的内容只有一项：嘉奖县知事许克襄。

　　许克襄，云南宜良人，清朝末年长期在广西为官。史书评价其人"慷慨有大志"，广西巡抚张鸣岐称其"练达精强、深谙治理"。许克襄于光绪三十四年（1908年）冬才到任镇边县知事，在任不足两年。究竟是什么显赫政绩，让许克襄在短时间内就获得了朝廷的表彰，他是如何做到的呢？

　　据史书记载，许克襄的主要政绩，一是剿匪。当时镇边县境内匪患猖獗，民不安生，克襄防剿兼施，居民得以安宁。二是重视文教，创办义学。宣统元年（1909年），许克襄捐出自己的养廉银，扩建镇阳书院，建成书院的后进及厢房各3间，同年，创办县立师范传习所。三是建县城城垣。宣统二年（1910年），匪首倪昌辉率数百匪徒围攻县城，克襄率军民击退土匪后，与绅民商定亡羊补牢，筹捐巨款修建城垣，三年乃成。城垣呈弧形，长300余丈，县城治安得以保障。四是惩治腐败。典型案例是清查镇阳书院财产，勒令侵吞挪用书院经费的书院经理张志漠、黄道中、林超万赔退赃款。五是重建县署。镇边旧县署于同治三年（1864年）被土匪吴阿终焚毁，几十年间只能移驻镇阳书院，"因陋就简，不成体制，且腐败臭湿大有飘摇之惧"。克襄目睹情形，向广西巡抚张鸣岐借公款白银2000两以建县署，约定十年还清。一年后工程竣工，新县署共有大小房间四十三间。六是刚正不阿，体恤民苦。一次，南街发生火灾，他知道地方秀才梁栋云家中置有两支水枪，遂叫警兵去征用救火，恰遇梁栋云正在剃发，不理睬警兵。警兵回报，克襄即遣一名侍从去请梁栋云，说是有急事面商。梁到，克襄即质询说："百姓生命财产要紧，或是剃发要紧？"梁愧疚语塞，即写下悔过书，克襄称赞梁知过能悔，亲送出门。

许克襄为做好这些繁难之事，经历了哪些曲折艰难，我们已无从得知。我们只知道，镇边县当年仅2.6万人丁，年额定征收粮银只有区区1500余两，积贫积弱，一穷二白。许克襄能办成这些大事，足见他善谋善治，文武全才。获得朝廷嘉奖也真是意料之中，名副其实。但还不止于此，他在镇边任上成就的另一番伟业，更是功德无量，百世流芳。

镇边建置，始于北宋皇祐年间，置镇安峒，为岑氏土司地。宋、元时期曾一度设右江军民宣抚司、镇安路、府于此，辖及今桂西那坡、靖西、德保全境及大新、天等部分土地，相当于当今一个较小的地级市。明洪武二年（1369年）知府岑天保以那坡地处偏远，将府衙迁至今德保县城。今那坡改称小镇安土知州。清乾隆八年改为土巡检。光绪十六年改置镇边县，是为建县之始。当时知县程少秋以县无专志，派出专人分头采访，由杨象震主笔成志稿五卷，但写得太繁芜，因而未刻板。天长日久，官员更迭，每每移交，文稿又多有遗失。克襄到任后，闻知建县几百年还没有志书，无比讶异，遂决心修志。他派人察山川，临边境，观民情，访风俗，亲自动手编纂，在杨象震原稿基础上，精炼为四卷。卷一纪地，列沿革志、沿革考、县图一、厢坊图一、乡里图四，次列疆域、圩峒、山川、物产、建置、关隘、津梁七门。卷二纪官，首列职官表、武职表，次列官政、祭祀、士勇、学制、经费、武备、宦绩七门。卷三纪人，首列科举表，次列人事、列传二门。卷四纪政，以记山川名胜、今古轶事、地方灾祥，而不分门类。所记自明天启迄清同治三年止，以编年排次。

修志，费时耗力，但在许克襄的主持下，镇边，这个建县近千年的县份，从此有了志书。镇边县从宋皇祐至清乾隆，七百余年的土司统治历史，片纸无存。乾隆三十一年改土归流后，有汉族官员任职，始有零星碑刻存世，但也只是就具体事件做记录或评述，不成体系。克襄编修志书，让人看清了镇边古代的历史样貌。志书记载了山川地理、人文史事，是镇边文明发展的一次历史飞跃。从1910年到今天，一百多年过去，克襄的其他业绩早成了历史烟云，唯有这本县志，成为本县人了解历史的重要借鉴。现今新编那坡县志，对历史的描述也基本沿用克襄的提法。

一代才子许克襄，其才干一直受到上司赏识。民国元年，克襄适应潮流，卸去镇边知县之职。随后，他赴京应文官考试，以优秀成绩获得录取，回广西先后担任靖西、隆安、平南、容县、兴业等县县长，所到之处，政绩斐然。但不久即辞官回里。他一生为官，笔力刚健，却没有为自己写下传记。现今人们了解许克襄事迹，生平记述都是"生卒年无考"，令人不胜唏嘘。"事了拂衣去，深藏身与名"，一个转身，已然消失在茫茫的历史烟云之中。只有那一本志书，长留镇边，永被铭记。

《镇边县志》

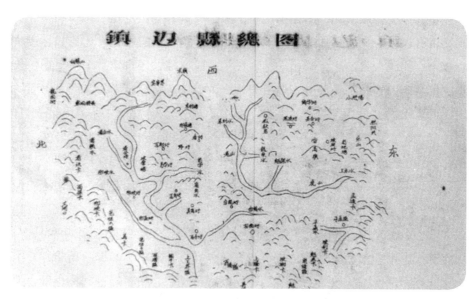

《镇边县志》内页绘图

# 后　记

每一个人的经历都会成为历史。大人物的经历有专人专司载入正史，小人物的经历只能作为野史，连野史也称不上的，就是茶余饭后谈资而已。

2022年春节期间，因为出现新冠疑似病例，从大年初六零时起，那坡县实行全域封控。初六早上大概七点不到，一位年轻的朋友打来电话，他已有身孕的妻子感觉身体不舒服，怀疑胎儿有问题，欲紧急送往百色市大医院诊断，问我能否协调离县出行。我急忙拨打县疫情防控指挥部值班电话，得到的答复是需县医院转院证明，24小时内核酸检测阴性证明。我将答复转达朋友，朋友说，就是不打算在县医院看才离县的，哪有证明？我转念想，不走主干道应该能离县吧，就把平时下乡发现的两条通往百色的小路告诉了他。不一会，朋友又来电，称了解过了，那两条小路与外县交界处已被倒上土石方堵死。又说，他得知一个情况，有人在凌晨时分，赶在那坡高速路口没封控前上了高速，到百色出口查验身份证得知是那坡人后，不准出高速，只能原路掉头返回。

这是一个小人物的经历，这世上只有我俩和为数不多的几个人知道。对于浩瀚的人类历史和全世界每天上演的重大事件，它不值一提，肯定也不能作为正史流传。但正是这件事，成为我写作本书的缘起。

当年4月4日是广西"三月三"假期，我们家族住在县城的二十几户人约好一起回老家祭祖，而我却不能同行。当天，我和从全县各单位抽调干部成立的56支"抗疫突击队"数百人众一起，奔赴中越边境，担负起漫长边境线上"外防输入"的疫情防控任务。就在当晚临睡前,我打开手机"备忘录",写下第一篇"守边日记"。

抗疫守边,绝非什么惊天动地的大事件,但也称得上三年抗疫"阻击战"中的一场"阵地战"。守边过程中采取的各种工作措施,用战争行为比喻,有时像"情报战",有时像"心理战",有时像"游击战"……花样百出,不一而足。各种工作措施,出发点是盯死看牢"三非"人员,实际演变成对边境群众的管控,引发了各种意想不到的情况,记下来都是故事。每天深夜,结束一天巡守,队员们有的早早睡下,有的三三两两闲聊,我斜靠床头,打开手机"备忘录"写日记,偶尔会把刚传到耳边的有趣对话也记下来。第一轮守边结束,32篇三万多字的日记就这样出炉了。

如果不出意外,"抗疫守边"作为一项重大工作,应该会写进地方政府工作总结,载入地方志。但是,参与守边的万千队员的艰苦付出,心路历程,官方不大可能了解也断不会记录。我忠实地把这些"小人物小故事"记录下来,尽管它小如鸡毛蒜皮,也不深刻,更不能启迪心灵造福人类,但通过这一众小人物的经历,也许能揭示点什么。用心阅读本书的读者,也许能从中发现点什么。毕竟,我们的民族,我们的人民总不能在每个重大历史事件之后,只等待史书作宏大叙事,而芸芸众生的个人际遇被完全忽略,任由往事随风。

日记原本是私密的,拿来公开发表,说起来是需要点勇气。但是,"为了忘却的纪念",我还是选择将这些有点特别的日记公之于众。文人的通病,大抵总想发表自己的文字,我也概莫能外。因此,对日记发表可能引发的不适就不管不顾了。

从那坡县贫苦家庭逆袭成才、刚过而立之年的青年黄兴忠博士,对我发在朋友圈的一些"不管不顾"的文字产生兴趣,有一天找到我,两人相谈甚欢,引为忘年。兴忠参加工作才几年,却极富家国情怀,其撰写多篇那坡边关的调研文章获得省级以上领导批示肯定,其中一篇《关于培树边民中华民族共同体意识》的文章,更是得到中央领导批示。有几篇调研文章被自治区领导签批意见要求相关部门贯彻执行,一些意见建议被上级采纳,那坡相关产业因此还获得了上级的政策和资金扶持。他以一己之力,极大提高了那坡的知名度和美誉度。城厢镇百林村一位少小离乡,闯荡江湖多年的成功民营企业家,在黄兴忠的感召下,最终选择回到家乡,在者兰村、百林村承包土地，投资发展农文旅产业，解决了农民外出务工后大量农田撂荒的问题，又吸收不少老乡到公司打工，让农民得以在家门口就业。这位企业家也因此被推选为那坡县"乡贤"。他们都是社会正能量。相比之下，已经吃了几十年那坡"公粮"的我，却不能以些许文字回报这方水土，能不自赧？！

那坡县在地理上属边陲小邑，在文化上却堪称大县。它是广西千里边境线上的8个县（市）里，民族最多样、文化最多元的县份。很多年前就获得"全国文化先进县"称号。近几年，我受聘某高校担任"特聘研究员""大学生成长导师"，不时给大学生讲课。在介绍那坡的时候，我常用"洞天福地，民歌天堂""红色边关，黑衣风情""避暑胜境，和美那坡"这些词句来形容。那坡具有深厚的历史文化底蕴，绚丽多彩的民族风情。这些美词，那坡担得起。也正因为如此，才有了本书第二部分"边地风情"里的山水奇观，人物故事。我本人曾经在多个乡镇工作，与农村、农民打了一辈子交道，与他们有深厚的感情，写出来的东西自然不会停留在"看热闹"的层面，是融入了我的人生感悟的。文以载道，文以化人，这个道理我懂，尽管做不到位，但仍努力践行。书中写民间逸事、民风民俗，有的貌似东拉西扯，漫无边际，其实表现的依然是人间正道。有几篇人物专访写于多年前，之所以编入本书，主要是主人公身份特殊，他们的经历，折射了那坡作为边境县不为人知的一面。人们常说，边境地区"一户一哨所，一人一哨兵"，从这个意义上讲，边境县的人民，个个都是守边人。

日记，记一日之事，包括第二部分的纪实散文，繁复、琐碎的记录，总会牵涉到具体的人和事，本书为了最大程度呈现本真，绝大部分都是真名真姓，如因此有所冒犯，我在此谨表歉意，再版时一定改掉。当然，如蒙隐匿了名姓的先生女士理解，能主动向我提出可原原本本照写，则日记就更能回归本色，再版时都恢复，这本书就显得更珍贵。

本书的写作过程得到了许许多多的帮助，需要感谢的单位和个人挺多。首先是我的写作对象，他们或接受我采访，或与我共同工作生活，现在成为我文章的主角，而一些表达或许有不妥之处，在感谢的同时希望得到他们的理解谅解。百色学院马克思主义学院资助了出版经费。县文体广旅局、县志办、县档案馆提供了翔实的文史资料。我所在单位那坡县委宣传部领导的宽容、理解与同事们的帮助支持也很重要，是他们给予我宽松的工作环境，让我得以自由调研采风。本书所采用的照片大多由中国摄影家协会会员、中国民俗摄影协会博学会士李永锋先生提供，还有摄影师许忠荣、马顺德、蒙德珠、许忠环、符米铁、农勇等诸位先生的作品，一些照片从守边工作微信群下载，作者不详，在此未能完全列举。同样的情况，书中一些篇目引用了前人的研究成果，有些作者无从查证，亦不能一一致谢，实在抱歉。好友黄微先生帮助我完成了初校，提出不少好建议，又动手写了言辞精美的序文，非常辛苦。家人的理解与支持也特别重要，妻子的贤惠与孩子春怡乖巧懂事，让我得以拥有充裕的写作时间。以上的单位及个人，以及在本书写作过程中曾经帮助过我的单位、老师和朋友、亲人，无论具名或不具名，我都将以感恩之心，永远铭记。

如果有一天，能有一位读者说，这些日记和纪实散文，曾对他了解这场世纪大疫和那坡边疆风土产生了一点助益和启发，那我一定感到无比自豪和欣慰……

梁必政

2024 年 9 月